BLACKTOP WASTELAND

黑色荒原

S. A. COSBY

S. A. 寇斯比——著 李麗珉——譯

致我的父親，羅伊・考斯比

你所能及的有時候會超出你所能掌握的，
然而，一旦你握住了那個方向盤，
你就會開車開得像個偷車賊一樣。

馳吧，不羈的人，奔馳吧。

所謂的父親會期待自己的兒子
能夠成為
應該要成為的那個好人。

法蘭克・A・克拉克

1

牧羊人之角，維吉尼亞

2012

柏雷加德覺得夜空看起來彷如一幅畫。當月亮從雲層背後露臉時，加速的引擎聲淹沒了空氣裡的笑聲。附近一輛雪佛蘭的音響系統所發出的重低音狠狠地撞擊在他的胸口，感覺就像有人正在幫他做心肺復甦一樣。十幾輛新型的汽車散亂地停在那間老舊的便利商店門口。除了那輛雪佛蘭之外，還有一輛福特小皮卡Maverick，兩輛雪佛蘭羚羊，幾輛雪佛蘭科邁羅，以及五、六輛美國肌肉車全盛時期的車款。沁涼的空氣裡瀰漫著汽油和機油的味道，還有濃厚、嗆鼻的廢氣味和燒焦的橡膠味。儘管蟋蟀和夜鷹也在合奏，不過牠們的努力都只是枉然。柏雷加德閉上眼睛，豎起了耳朵。他雖然可以聽得到牠們在鳴啼，然而那些聲音卻小到幾乎聽不見。牠們正在為求愛而吶喊。他不禁聯想到許多人也花上一大部分的生命在做著同樣的事情。

夜晚的風掃過他頭頂上那幅招牌。吊掛在桿子尾端的招牌離地二十呎，時不時在夜風中發出嘎吱嘎吱的聲響。

白底黑字的招牌上寫著幾個斗大的字卡特快速超商。招牌上的顏色在歲月眷顧之下開始變黃，上面的字體也逐漸地老舊乾裂，廉價的油漆開始剝落，彷彿乾燥的皮膚一般。「快速」這個字的六個字母裡，第二個「E」甚至已經不見了。柏雷加德很好奇卡特發生了什麼事。難不成他也和招牌上的字母一樣消失了。

「你們這些王八蛋，沒有人準備好要挑戰這輛傳奇的奧茲莫比嗎？你們可能都想回家去找你們的黃臉婆，打算在週二晚上滾床單了吧。說真的，你會從這輛傳奇的奧茲莫比得到回報的！她可以在一秒內加速到六十哩。就一句話，賭五百元。蛤？你們都太安靜了。拜託，這輛奧茲莫比可是讓很多人回家的時候口袋空了不少。我開這輛奧茲莫比讓好多警察都追不上！她就是這麼地無可匹敵，各位！」一個名叫瓦倫．克勞克的傢伙正在洋洋得意地炫耀他那輛七六年的奧茲莫比短劍。那是一輛很漂亮的車。深綠色的車身上裝有鉻鎂輪輞，車身表面上還有鍍鉻裝飾，宛若流動的閃電一般。灰色的玻璃和LED燈散發出縹緲的藍光，彷彿某種會發光的海洋生物一樣。

柏雷加德靠在他的雷諾達斯特上，聽著瓦倫活靈活現地誇耀著那輛奧茲莫比是如何如何地超級無敵。柏雷加德任由他說得口沫橫飛。嘴巴說說不代表什麼。車子不是靠嘴巴說說就可以開得了的。說話只不過就是噪音而已。他的口袋裡有一千元。那是他的修車廠這兩週以來所剩下的盈餘。在大部分的帳單都已經付掉之後，他現在還缺八百元才足夠支付他的修車廠房租。他必須在租金和他小兒子的眼鏡之間擇其一。不過，這根本算不上什麼選擇。因此，他讓他的堂弟凱文去打聽，距離最近的一場街頭賽車會在哪裡舉行。凱文認識一些人，而那些人又認識一些知道哪裡在賭錢的人。

那就是他們之所以會出現在這裡的原因，這裡距離丁維迪郡合法的直線競速賽車場有十哩之遠。柏雷加德再度闔上眼睛，聽著瓦倫那輛車空轉的聲音。在那些自吹自擂的誇耀聲中，柏雷加德聽到了無可置疑的滴答聲。

瓦倫的車子引擎有一個閥門有狀況。可能性只有兩種。其一是他知道有這個問題，但是他認為單靠車子的馬力就可以克服這個問題。也許，他的車上有氮氣加速裝置，因而不在乎閥門的問題。其二是他根本不知道車子有這個問題，只是一味地在老王賣瓜。

柏雷加德對凱文點了點頭。他的堂弟一直在人群中閒晃，企圖要煽動一場巨額比賽。已經有過四場比賽了，但是，沒有人願意押注超過二百元。那遠遠不符合他的需求。柏雷加德需要至少一千元的賭注。他需要有人往達斯特看一眼，認為這筆錢可以賺得很輕鬆。看著達斯特破爛的外表，然後相信達斯特必輸無疑。

他需要一個像瓦倫·克勞克這樣的蠢蛋。

克勞克已經贏了一場比賽，不過，那是在柏雷加德和凱文到達之前的事。理想上來說，他會希望能在下注之前，先看到那傢伙開車的樣子。看看他是如何掌控方向盤的。看看他是如何馳騁在這條柏油路面充滿裂縫的八十三號公路上。然而，人在屋簷下，不得不低頭。他們花了一個半小時才抵達這裡，但是，他們不得不來，因為柏雷加德知道，在紅丘，沒有人會和他比賽。特別是他開的是這輛達斯特。

在瓦倫整理他的車子之際，凱文走到了瓦倫面前。「有十個人告訴我那邊那個兄弟說，他絕對可以在一秒內加速到七十哩，而你卻還只是在原地磨磨蹭蹭。」他讓自己洪亮的聲音響徹在夜空之中。所有的聊天聲瞬間都停了下來，只剩下蟋蟀和夜鷹瘋狂地在鳴叫。

「或者，你就只會動口說說？」柏雷加德問道。

「哎呀，糟了。」人群裡有人出聲了。瓦倫停下腳步，靠在自己的車頂邊上。他又高又瘦。深色的皮膚在月光下看起來變成了藍色。

「這話也太狂妄了，混帳東西。你有什麼可以證明這個說法嗎？」他說。

柏雷加德掏出皮夾，把十張百元大鈔像紙牌般地握在他的大手裡，彷彿一把打開的扇子一樣。

「問題是，你有膽子可以證明嗎？」凱文說。他的聲音聽起來就像靜謐風暴的DJ一樣。他像瘋子一樣地對著瓦倫．克勞克咧著嘴笑。只見克勞克用舌頭頂了頂臉頰的內側。

時間一秒一秒地過去，柏雷加德感覺到胸口彷彿被掏空了。他可以看到瓦倫腦子裡的齒輪在轉動，有那麼一剎那的時間，他覺得瓦倫就要放棄了。不過，柏雷加德知道他不會的。他怎麼可能會放棄？他已經把話說得那麼滿了，他的自尊無法容許他打退堂鼓。此外，達斯特看起來也其貌不揚。車身乾淨沒有生鏽，不過，蘋果紅的車漆已經不算新了，而皮革的座椅也出現了裂縫和細痕。

「好吧。從這裡到那棵中間裂開的橡樹。謝曼可以保管那些錢。除非你想要把賭注拉到極致，連車子也賭上？」瓦倫說。

「不。就讓他保管錢吧。你想要誰來當裁判？」柏雷加德問。

謝曼朝著另一個人點點頭。「我和傑米會當裁判。你要你的人也一起過去嗎？」他尖聲地說道。

「對。」柏雷加德回答。於是，凱文、謝曼和傑米一起坐上了謝曼的車。那是一輛塗著底漆的雪佛蘭諾瓦。他們往四分之一哩外的那棵橡樹開去。自從他們到這裡之後，柏雷加德就沒有看到有其他人開車經過。大部分的人都會避開這條直線道路，轉而選擇從州際公路蜿蜒到牡羊人之角的四線道高速公路。這座城鎮這一帶的發展早已停滯不前，就像那間遭到拋棄的超商一樣。過去就像鬼魅般的幻影，籠罩在這片柏油路的荒地上，揮之不去。

他轉身坐進達斯特裡。當他啟動車子時，車子的引擎聲聽起來就像一頭憤怒驕傲的獅子。震動從車子的發動機傳送至方向盤。他踩了幾下油門，獅子瞬間變成了巨龍。他打開車頭燈，道路中間的雙黃線立刻就活了起來。他抓住車子的變速桿，將車子打到一檔。瓦倫把車開出停車場，柏雷加德也在他旁邊就了定位。原本在群眾中的另一個人走上前來，站在兩輛車之間。那個人舉起手臂，伸向天空。柏雷加德再度瞄了一眼天空裡的群星和月亮。透過眼角，他看到瓦倫繫上了安全帶。他的達斯特沒有安全帶。他父親曾經說過，如果車子撞爛的話，安全帶唯一的作用，就是讓殯儀館的人更難把他們從車裡拉出來而已。

「你們準備好了嗎？」站在中間的那個人對著他們喊道。

瓦倫朝著他豎起大拇指。

柏雷加德點了點頭。

「一、二……三！」那個人大聲喊著。

秘訣不在於發動機。沒錯，那是部分原因，不過，那不是主要的重點。真正的重點，也是大部分的人不願意談及的，就在於你是怎麼開車的。如果你開得好像一副很恐懼的樣子，那你就注定要輸了。如果你開得彷彿你不想要被迫重新打造整具引擎的話，你也會輸。你得要開得像什麼都不重要，除了到達那條終點線之外。開得像你彷彿是個偷車賊，而警察正在後面追你一樣。

每當柏雷加德開這輛達斯特的時候，他就會聽到他老爸的聲音。有時候，在他充當幫派的車手時，他會聽到他父親這麼說。在那樣的時候，這些話就會帶給他至理名言般的智慧。這些荒謬的言語會提醒他不要步上他父親的後塵，淪為一個沒有墳墓的鬼魂。

柏雷加德把油門踩到底。車輪高速地迴轉，達斯特的車尾冒出了濃濃的白煙。重力抵在他的胸口，粉碎了他的胸骨。瓦倫的車子從起始線上彈起，兩顆前輪躍離了地面。當達斯特的前輪彷彿一對鷹爪般地抓住地面時，柏雷加德瞬間換到了二檔。

他在夜色中飛馳，道路兩旁的樹都變成了閃爍的模糊光影。他瞄了一眼車速表。時速七十哩。

柏雷加德踩下離合器，換到三檔。變速桿的把手上沒有數字，那個把手只是他父親裝在變速桿頂端的一顆舊的黑色八號撞球。他不需要數字。憑靠著感覺，憑靠著聲音，他就知道自己現在在幾檔。他的車子顫抖得彷如一隻甩動毛皮的狼。

時速九十哩。

包裹著皮革的方向盤在他的緊握下發出劈啪的聲響。他可以看到謝曼的車就停在前方的路邊。他換到四檔。發動機立刻從怒吼聲轉為天神的戰嚎。夜色中的蟲鳴鳥叫彷彿是預告著他即將抵達終點的勝利號角。他腳底下的油門已經平貼到了車底板。車子似乎自動變形成了一條就要發動攻擊的蛇。車速表顯示著時速一〇五哩。

達斯特超越了瓦倫，瓦倫的車就像被膠水黏在了地上一樣。那棵裂開的老橡樹在他車側的後視鏡裡迅速地往後退去。他可以在後視鏡裡看到凱文握拳的雙手在空中揮舞。柏雷加德猛然鬆開離合器，降低檔速，直到車子回到一檔為止。他在大幅減速之下三點調頭，駛回那間老舊的便利超商。

柏雷加德把車停在停車場，瓦倫也緊跟在後。幾分鐘之後，謝曼、凱文和傑米也跟在瓦倫的車後出現了。柏雷加德下了車，走到車前，一把靠在了引擎蓋上。

「那輛老達斯特還挺有勁的！」一個大鼻子、滿頭汗珠的大塊頭說。他正靠在一輛黑白的福特Maverick上看著達斯特。

「謝謝。」柏雷加德回答。

謝曼、傑米和凱文從諾瓦上下來。凱文走向達斯特，伸出了左手。柏雷加德看也沒看地就朝著他的手擊掌。

「你像在追逃犯一樣地把他打敗了。」凱文說著，大聲地爆笑出來。

「那個壞掉的閥門讓他搞砸了。看看那些廢氣。他簡直是在燒油。」柏雷加德說。只見那輛奧茲莫比的車尾拉著一坨黑煙。謝曼走過來，遞給了柏雷加德兩疊鈔票。他原本的那一千元，再加上瓦倫的那份。

「你的引擎蓋底下裝了什麼啊？」謝曼問。

「兩具火箭和一顆彗星。」凱文的回答讓謝曼輕笑出來。

瓦倫終於從他的奧茲莫比下了車。他雙臂交叉地站在車子旁邊，一臉扭曲。「他偷跑了，你還把我的錢給他？」他問。

這句話讓原本喧譁的群眾突然死寂了下來。柏雷加德依然靠在引擎蓋上，動也不動，也沒有看向瓦倫。然而，他的聲音卻彷如一把利刃般地劃破了夜色。

「你說我作弊？」

瓦倫鬆開了雙臂，然後又再次交叉。那顆大頭在他細瘦的脖子上轉來轉去。

「我只是說你在他數到三之前，就已經先越線超出兩個身長了。我要說的就是這樣。」瓦倫說著，把手插進鬆垮的牛仔褲口袋裡，隨即又掏出來。他似乎不知道應該要把手放在哪裡才好。他原先的虛張聲勢此刻已經煙消雲散了。

「我不是靠作弊才贏你的。從你那個閥門漏氣的聲音聽起來，你的發動機隨時都卡得比處女的大腿還要緊。你的傳動軸和車尾太重了。那就是你在出發的時候為什麼會彈起來的原因。」柏雷加德說完，從引擎蓋前轉身面對瓦倫。瓦倫只是看著夜空，然後又低頭看著自己的腳。除了不敢看柏雷加德之外，他的眼光不斷地在其他地方打轉。

「你，你輸了。你就接受失敗，承認那輛奧茲莫比並沒有你所說的那麼傳奇吧。」凱文補上一句。這話讓圍觀的群眾哄堂大笑。瓦倫不安地變換著雙腳的重心。柏雷加德只跨了三步，就來到了他的面前。

「你要不要再說一次我是怎麼作弊的。」他說。

瓦倫舔了舔嘴唇。柏雷加德雖然不如他高，不過卻比他壯碩兩倍。看看那雙寬闊的肩膀和結實的肌肉就知道了。瓦倫往後退了一步。「我只是說說而已。」他的聲音薄如皺紋紙。

「你只是說說。你只是說說，但是你說的不是真的。」柏雷加德對他說。凱文立刻站到他們之間。

「別這樣，蟲子，我們走吧。我們拿到錢了。」他說。

「除非他把話收回去。」柏雷加德說道。幾名司機已經開始聚集圍繞在他們旁邊。凱文覺得這幫人可能就要開始高喊「打吧！打吧！」就像學生時代那樣。

「喂，老兄，把話收回去。」凱文說道。

瓦倫左右扭轉著頭。就是不敢正視柏雷加德或者圍觀在旁邊的群眾。「聽著，我也許錯了。我只是說說——」他才剛開口，柏雷加德就伸出了手。瓦倫只好閉上嘴。

「不要再說『你只是說說而已』。也不要說你錯了。把話收、回、去。」柏雷加德對他說。

「別讓他耍你，老兄！」群眾裡有人大喊。

凱文轉過身面對瓦倫，壓低了聲音說道，「別讓這些人害了你。我堂哥可是很認真的。把話收回去，你就可以不掉一顆牙地回家。」

柏雷加德雙手垂在兩側，以一種穩定的頻率在收縮著拳頭。他看著瓦倫的眼睛。後者不停地在瞄著四周，彷彿在尋找什麼可以不把話收回去的脫身之道。柏雷加德知道他不會把話收回去。他做不到。像瓦倫這樣的人是靠著他們的狂妄而活的。對他們來說，自大就像氧氣一樣。他們不能認錯，就像他們無法停止呼吸一樣。

突然之間，車頭燈的光線照亮了停車場。一片藍色的燈光隨即閃耀在快速超商斑駁的外牆上。

「啊，可惡，是性愛燈。」凱文說完，柏雷加德就看到一輛紅色的無標誌警車在快速超商出口的斜對角停了下來。少數幾個人緩緩地朝著各自的車子走去。不過，大部分人還是停留在原地。

「性愛燈？」那個滿頭大汗的大鼻子說道。

「是啊，因為當你看到他們的時候，就表示他們要搞你了。」凱文回答他。兩名警察下了車，拿出了他們的手電筒。柏雷加德伸出手擋住眼睛。

「你們在這裡幹嘛，兄弟們？夜間賽車嗎？不過，我可沒看到什麼納斯卡賽車❶的標誌。你有看到納斯卡的標誌嗎，赫爾警官？」另一名警察問道。那是一名金髮的白人，他的方形下巴方正到他可能需要學會幾何學，才知道要怎麼幫自己刮鬍子。

「沒，瓊斯警官，我沒看到什麼納斯卡的標誌。你們這些傢伙何不把你們的證件都拿出來，並且坐到那邊的人行道上？」赫爾警官說。

❶ NASCAR，又稱全美改裝車競賽。是全美最大、最受認可的賽車競速團體。

「警官，我們什麼也沒做，我們只不過是把車子停在這裡而已。」那個流汗的大塊頭說著。

瓊斯警官聞言轉身，一隻手落在他的槍上。

「我有叫你開口嗎？把屁股坐到地上去。你們所有人都把證件拿出來，坐到地上去。」現場的群眾約莫有二十個人左右，車子大約有十五輛。不過，他們全都是黑人，只有兩名警察是白人，有槍的白人。每個人都把皮夾掏出來，坐在了人行道上。柏雷加德坐在從水泥地的縫隙裡長出來的一小撮草地上，並且從皮夾裡拿出了駕照。兩名警察開始從人群的兩頭朝中間逐一檢查。

「有人有什麼賭錢的正當理由嗎？要撫養子女，遭人攻擊了，店被偷了？」赫爾警官問著。

柏雷加德企圖要看清他們隸屬於哪個郡，不過，他們一直把手電筒對準了他的眼睛照射。瓊斯警官來到他面前停下來。

「你有什麼理由嗎？」他拿著柏雷加德的駕照問道。

「沒有。」

瓊斯警官把手電筒照射在柏雷加德的駕照上。他的肩膀上有一塊補丁般的標誌寫著警察二字。

「你是哪個郡來的？」柏雷加德問他。瓊斯警官立刻把手電筒的燈光照在柏雷加德臉上。

「『去你的』郡，人口只有一個人。」瓊斯警官說完，把駕照還給柏雷加德，然後轉頭對著肩膀上的無線電說話。赫爾警官也和他做著一樣的事。夜鷹和蟋蟀又開始牠們的大合奏。就在兩名警察對著無線電那頭的不知名人物確認著什麼的時候，時間一分一秒地過去。

「好了，各位，這樣吧。你們有些人有賭博的理由，有些人沒有。不過沒關係。我們不需要你們在牧羊人之角這裡破壞我們的公路。所以，我們會讓你們離開。不過，為了不鼓勵你們再回到這裡，我們要讓你們支付賽車稅。」赫爾警官說。

「賽車稅是什麼鬼？」那個渾身汗濕的大塊頭問。瓊斯警官立刻就把他的槍管貼在大塊頭的臉頰上。柏雷加德感到自己的胃都繃緊了。

「肥仔，把你皮夾裡所有的東西都拿出來。還是說，你想當個警察暴行下的受害人？」瓊斯警官問。

「你們聽到他說的話了。各位，把你們口袋裡的錢都掏出來。」赫爾警官說。一陣微風吹起，拂過了柏雷加德的臉龐。微風捎來了忍冬的味道。兩個警察走過排排坐的人群，從他們手中拿走了現金。瓊斯警官又來到了柏雷加德面前。

「喂，把口袋掏空。」

柏雷加德抬頭看著他。「抓我吧。逮捕我。不過，我不會把我的錢給你的。」

瓊斯警官把他的槍抵在柏雷加德的臉頰上。一股槍枝的油味撲鼻而來，直嗆他的喉嚨。

「也許你沒有聽到我剛才對你那個朋友說的話。」

「他不是我朋友。」柏雷加德說。

「你想要挨顆子彈嗎？你企圖要藉著警察自殺嗎？」瓊斯警官對他說，那雙眼睛在月光下閃爍著。

「不。我就是不會把我的錢給你。」柏雷加德重複說道。

「蟲子，給他吧。」凱文對他說。瓊斯警官瞪了他一眼，然後把槍指向凱文。

「他是你朋友，不是嗎？你應該要聽他的話，蟲子。」瓊斯警官說著，咧嘴而笑，露出了一排歪斜發黃的牙齒。柏雷加德抽出了他的錢，還有他從瓦倫那裡贏來的錢。瓊斯警官一把將鈔票從他手中搶走。

「好孩子。」瓊斯警官說。

「好了，各位，起來吧，然後都離開這裡。還有，不要再回到牧羊人之角。」赫爾警官宣布。柏雷加德和凱文雙雙站起身。人群在一陣低聲的抱怨中散去。空氣中充斥著道奇戰馬、雪佛蘭、福特野馬、雪佛蘭羚羊的咆哮聲，黑夜彷彿在瞬間活了起來。凱文和柏雷加德也爬進達斯特裡。兩名警察開始四下走動，所有的車輛都在合法的速度範圍內紛紛駛離。瓦倫坐在他的奧茲莫比裡，目光直視前方。

「快走，瓦倫。」赫爾警官對他說。

瓦倫的手在臉上搓揉著。「車子發動不了。」他喃喃自語著。

「什麼？」赫爾警官說。

瓦倫放下雙手。「它動不了！」他說。凱文大笑著，和柏雷加德一起駛出了停車場。

柏雷加德往左轉，開上一條狹窄的道路。

「州際公路要往那邊才對。」凱文告訴他。

「是啊。這邊是通往鎮上的方向。也是通往酒吧的方向。」柏雷加德說。

「我們沒錢要怎麼喝酒？」凱文問。

柏雷加德停下車，把達斯特倒車開進了一條舊的集材道路入口。然後熄燈，讓車子保持空轉。

「那些人不是真的警察。他們的制服上沒有郡徽。還有，那把槍是.38的。警察已經二十年都不用.38的槍了。而且，他們還知道他的名字。」柏雷加德說。

「王八蛋。我們被耍了。」凱文恍然大悟地在儀表板上捶了一拳。柏雷加德看了他一眼。凱文趕緊把手放在儀表板上，撫平上面的皮革。「可惡，抱歉，老兄。那我們在這裡做什麼？」

「瓦倫說他的車子發動不了。他是唯一一個留在那裡的人。」柏雷加德回答他。

「你認為是他告的密？」

「沒有什麼人告密。他和他們是同夥。他留下來是為了分他那一份錢。來參加賽車的人都不是本地人。我在想，像瓦倫那樣的人會想要喝一杯慶祝的。」柏雷加德繼續說道。

「他說的那些什麼關於你作弊的屁話都是在演戲？」

柏雷加德點點頭。「他不希望我離開。這樣，他就可以爭取時間讓他的同夥抵達。為了要吸引人群，他比賽了幾場。也許是藉此在探查賭注會有多少。然後，在我鬆開方向盤的時候，他就簡訊通知他的同夥。」

「狗娘養的。哈。金恩博士一定會感到很驕傲，因為白人和黑人終於合作了。」凱文諷刺道。

「是啊。」柏雷加德回應他。

「你認為他真的會往這邊走嗎？我是說，他不會那麼笨吧，會嗎？」凱文問。

柏雷加德沒有說話。他只是在方向盤上敲擊著手指。他覺得，瓦倫的一言一行並非全部都是在演戲。他真的是一個自負的蠢蛋。像那樣的人絕對不會認為自己會被抓包。他們只會覺得自己領先別人一步。

「當我還在幫派做車手的時候，我曾經遇到像他那樣的人。他不是這附近的人。他聽起來像是從里奇蒙北部來的，或者亞利桑德里亞。像他那樣的人是等不到回家才慶祝的。而他想要慶祝。因為他覺得他贏了。他以為他騙過了我們。他想要到距離最近的酒吧喝上一杯。他會一個人去，因為他的同夥不能穿著那身假制服到處走。他會在喝酒的地方大放厥詞，就像他早先那樣。他就是控制不了自己。」

「你真的這樣想，是嗎？」凱文說。柏雷加德沒有出聲。沒有拿回那筆錢，他不能回家。一千元雖然並不足以支付房租，但總比什麼都沒有好。他的本能告訴他，瓦倫會到鎮上去，然後在那裡喝一杯。他相信自己的本能。他必須相信。

時間滴答地過去，凱文忍不住看了看手錶。

「老兄，我想他不會——」凱文才剛開始說話，一輛車子就飛馳而過。月光下掠過一抹亮綠色的車影。

「那輛傳奇的奧茲莫比。」柏雷加德開口。他緊跟在奧茲莫比後面。他們跟著他駛過平坦的原野以及和緩的丘陵。在他們經過那些平房和貨櫃屋時，家家戶戶的前廊燈和景觀照明取代了投射在大地上的月光。他們開過一個角度幾乎可以切開起司的彎道之後，牧羊人之角的鬧區赫然進入了眼簾。蒼白的街燈照亮了成排的水泥和磚房。一棟圖書館、一間藥局和餐館單調地矗立在大街上。靠近人行道的盡頭是一棟寬闊的紅磚建築，前門上掛著一副招牌寫著迪諾燒烤酒吧。

瓦倫往右轉，繞到了迪諾的後面。柏雷加德把他的達斯特停在街上，從後座拿出一把活動扳手。人行道上沒有路人，迪諾的前門外面也沒有人在閒晃。只有幾輛車停在達斯特的前面。一陣嘻哈音樂的節奏聲從迪諾的牆壁穿透而出。

「你待在這裡。如果看到有人靠近，就按喇叭。」柏雷加德說。

「不要殺他，老兄。」凱文對他說。柏雷加德並沒有做任何的承諾。他只是下了車，沿著人行道匆忙地穿過了迪諾的停車場，然後在餐館後面的角落停下了腳步。從那個角落窺探出去，只見瓦倫正站在奧茲莫比旁邊。他正在尿尿。柏雷加德跑過停車場。酒吧流瀉而出的音樂淹沒了他的腳步聲。

就在柏雷加德用扳手擊中他的時候，瓦倫正準備要轉身。他把扳手重重地落在瓦倫的斜方肌上面。柏雷加德聽到有東西斷裂的悶響，就像他祖父在晚餐桌上折斷一隻雞翅的聲音一樣。瓦倫縮成一團倒地，尿液直接橫灑在了奧茲莫比的車身上。他側身躺在地上，柏雷加德順勢又在他的肋骨上落下一擊。瓦倫仰躺在地，一道鮮血沿著他的嘴角流到了下巴。柏雷加德在瓦倫身邊蹲了下來，然後將扳手壓在他的嘴上，彷彿要塞住他的嘴一樣。他抓住扳手兩端，把全身的力量都壓在上面。瓦倫的舌頭在重壓下宛如一條粉紅色的肥蟲，不停地在扳手的邊緣蠕動著。鮮血和口水從他的嘴邊持續流向他的臉頰。

「我知道你拿了我的錢。我知道你和那些假警察是同夥。你們到處設局賽車，詐騙隨機出現的傻瓜。那些我都不在乎。我知道你拿了我的錢。現在，我要挪動這支扳手，如果你說了任何和我的錢無關的話，我就會把你的下巴打落到七個不同的地方。」柏雷加德對他說。他沒有拉高音量，也沒有尖叫。他挺直了身體，開始挪動扳手，瓦倫一面咳嗽，一面把頭轉到一邊。他吐出了一坨粉紅色的口水，口水立刻就掉落在他的下巴上。他重重地喘了幾口氣，只見更多帶血的口水往他的下巴橫掃而過。

「我後面的口袋。」他喘息著說。柏雷加德一把將他翻過身，瓦倫立刻哀號了出來。那完全是野獸般的呻吟。柏雷加德覺得自己可以聽到瓦倫碎裂的鎖骨因為摩擦所發出的輕微碰撞聲。他抽出了一疊鈔票。很快地數了一下。

「只有七百五十元。我的一千元呢？你的呢？剩下的錢呢？」柏雷加德問道。

「我的……我的錢是幌子。」瓦倫回答。

「這是你分得的部分。」柏雷加德說。瓦倫虛弱地點點頭。柏雷加德咬了咬牙。他站起身，把鈔票塞進口袋裡。瓦倫只是緊閉雙眼，痛苦地嚥著口水。

柏雷加德把扳手放到身後的口袋裡，然後朝著瓦倫的右腳踝關節重重地踩了一腳。瓦倫尖叫了一聲，不過，除了柏雷加德之外，附近沒有任何人聽到這一聲慘叫。

「收回你的話。」柏雷加德對他說。

「什麼……搞什麼，老兄，你弄斷了我的腳踝。」

「收回你的話，不然，我就弄斷你另一邊的腳踝。」

瓦倫再度仰躺在地上。柏雷加德看到一片深色的水漬痕跡從他的褲襠延伸到了膝蓋上。他的小弟弟還像一條蚯蚓般地掛在褲子外面。一股尿騷味刺激著柏雷加德的鼻子。

「我收回。你沒有作弊，好嗎？可惡，你沒有作弊。」在他說話的同時，柏雷加德看到淚水從瓦倫的眼角流了出來。

「好。」柏雷加德點點頭，轉身朝著他的達斯特而去。

2

車庫屋頂上的自動感應燈在柏雷加德把車開到房子前面時亮了。他停下車，先讓凱文從達斯特下車，去打開三扇捲門中的一扇。柏雷加德把車調過頭，倒車進入車庫。車子的引擎聲立刻迴盪在洞穴般的車庫裡。柏雷加德熄火關掉引擎。他用寬厚的手指擦過臉龐，隨即在駕駛座上轉身，一把抓起丟在後座的活動扳手。扳手上還殘留著瓦倫的血跡和一點點的皮屑。他得把扳手泡在水裡漂洗，才能把它再放回它的工具箱裡。

他下了車，走向辦公室。頭頂上的一根日光燈管閃爍著淡藍色的光暈。他走到辦公桌後面的一台迷你冰箱，拿出兩瓶啤酒。在他把扳手放在桌上的同時，金屬碰撞的聲音瞬間響起。凱文走了進來，一屁股坐在辦公桌前門的一張折疊椅上。柏雷加德把一瓶啤酒丟給他。他們同時打開啤酒，朝著彼此舉起了瓶子。柏雷加德一口就幾乎喝掉了整瓶啤酒。凱文則在啜飲兩口之後，把酒瓶放到了桌上。

「我想，我得去把傑洛米好好地臭罵一頓。」凱文開口說。柏雷加德繼續把瓶子裡剩下的一點酒都喝光。

「算了。那不是他的錯。那些傢伙可能在東海岸來來回回地玩這種把戲。」他說。

「但還是搞砸了。我可以再問問。也許南下到羅利去？或者夏洛特？」

柏雷加德搖了搖頭。他把喝光的啤酒瓶丟進垃圾桶。「你知道我沒辦法去到那麼遠，也不可能為了不確定的財源而去。反正，房租到二十三日就到期了。我並不想對菲爾開口說要再往後延。沒拿到大衛森建設公司的那份合約，真的讓我們的處境變得很糟糕。」柏雷加德說。

凱文喝了一口啤酒。「你有想過要去找伯尼談談嗎？」他問。

柏雷加德往後靠到他的旋轉椅背上，然後把穿著靴子的雙腳蹺到桌上。「我有想過。」他說。

凱文也喝光他的啤酒。「我只是想說，我們已經營業三年了，結果，普利遜一出現，人們好像就忘記我們也在這裡了。也許紅丘沒有大到需要兩家車廠。或者至少不是一家黑人開的車廠。」

「我不知道。我們原本有希望拿到大衛森的那份合約。二十年前，我們甚至都不需要討論這種問題。我就是沒辦法把價錢壓到像普利遜那麼低。」柏雷加德說。

「所以我才說，你也許要考慮去找伯尼談談。不用太多。只需要讓我們能撐到……我不知道，撐到更多不知道怎麼換機油的人搬來紅丘為止。」凱文說。

柏雷加德拿起扳手，再從辦公桌旁一只堆滿抹布的塑膠桶裡抓來一條抹布，開始擦拭扳手上的血跡。

「我說我正在考慮去找他。」

「好吧，那我也要走了。克里斯蒂今晚沒有上班，由於薩莎現在正在當班，所以，我打算過去說聲嗨——。」他說著，把嗨字唱成了音符，直到再也唱不上去，必須換成假音為止。

柏雷加德冷笑了一下。「那些女孩總有一個有朝一日會把你那裡割下來，寄回來給你。」

「老兄，隨便吧。她們還會把它鑄上銅，然後給它一個底座呢。」凱文一邊說著，一邊從椅子上站起身。「明早見？」

「嗯。」柏雷加德應聲。他再度放下扳手。凱文用兩根手指對他行了一個禮之後，便走出辦公室的大門離開了。柏雷加德轉過椅子，把兩腿放到地板上。七百五十元。那比一千元還要糟糕。更別說他一路開到牧羊人之角還花了不少油錢。上個月，菲爾．杜墨曾經對他說，他不能再讓他延期了。

「柏雷，我知道現在世道不好。可是，我老闆告訴我說，關於這筆貸款，我們不能再擴增你的信用額度，也不能再讓你延期了。聽著，也許我們可以再融資——」

「我還有一年就可以還清貸款了。」柏雷加德的話讓菲爾皺起了眉頭。

「是沒錯，不過，嚴格來說，你已經拖延三個月了。而根據你的貸款協議，只要你超過一百二十天遲繳，這筆貸款就變成了拖欠款。我不希望發生這種情況，柏雷。如果再融資的話，你就可以有多幾年的時間，而且你也不會失去房子。」菲爾曾經這麼說過。柏雷加德明白他的意思。他也看到了他臉上那絲痛苦的表情。在完美的世界裡，他會相信菲爾是真的關心他的生計。不過，這個世界一點都不完美。柏雷加德知道，菲爾說的都沒有錯。他也知道，他現在屁股下的這片土地，正好就在一個開發區的旁邊。他們正在建造紅丘第一家速食餐廳。以前那家太妃冰淇淋不能算是速食店，因為他們早在十年前就關門了。他們的速度從來都不夠快，不過，他們的奶昔實在很厲害。

柏雷加德站起身，把達斯特的鑰匙掛在軟木塞板上的吊鉤，再取下他的卡車鑰匙，然後鎖上車庫的門，駛上回家的路。

當他回到大街上時，太陽剛剛探出了地平線。柏雷加德駛過紅丘郡的市政廳辦公室，開進了一片寬廣的原野。他一直都覺得很好笑，一個地名裡有「丘」的郡，卻在地形樣貌上完全沒有一丁點的山丘。他經過了樹林巷，他女兒就住在那裡。當他轉到市場大道時，天空已經泛出了金色和紅色的線條。接著，他又在兩條小路上轉了兩個彎，最終抵達了他那幢位於泥土巷弄裡的雙寬貨櫃屋。

柏雷加德把車子停在琪亞那輛藍色的雙門小Honda旁邊。他從來都不開那種車，那只是代步的工具而已。他是那種駕駛美國肌肉車的男人。當他踏上前廊時，屋子裡一片安靜。他穿越過長方形的屋子，經過兒子們睡覺的房間。陽光穿過窗簾，灑在這幢雙貨櫃寬的活動房屋裡。他和琪亞的臥房在貨櫃屋的最後面。柏雷加德躡手躡腳地走進房間，在他們的床腳邊上坐了下來。琪亞蜷縮在床尾，彷如一個日本的摺紙藝術品。柏雷加德輕輕地碰觸著她裸露的大腿。她焦糖色的腿抽動了一下，不過，她沒有轉身，只是繼續讓臉埋在枕頭裡和他說話。

「還好嗎？」她低微的聲音從枕頭裡傳出來。

「我贏了，但是那個人不願意給錢。結果事情變得有點混亂。」

她轉過身。「你說他不付錢是什麼意思？那在搞什麼鬼？」她問。

她撐起了一隻手肘。原本就幾乎沒有蓋住她全身的被單瞬間滑落了下來。她的頭髮在頭上呈現出一個奇怪的幾何形狀。柏雷加德的手依舊停留在她的大腿上搓揉著。

「你沒有被捕吧？」她問。

他心裡在想，是啊，被兩個假警察逮捕。

他把手從她的腿上收回。「沒有，不過，那個傢伙並沒有他自己誇說的那些錢。整件事亂了套。我現在還缺八百元。」語畢，他讓這段話靜靜地流淌在他們之間好一會兒。琪亞拉起被單，把雙膝抱在胸口。

「那份合約呢？幫建設公司的卡車提供服務的那份合約呢？」她問。柏雷加德向她挪近，讓自己的肩膀靠在了她的肩膀上。

「我們沒有拿到那份合約。普利遜拿走了。我們還得幫達倫配眼鏡。上個月，我還得給珍妮絲錢，支付艾莉兒的帽子和禮服。這幾個月生意很慘澹。」柏雷加德說。事實上，這一整年都是如此。琪亞也知道，不過，他們誰都不願說出口。

「我們可以延期嗎？」她問。柏雷加德攤開四肢，在她身邊躺了下來。她沒有躺回去，反而用手臂緊緊地抱住了膝蓋。柏雷加德瞪著天花板。天花板上的吊扇正在搖搖晃晃地旋轉著。吊扇的燈罩上有一隻羅威納犬的圖案。

那具吊扇裝好至今已經五年了，這五年來，它一直都給他一種毛骨悚然的感覺。不過，琪亞很喜歡這具吊扇。關於婚姻，他所學到的一件事就是，如果可以的話，一支新奇的扇子絕對不值得你為之付出什麼重大的代價。

「我不知道。」他說。她伸出一隻手撫過凌亂的頭髮。過了幾分鐘之後，她重新躺回柏雷加德身邊。她的肌膚很沁涼，還散發著玫瑰的花香。她一定是在睡覺前洗過澡了。他把一隻手臂盤過她的腰，讓手掌落在她的肚子上。

「如果我們沒有辦法延期的話呢？」琪亞問。

柏雷加德搓了搓她的肚子。「我可能得要賣掉一些東西。也許是那具液壓升降機，或者第二台換輪胎的機器。那台機器就是我一開始之所以貸款的原因。」他說。他並沒有提起要去找伯尼叔叔談談的事情。

就在這個時候，琪亞側轉過身，撫摸著他的臉龐。

「你正在想那件事，對嗎？」她問。

「正在想什麼事？」

「去找伯尼。問問看有沒有什麼案子。你知道那不是一個選擇，對嗎？你很幸運。我們都很幸運。你從來都沒有被逮到，你逃過了，然後開了這間汽車修理廠。那是一種福氣，寶貝。」她說。她那雙淺色的眼睛注視著他深色的雙眸。他們從他十九歲的時候就在一起了，當時她十八歲。並且在他們二十三歲的時候結了婚。他們在一起幾乎十五年了。她對他的了解不輸給任何認識他的人。

很多夫妻喜歡說他們無法向對方說謊。說他們的伴侶可以在一哩外就看出他們在說謊。他和琪亞之間的思路就像一條單行道。她只要出去和她的女朋友們喝酒，他一定會知道。她吃掉最後一片巧克力餅乾，他也一定會知道。她的臉就像一本打開的書，而他早在很久很久以前，就已經讀過了每一頁。他痛恨對她說謊，不過，他可以輕易地就騙過她，這點永遠都讓他感到驚訝。然而，他確實常常有機會練習說謊。

「不，我沒有在想這件事。我曾經有過這個念頭嗎？確實有。不過，那就像買樂透的念頭閃過我的腦子一樣而已。」他說著把她抱近自己，閉上了眼睛。

「沒事的。我會想出辦法的。」他說。

「我昨天接到牙醫的電話。賈文可能需要戴牙套。」她說。柏雷加德緊緊地摟住她，不過什麼也沒有說。

「我們要怎麼辦，寶貝？我可以試著在飯店多安排幾個班。」她說。

「那也付不起牙套的錢。」他說完，兩人陷入了一陣沉默。琪亞隨即清了清喉嚨。

「你知道，你可以變賣掉——」不過，柏雷加德打斷了她的話。

「那輛達斯特是非賣品。」他說完，琪亞把頭靠在了他的胸口。他用手臂摟住她的肩膀，然後看著天花板上的吊扇不停地旋轉，直到他昏沉地入睡。

「爹地。爹地。爹地。」

柏雷加德睜開眼睛。他覺得自己彷彿五秒鐘以前才闔眼一樣。達倫站在床邊，手裡抱著他最喜愛的玩具。一個十二吋高的蝙蝠俠玩偶。他用那隻棕色的小手緊抓著蝙蝠俠，另一隻手裡則握著一塊不成形的麵包。

「嘿，小臭蟲。」柏雷加德叫了他一聲。他的小兒子遺傳了琪亞的眼睛和他的膚色。神彩奕奕的綠色眼睛和那一身巧克力色的皮膚形成了對比。

「媽媽說，你要在她帶我們去珍珍阿姨家之前起來吃飯。」達倫說道。一抹笑意閃過他的唇角。柏雷加德在想，琪亞一定用了什麼粗話指示達倫來叫醒他。每當有人說粗話的時候，達倫總是會咯咯地笑個不停。而且，那份笑意通常都不會立刻就散去。從他兒子臉上那份淺淺的笑容看起來，琪亞很可能在一個小時之前說過什麼粗話。

「我想，我最好立刻就滾下床。」柏雷加德說。達倫立刻就爆出了一串咯咯的笑聲。柏雷加德從床上跳起來，攔腰抓住了達倫。他把兒子從地上抱起來，大步走向廚房，還一路發出飛機起飛的聲音。

「是滾下床的時候了。」琪亞看到他的時候說道，不過，她的話裡並沒有帶著任何的惡意，那似乎是為了逗樂達倫而說的。果然，達倫再度爆出了一陣笑聲。

「喔，你說粗話。」達倫喘著氣抱怨道。「你完蛋了！」他驚呼著說。賈文坐在那張小桌邊上，沉浸在自己的耳機裡。柏雷加德覺得如果自己和賈文同年紀的話，賈文有可能會被人當成是他的雙胞胎弟弟。削瘦高挑，還有一雙看起來惺忪的眼睛。他把達倫放下來，輕輕地捏了一下賈文的耳朵。賈文倏地抬起頭來，拔掉了他的耳塞。

「早啊。」柏雷加德說。

「你們都把自己的麵包吃完，這樣我們才可以去珍珍阿姨家。」琪亞說道。柏雷加德拿起一塊麵包，往桌上的一疊肉汁沾了一下，然後把整塊麵包塞進嘴裡。

「我知道我娶你不是沒有道理的。」他含著滿口的麵包說。琪亞聞言哼了一聲。

「反正不是為了麵包。」她說著經過他的身邊，把她的盤子放到水槽裡。他的腦子裡重現出他們第一次見面時，他所看到的那個年輕的女孩。當時，她正站在凱文的車子引擎蓋上，隨著一首放克歌曲起舞。她那頭狂野的頭髮編成了辮子，身上則穿著一件黑色的寬鬆長褲和白色T恤。他們都在高中附近一座公園裡的籃球場裡瞎混。他是帶著一個兩歲女兒的少年犯。她則是一個十八歲的高三學生。三個星期以後，他們就交換了定情戒。四年後，他們結婚了，還懷了賈文。

「我今天可以和你去店裡嗎？」賈文問。柏雷加德和琪亞互換了一個眼神。

「今天不行。」柏雷加德說。很久以前，當他還在另一個圈子工作時，他花了很大的力氣，在確保他的私人生活和工作絕對不會存在於同一個空間裡。他不希望那個世界沾染到他的家庭。他不想要讓工作上的齷齪玷污了他的家人。他已經脫離那樣的地方三年了，但是，他知道它依然具有殺傷力。他不希望那樣的殺傷力吐露出來，咬傷了他的孩子或琪亞。他讓他們遠離修車廠，以防有來自那個世界的人找上門來。

賈文把耳塞塞回耳朵，然後站起身。他走到門邊，杵在那裡。柏雷加德知道這個孩子想要和他在一起。他喜歡車子，而他也有一雙巧手。他希望，等到哪一天時機安全到可以讓賈文來修車廠的時候，賈文對車子的興趣還依然存在。

「走吧，達倫，我們走。」琪亞說。她踮起腳尖，在柏雷加德的唇上印下一吻。他可以嚐到她呼吸裡的薄荷味。他將一隻手臂滑過她的腰際，十倍地回吻著她。

「真噁心。」達倫叫著吐了吐舌頭，還翻了個白眼。

「說話注意點，孩子。」琪亞掙開柏雷加德的懷抱之後說道。

「你午餐休息的時候，我再打電話給你。」柏雷加德說。

「最好如此。」語畢，她隨即和孩子們離開了。學校放假了，而琪亞在格魯塞斯特那家小旅館的工作，要從上午十點一直做到下午六點。賈文還沒有年長到可以自己待在家，並且看著他的弟弟，因此，當柏雷加德和琪亞都要工作時，她就把兩個孩子送到她妹妹家裡。珍・布魯克斯在她的房子後頭開了一間沙龍。這樣，兩個男孩就可以和他們的表兄弟姊妹一起玩，就像柏雷加德以前在他的瑪拉嬸嬸家，和凱文、凱文的弟弟凱登玩在一起一樣。凱登已經去世了七年。他二十三歲那年，在一場汽車旅館的搶劫事件中遭到了謀殺。坊間流傳說那是一場預謀。凱登和他的好朋友被他們在夜店裡遇到的一些交際花騙到了教堂丘的一間汽車旅館。教堂丘是里奇蒙市最荒蕪的地區之一。那裡的治安壞到連郵局都不再送信到那裡去。他們以為可以到那裡和女孩們上床，還有很棒的大麻在等著他們。結果，他們卻落得了兩顆子彈穿過頭部的下場和一場蓋棺的葬禮。

當凱文和柏雷加德找到殺害凱登和他朋友的那兩個人時，他們企圖要把罪責歸咎到那些女孩身上。然後，他們就互推責任。最後，他們只能哭著喊媽。

柏雷加德脫下內褲，走到浴室。他打算先洗個澡，然後再去辦幾件事，之後就到修車廠去。當他把水龍頭打開的時候，他聽到臥室傳來一陣嘰嘰喳喳的聲音。那是他的手機。琪亞稍早把它從他的褲子裡拿出來，放在了床頭櫃上。他跑進房間，從斑駁的床頭櫃檯面上拿起手機。他認得上面顯示的那個來電號碼。

「哈囉。」他說。

「哈囉，是柏雷加德．蒙塔奇先生嗎？」一個略帶鼻音的聲音問道。

「是的，我是，塔波特太太。」他回答。

「哈囉，蒙塔奇先生。我是卡斯特湖療養院的葛洛莉亞．塔波特。」她說。

「我知道。」柏雷加德說。

「喔，是啊，不好意思。蒙塔奇先生，我想，你母親在我們這裡恐怕有點狀況。」塔波特太太說。

「她又在言語上侮辱了另一個護理人員嗎？」他問。

「不，是——」

「還是她又故意撒尿在別人身上了？」他又問。

「不，不是——」

「還是她又打電話給電視台，說你們的人員毆打她？」他問。

「不，不是的，蒙塔奇先生。不是她的行為……這次。而是她的醫療補助文件出了問題。我們希望你這幾天可以過來一趟，討論一下這個問題。」塔波特太太說。

「是什麼樣的問題？」

「我想，我們還是面對面討論比較好，蒙塔奇先生。」

「好，我可以在幾個小時之後過去。」他說。

「那好，蒙塔奇先生。我們到時候見了。再見。」塔波特太太回答完，直接掛斷了電話。

洗完澡之後，他穿上乾淨的牛仔褲和一件短袖的扣領襯衫，襯衫胸口的口袋上印著他的名字，另一邊則印著蒙塔奇汽車的字樣。他幫自己沖了一杯咖啡，然後站在水槽前面很快地啜飲。屋子裡就像平常一樣安靜。透過水槽上方的窗戶，他可以看到他家的後院。院子的右邊是一座木棚，左邊則有一個籃球框。他們的土地一直延伸到樹林裡將近二百碼。兩頭雌鹿正在後院裡散步。每隔幾分鐘，牠們就停下來啃食地上的草。每天這個時候，房子附近總是很安靜，因此，雌鹿似乎一點也不害怕。牠們悠閒地漫步在草地上，彷彿是在逛跳蚤市場的顧客一樣。

柏雷加德喝完了他的咖啡。曾經，他夢想著能住在像這樣的房子裡。一棟有自來水、並且不會漏水漏得像篩子一樣的房屋。一棟每個人都能有自己的房間、角落裡不需要放污水桶的房子。他把咖啡杯放到水槽裡。他不知道哪一種更可悲。是他的夢想太卑微，還是他的夢想太神準，竟然可以預知到他的現在？那是他在他父親消失以前的夢想。在他父親消失之後，再見到他父親就變成了他願望清單上的首要夢想。不過，經過了這麼多年，他學到必須要接受有些夢想並不會成真的事實。

他拿起他的鑰匙和手機，走出了房子。才上午十點，室外就熱得像地獄一樣。當他踏出前廊時，他可以感受到太陽鞭打在他的身上，彷彿他欠了太陽一筆債一樣。他跳上他的卡車，發動引擎，讓空調開始運轉。他倒車迴轉，把車子開出車道，將揚起的一片灰塵留在了車後。

他開上高速公路的主幹道，不過，他沒有左轉朝著修車廠開去，而是右轉開往郊區的方向。卡車穿越商貿路，經過了幾幢外皮乾燥脫落的空屋，然後繼續向前駛過廢棄的克拉佛丘工業園區。幾年以前，紅丘郡電力公司曾經試圖重新投資這個昔日的農業社區，希望將之建設成一個製造業的聚集之地。他們向一些企業提供了優渥的減稅方案，而企業也給這座城鎮帶來了數以百計的工作機會作為回報。雙方因此維持了好一陣子的互利關係，直到二〇〇八年經濟衰退才出現了變化。在此同時，企業也發現他們可以把他們的作物運到海外，這樣的作法不僅可以削減支出，還能夠讓獲利倍增。

那些空蕩蕩的建築物矗立在那裡，彷彿一排在失落的文明中遭到遺忘的石碑。冰廠、絕緣體工廠、旗子工廠和橡皮圈工廠幾乎都已經無法辨識。大自然以穩定、無可撼動的堅持，重新奪回了她的土地。松樹、山茱萸、忍冬和葛藤緩慢而確定地攀附在這些建築物上面。柏雷加德的母親曾經在橡皮圈工廠工作，從工廠開張一直做到了工廠意外關閉為止。那是在她退休前兩年發生的事，剛好在她被診斷出罹患乳癌之後的一個星期。一個月之後，他就開始了他的第一份工作。伯尼幫他安排了一份在費城外的差事，那幫人剛好需要一個車手。由於他還是新人，所以只能分到五千元。他們告訴他說，那是當時的行情。他只有十七歲，因此對這些說法不疑有他。但那是一個錯誤。他後來知道，所謂的行情就是完整拿到你應該分得的那一份，或者一毛錢都沒有。他並沒有細想這件事。一個錯誤等同於一個教訓，除非你再度犯了同樣的錯誤。

當他接近郡界的邊緣時，大片的玉米田和豆田變成了主要的景觀。住宅的開發還沒有侵犯到這一帶的土地。最終，某個企業開發商將會在這裡安置幾十個狹長的矩形貨櫃，然後把這裡叫做貨櫃屋停駐場。

他轉過一道狹灣，瞥見了那個招牌。一個五呎寬的鋸條安裝在了一根三呎高的金屬柱子上。鋸條上面赫然可見用一段段漆成鮮紅色的鋼筋所拼湊成的幾個大字紅丘鋼鐵。鋸條上的白色油漆早已剝落，彷彿被曬傷了一樣。柏雷加德把車開上碎石車道。車道兩邊盛開著藍色和白色的繡球花。車道的盡頭是一座套上了鏈環的十五呎高大門。在柏雷加德接近之際，大門底下的金屬腳輪開始轉動。幾年前，伯尼在大門上安裝了一個自動感應器。他已經厭煩了在每次有人拖著他們老媽的舊式燒木爐前來時，他就得要停下手邊的工作去開門。大門和相連著的等高圍牆上方，擺滿了生鏽的鐵絲網。兩名膚色黝黑的男子在柏雷加德駛過他們身邊時，朝他點了點頭。他們正在揮動龐大的電動往復鋸。一輛報廢的美國汽車公司所生產的格林姆小型車顯然是他們的目標。

柏雷加德開過矗立在地面上的十呎寬建築物，然後一個大左轉，把車停在了主要辦公室的前面。才下車，他就開始冒汗了。在他一路過來的二十分鐘裡，外面的熱浪已經從火山的級別增強到了地獄的程度。兩台壓實機正在碾壓各式的汽車、卡車和少數的洗衣機，讓空氣裡充斥著一片金屬痛苦的叫喊聲。一塊塊的鋼鐵堆積在院子裡，宛如巨大的骨牌一樣。辦公室後面的廢棄車輛堆積如山，彷彿一座汽車的墓園，一輛輛報廢的車子正在等待著被送進大嘴怪一號和大嘴怪二號的嘴巴裡。那是很久以前的一個夏日，凱登幫它們取的名字。

那天，柏雷加德的父親開著那輛達斯特載著他、凱登和凱文出門兜風。「我得去看你伯尼叔叔一眼，然後，我們就去太妃冰淇淋。你們都要在你們的奶昔裡加威士忌嗎？」他父親對他們眨了眨眼問道。

「要！」凱文首先回答。當然是凱文。他甚至還舉起了手表示贊同。

他的反應讓柏雷加德的父親笑到開始咳嗽。

「孩子，你媽媽會把我們兩個的屁股吊起來鞭打。也許幾年後再這麼吃吧。」

當他們的車開進院子裡時，他們三個全都靠在了前座上，看著那台爪式起重機在噴氣和咆哮聲中，把一輛車丟進壓實機裡。起重機先將卡車從引擎蓋處翻轉過來，隨即扔進了壓實機裡。

「大嘴怪一號，解決它！」凱登大聲喊著。在柏雷加德的父親告訴伯尼之後，這兩個名字從此就變成了這些機具的代號。不過，他們後來一直都沒有喝到威士忌。

用銅管組成的「辦公室」幾個大字貼在了門上。柏雷加德很快地在門上敲了三下。你永遠都不會知道裡面正在進行什麼交易，因此，最好還是先敲門。

「進來。」一道沙啞的聲音響起。伯尼正坐在他的辦公桌後面。那其實只是擺在四根金屬圓柱上的一片鐵板而言。一台耐用的冷氣機正在他的肩膀上方發出重重的喘息聲。它所發出的噪音似乎比製造出來的冷空氣還要多。幾個零星的檔案櫃和架子靠著牆壁排放。伯尼臉上露出了一抹笑容。

「蟲子！你怎麼樣？孩子，我有多久沒看到你了？六個月？一年？」伯尼問道。

「沒那麼久。我只是店裡很忙而已。」

「啊，我只是在開玩笑，孩子。我知道你在修車廠工作得很賣力。我沒有生你的氣。我只是……只是你不像以前那麼常來了。」伯尼說著，把頭上那頂沾滿油垢的棒球帽拿下來，對著自己搧風。那頭鐵灰色的平頭和他煤炭黑的膚色形成了對比。

「我知道。這裡還好嗎？」

「啊，你知道的。還算穩定。大家永遠都有垃圾要丟掉。」

柏雷加德在桌子旁邊的一張折疊椅上坐下來。「是啊，永遠都有垃圾要扔掉。」

「你好嗎？琪亞和孩子們好嗎？」

「他們還好。達倫需要配眼鏡，而賈文現在也得要配戴什麼特別的牙套。琪亞很好。她在旅館的工作就要滿五年了。你有聽到什麼消息嗎？」他說。

伯尼重新把帽子戴上，然後斜著頭看向柏雷加德。「你是在問？」他說。

柏雷加德點點頭。

「我不是不高興看到你，你知道我很高興見到你，不過，我以為你不幹了。」伯尼說。

「我遇到了麻煩。自從普利遜開業之後，情況就有些不順。」柏雷加德說。

伯尼交叉著手指，然後把手放在他的大肚腩上。

「我希望我能告訴你些什麼，可是，最近這幾年真的什麼資源都中斷了。義大利人被俄羅斯人趕走了，俄羅斯人又只用他們自己的人。可惡，蟲子，外面真的沒什麼消息。那些俄羅斯人聽起來就好像伊凡．科洛夫❷，他們似乎想要讓大家對他們感到害怕或什麼的。」伯尼說。他臉上的表情彷彿咬到了一顆爛蘋果一樣。

柏雷加德雙手垂在兩膝之間，低下了頭。

「你從來沒想過到西部去嗎？我聽說那裡還是有些差事，需要懂得掌控方向盤的人。」

柏雷加德呻吟了一聲。「我老爸就是去了西部，結果從此沒有再回來過。」他說。

伯尼嘆了一口氣。「你老爸……你老爸是獨一無二的。我只看過兩個人可以像安東尼．蒙塔奇那樣精於引擎蓋底下的東西，或者懂得掌控方向盤。你是其中的一個。另一個現在被關在梅克倫堡。你父親是個好車手，也是一個好朋友。他真的是一個很棒的車手。」伯尼說著，把他的棒球帽在頭上拉緊，開始注視著天花板上的鋁樑。

柏雷加德知道他又陷入了回憶裡。他看到了他自己和柏雷加德的父親在月光下的道路飛馳，或者在搶劫銀行之後，一路歡呼地加速駛離費城的大街。

「你依然認為他可能會回來嗎？」柏雷加德問。

「蛤？」

「我老爸。你還認為有朝一日他可能會出現在我家門口嗎？帶著一顆籃球和一瓶傑克丹尼威士忌來和我敘舊。」柏雷加德問。

伯尼吹了一口氣。「像我們這樣的人，包括你老爸、我，還有以前的你，是不會死在醫院病床上的。安東尼並不完美。他熱愛的三件事情依序是開車、喝酒和女人。他的生活架構在時速一百哩的刺激上。像那樣的人，一旦決定要脫離那個圈子就會不計後果，通常還會搞得轟轟烈烈。不過，我告訴你，如果他真的那樣不顧一切的話，你絕對可以相信，他也不會讓某些人好過的。你和他看起來實在太像了，就像是他從嘴巴裡吐出來的一樣。不過，你和他並不一樣。你老爸，他不是那種願意安定下來的人。那讓他和你媽媽都很不好過。艾拉最近好嗎？」

「她還好。她現在住在療養院。她的癌症病情緩和了下來，但是，她還在抽菸，抽得就像她的發動機活塞壞了一樣。」柏雷加德回答。

「該死。癌症，天哪，就那樣一吋一吋地侵噬著他們。路易絲的身體很快就衰敗了。醫生在三月份的時候告訴她，她得了癌症，結果，她在九月的時候就走了。你媽媽罹癌多久了？」伯尼問。

「從九五年開始。」柏雷加德說。他覺得他母親會比他們都長壽，不像伯尼太太那樣。他母親太刻薄了，不會那麼早走的。

「艾拉向來都和鞋子的皮革一樣堅韌。」伯尼說著，對自己的笑話笑了笑。

---

❷伊凡．科洛夫，1942年8月25日-2017年2月18日，本名歐利爾．佩拉斯，被稱為「俄羅斯大熊」，是加拿大退休的職業摔角選手。在他的職業生涯中，曾經拿下WWWF世界重量級冠軍。

「我想，我該走了，伯尼。」柏雷加德站起身。

「嘿，等一下，讓我們很快地喝一杯吧。」伯尼說完，在椅子上轉身，直接從檔案櫃的一個抽屜裡拿出一只玻璃瓶。

「現在才十一點。」

伯尼打開瓶蓋。兩個小酒杯也神奇地出現在桌上。「嘿，誠如艾倫・傑克遜[3]說的，某個地方現在已經下午五點了。我很高興我們能聊聊。」伯尼說。

他在兩只酒杯裡都倒了酒。柏雷加德拿起其中一個杯子，輕輕碰了一下伯尼手中的那個酒杯。酒液就像玻璃酒杯一樣地閃耀。一股暖流滑過了他的喉嚨。

「好了。如果你聽到什麼消息的話，記得告訴我。」柏雷加德說。

「你確定嗎？」伯尼問。

「什麼？」

伯尼把玻璃瓶放回抽屜裡。

「我只是覺得，我什麼消息也沒有，也許真的是一件好事。就像我說的，你和你爸爸不一樣。你不是靠這個而活。那不是你的全部。」他說。

柏雷加德明白伯尼是出於好意。現在，他只是一個中間人。一個可以把你和其他人拉在一起的人。他也出租大嘴怪一號和二號去做垃圾處理。它們會處理那種在死之前鮮血直流、哭爹喊娘的垃圾。他是那種可以幫你運送贓物而不會收取高額仲介費的人。他也是柏雷加德實質上的教父。伯尼幫他翻新了那輛達斯特。琪亞的父親因為殺了她的母親而被判在冷水監獄服刑二十年，因此，當她結婚的時候，是伯尼牽著她走過紅毯，把她交給了他。伯尼也是除了他和琪亞之外，在賈文出生時，第一個抱著賈文的人。伯尼做了所有安東尼・蒙塔奇應該要做的事。因此，柏雷加德知道他這麼說是出於好意。但是，伯尼並沒有一個下個月就要從夏季班畢業的女兒。他也沒有兩個每天晚上似乎都會長高六吋的兒子。或者一個想要在死之前能夠擁有一間有地基的房子的老婆。或者一個只剩一個月就要關門大吉的事業。

「對，我確定。」他說。

語畢，他離開了伯尼的辦公室。

❸艾倫・傑克遜，1958年10月17日出生於美國喬治亞州，是九〇年代美國最著名的鄉村音樂男歌手。

3

凱文在大約十一點的時候到了修車廠。蟲子還沒到，因此，他走到對街的7-11，買了一個雞肉沙拉三明治和一罐汽水。然後坐到一個老舊的卡座裡，吃著他的三明治和汽水。大部分的7-11都沒有提供吃東西的座位區，不過，這間店曾經是一家餐館。擁有7-11的那戶埃及人家在買下這棟建築物的時候，也把這些卡座保留了下來。今天的高溫簡直是酷暑難耐。他考慮要把他的髮辮剪掉，他這麼想已經不是第一回了。不過，他知道自己的頭型很奇怪，還有不少凹痕會讓光頭看起來很嚇人。等他吃完的時候，蟲子依然還沒到，因此，他走回馬路另一端，打開了修車廠。他們得幫露露．莫瑞斯的車裝上變速器，一旦裝好了，那輛車就會令人刮目相看。沙恩．赫爾頓把他的卡車留在了修車廠，他抱怨說他車子的方向盤柱出現了劇烈的震動。凱文認為那可能是齒條和小齒輪的問題。蟲子卻覺得那只是駕駛座那邊的前車軸膠皮套有問題而已。蟲子也許是對的。不過，換一個前車軸的膠皮套只需要三百元，而一個齒條和小齒輪卻至少得花一千五百元。

他希望真的是齒條和齒輪的問題。

凱文把三個維修平台的三道捲門都拉起來，再把空氣調節器打開。他吹著口哨，把沙恩的卡車開到液壓升降機上面。就在他下車的時候，他看到一輛褪色的藍色Toyota開到了維修平台的第一道門前面。車子停了下來，一名瘦小的白人男子下了車，走進車廠。然後在換輪胎的機器前面停下了腳步。男子留了一頭棕色的長髮，還有參差不齊的同色鬍子。那雙深棕色的眼睛不停地在左顧右盼。

「柏雷加德？」他的尾音帶著好奇的聲調。

「不是，我是凱文。他還沒來。我能幫你什麼忙嗎？」

男子舔了舔他乾燥的嘴唇。

「我真的需要和柏雷加德談一談。」他說。

「呃，他不在，我能幫忙嗎？」凱文問。

男子用手掠過頭髮。朝著凱文走近了一點。他身上散發著香菸和濃濃的汗味。

「你只要告訴他說，我哥哥羅尼在找他就可以了。他想和他談談，想要冰釋前嫌，也許會給他什麼活幹。」男子說道。

「羅尼什麼？」凱文問。

「羅尼．塞遜。他認識他。他們以前曾經一起工作過。」男子回答。

凱文嘆了一口氣。他知道羅尼．塞遜是誰，或者，至少他聽過這個名字。羅尼是一個來自南部皇后郡的典型南方白人。羅尼以兩件事而聞名：一是他身上那二十三個貓王艾維斯的刺青，二是他會偷竊所有沒有被鈦螺絲鎖住的東西。凱文最後一次聽到關於他的事，是羅尼因為一宗入室竊盜案被判在冷水監獄服刑五年。他洗劫了一艘小艇還是什麼的。那是在他就某件事情上擺了柏雷加德一道之後的事了。

被擺了一道讓蟲子很不高興。

因此，凱文無法想像，羅尼為什麼要來到蟲子方圓一百呎以內的地方，更遑論要告訴蟲子說他已經回到鎮上了。也許，他就是喜歡牙齒被打落到喉嚨裡的感覺。

「好吧，我會告訴他的。」凱文說。羅尼的兄弟迅速地上下點著頭，隨即轉身走回他的車。不過卻在走到一半時停下腳步，轉過身來。

「嘿，你沒有在賣毒品吧，有嗎？」他問。

「你為什麼認為我在賣毒品？因為我是黑人嗎？」凱文問。

那個人皺了皺眉頭。「不是。只不過，紅丘大部分的人都在販毒。我只是問問而已。」說完，他坐上他的車，用力地關上車門。他企圖要在砂石地上讓他的輪胎疾速轉動，不過，車子卻熄火了。他重新發動引擎，把車子開出了停車場。

凱文笑了出來。他按下升降機「往上」的開關，把沙恩的車子抬起來，直到他不需要低頭就可以走到車子底下。「他想要讓輪胎轉得像我把他給得罪了一樣。那些王八蛋就是會想盡辦法找一些理由來讓自己覺得沒有受到尊重。」他喃喃自語著開始檢查車子的底盤。

卡斯特湖療養院花了很大的力氣讓自己看起來不像個護理之家。建築物的前門有一座巨大的磚砌門廊，掩蓋住入口的自動門。看似被雷射光修剪過的黃楊木矮樹叢沿著人行道排列，彷彿一排蒼翠的哨兵。紅磚的車棚兩端還有一對飛拱。比起護理之家，這座園區更像是擁有一個體面校友會的小型社區大學。柏雷加德踏進自動門，一股刺鼻的尿騷味瞬間撲面而來。所有那些花俏的建築結構一旦沾染上尿騷味，也一樣無能為力。

他一進入室內，一名金髮的櫃檯人員就對他露出了笑容。不過，他並沒有回報任何的笑意。

「哈囉，先生，需要幫忙嗎？」她問。

「我要和塔波特太太見面。」他一邊說著，一邊繼續往前走。他太熟悉病患聯繫人的辦公室在哪裡了。他曾經希望把他母親安置在護理之家會讓他的生活輕鬆一點點。她可以對這裡的工作人員大吼大叫，罵他們沒有把她的飲料放在杯墊上，或者罵他們在幫她擦屁股時太過粗魯。她從來都沒有想過她只有一個杯墊，也從來都沒有想過她的痔瘡發炎了。然而，住在護理之家卻只是讓她變得更刻薄，也讓他的生活更難過。在她住進卡斯特湖的這兩年裡，他被叫來開行為矯正的會議至少也有三十次了。

艾拉．蒙塔奇不是一個模範病患。

一開始，他會額外付一點錢，或者捐贈什麼設備來息事寧人。有好幾次，他甚至直接把一整包裝了現金的信封遞給了行政人員。當時，他的生意很好，而且，他過去所幹的幾票案子也讓他還有一些積蓄。那樣的日子早就結束了。他很好奇，他們今天是不是終於要把他母親推到那條小石頭鋪成的人行道上，然後叫他把她帶走。他可以看到行政人員告訴他說，她不需要回家，不過，她得要滾出這裡。

他敲了敲塔波特太太的門，然後看了一眼手錶。快要中午了。凱文也許已經在工作了，不過，露露的變速器需要他們兩人合力才能拆下來。

「請進。」塔波特太太的聲音響起。柏雷加德按照指示地走進了辦公室。眼前那名纖瘦乾淨的女子正坐在一張有著玻璃桌面的辦公桌後面。她的頭髮一絲不苟地盤在腦後，髮髻上還插了一對裝飾性的筷子。她站起來，伸出了一隻手。

「蒙塔奇先生。」

柏雷加德輕輕地和她握了握手。

「塔波特太太。」

她朝著椅子做了一個手勢，柏雷加德立刻坐了下來。他突然想到，他的生活有多少次是在和別人隔著辦公桌相對而坐之後，就受到了改變。

「蒙塔奇先生，我很高興你今天可以過來討論這個問題。」塔波特太太說。

「你聯絡我的時候，那些話聽起來像是我別無選擇。」

塔波特太太抿住了嘴唇。「蒙塔奇先生，我就直接說重點吧。你母親的聯邦醫療補助範圍有一些不符合條件的地方。」

「不，沒有什麼不符合的。」

塔波特太太連續眨了眨眼睛。「你說什麼？」她說。

柏雷加德在椅子上動了一下。「你說有不符合條件的地方，聽起來像是有什麼不合理之處。我媽媽的聯邦醫療補助並沒有不符合資格。她的補助範圍出了什麼問題嗎？」

塔波特太太的臉瞬間紅了，她往前靠向椅子。柏雷加德知道自己聽起來像個混蛋，但是，他並不喜歡她把狀況說成這樣。塔波特太太不喜歡他母親，而柏雷加德也無法真的責怪她。不過，她沒有必要把話說得好像他母親是個小偷一樣。殘酷、漠然、有控制欲，是的。小偷，絕對不是。蒙塔奇家的男人不會讓他的家人被冠上偷竊的名號。

「我很抱歉，我用錯了字眼。讓我這麼說吧。你母親擁有一份人壽保險，但是她在住進來的時候並沒有宣告有這件事，那份保險讓她超出了聯邦醫療補助的資產限額。」塔波特太太說。

柏雷加德覺得自己口乾舌燥。「她不能取消保險嗎？或者把它兌現？」

塔波特太太再度抿了抿嘴唇。「她可以兌現，不過，那也只有一萬五千元而已。不符合——呃，這個錯誤在兩個月前已經被聯邦醫療補助計畫發現了，所以，他們立刻停止了她的照護補貼。結果現在，她還積欠……」她碰著桌上的一個按鍵。「四萬八千三百六十元。她可以兌現那筆保險，但是，她還是差了——」

「三萬三千三百六十元。」柏雷加德幫她說完。

塔波特太太更用力地眨了眨眼。「對。療養院要求這筆錢要在下個月償清。如果你和你家人沒有辦法付清這筆欠費的話，蒙塔奇太太就得要離開這裡。我很抱歉。」她說。不過，在柏雷加德聽起來，她一點都沒有抱歉的意思。她聽起來顯然很愉快。

「你知道我母親是否同意取消那份保險？」他問。他的嘴乾到彷彿可以吐出沙子來。

「我們告知了她這個狀況，但是，她堅持這是要給她孫子的遺產。」塔波特太太回答他。不過，她挑起的眉毛顯示出她和他同樣不相信這個說法。他母親很善待她的孫子？不，她留著那份保險完全是為了控制。他母親熱衷於控制別人。不管是當年威脅他，要他和艾莉兒的母親分手，否則就不准他去考駕照，或者現在堅持要保留一份人壽保險的作法，都是為了控制。艾拉・蒙塔奇喜歡擁有影響力。她也許偶爾會引用聖經上的話，但是，那純粹只是她的宗教信仰，而不代表她真的內心慈悲。

「讓我去和她談談吧。你能幫我印一份付清欠款的期限嗎，我離開的時候會過來拿。」他說。

「當然可以，蒙塔奇先生。如果你想要的話，我也可以印一份這附近的安養之家名單給你，還有他們的候補名額清單。」

「好，當然可以。」他說。他不需要看其他地方的清單。如果他母親被踢出這裡，她可能等不到其他地方有床位就先死了。

柏雷加德起身，朝著他母親的房間走去。當他沿著走廊前行的時候，他想起了伯尼說過的話。在這些燈光昏暗的其中一間房間裡安靜而有尊嚴地死去，似乎也沒什麼不好。不過，等到你發現沒有什麼死亡是有尊嚴的之後，你就不會那麼想了。死亡是一個混亂的過程。死神會從你的身後偷偷靠近，把你擠壓到你的成人尿布積滿屎尿，擠壓到血管在你的胸口爆裂。他會把他骨瘦如柴的手指鑽入你的五臟六腑，讓你自己的細胞從體內吞噬掉你。他會擾亂你的腦子，直到你的腦筋從內在退化，讓你忘了如何呼吸。他會指引被你冤枉的人，讓他把槍瞄準你的臉。死亡沒有什麼尊嚴可言。在看過太多人的死亡之後，柏雷加德明白了這一點。死亡有的只是恐懼、疑惑和痛苦。

他母親的房門大開。一名護士助理正站在床邊。他聽到他母親每天抽三包菸造成的嗓門正在清楚地大聲說話。那個護士助理當然也聽到了，而且，從她的脖子和肩膀糾結在一起的模樣看起來，她一點都不喜歡她所聽到的話。

「我已經按了那個『呼叫』的按鈕足足有四十五分鐘之久了。當我坐在尿裡的說話，你們那些女孩只知道把臉埋在手機裡。我尿在了我自己身上。你知道那是什麼感覺嗎？你懂嗎？我正坐在一灘尿裡。」她停了一下，從她的氧氣鼻導管裡深深地吸了一口氧氣。「不，你不知道，不過沒關係，有一天你會知道的。你們現在都很年輕貌美，但是，有朝一日你們也會像我一樣待在這種地方，我希望到時候也有人讓你坐在你自己的尿裡，就像把屁股泡在燉菜裡一樣。」她說。

「我很抱歉，蒙塔奇太太。我們今天的人手不夠。」那名護士助理說。她聽起來是真的覺得很抱歉。不過，她犯了一個錯誤。艾拉就像一頭坦尚尼亞塞倫蓋提國家公園裡的母獅。她可以感受到弱勢的氣息。

「喔，我很抱歉，孩子。你們人手短缺。我會試著死得安靜一點。」艾拉說。

那名護士助理發出了鼻塞的聲音，隨即衝出了房間。她和柏雷加德擦身而過的時候，正在低聲說著些什麼。他聽到她口中吐出了「可悲」和「巫婆」幾個字。

「嘿，媽媽。」柏雷加德踏進房門。

艾拉微微地眨動雙眼，從頭到腳地把他打量了一番。「你變瘦了。我向來都覺得那個女孩不會做菜。」她說。

「琪亞的菜煮得很好，媽媽。你感覺怎麼樣？」

「哈！我就要死了。除此之外，我的感覺很好。」她回答。

柏雷加德往房間裡再挪動了幾吋的距離。「你不會死的。」他說。

「把我的香菸從那個抽屜裡拿出來。」她說。

「媽媽。你不需要香菸。你不是才說你快要死了嗎？」

「是啊，所以一根香菸不會造成什麼傷害。」艾拉說。

「你一直都戴著氧氣管抽菸嗎？你知道你可能會讓這個地方爆炸，對嗎？」柏雷加德問。

他母親聳聳肩。「那我可能就幫了這裡大部分人一個大忙了。」她說。柏雷加德不得不輕笑出來。這就是他母親。她可能上一分鐘還在操控別人的情緒，但下一分鐘卻能讓你發笑。那就好像用一個藏了掛鎖的派砸中你的臉一樣。當他還是個孩子的時候，她曾經藉由她的辛辣詼諧和外貌予取予求。所有的孩子都覺得自己的母親很漂亮，然而，柏雷加德很小的時候就注意到，其他人也覺得他母親很漂亮。炭黑色的一頭長髮宛如一層浮油，在她的背後流瀉到她的腰際。彷彿加了太多奶油的咖啡色皮膚訴說著她不同祖先的背景。那對亮灰色的眼眸讓她杏仁般的雙眼獨具一種超凡脫俗的慧黠。

雜貨店的收銀員似乎永遠都有多餘的零錢可以幫她支付她短缺的零頭。就算她在學校的安全範圍內開快車，警察似乎也永遠只會給她口頭警告。人們似乎都想要去做艾拉．蒙塔奇叫他們去做的事，即便她叫他們去死，除了他老爸之外。有一次，她曾經告訴他說，他父親是唯一一個能夠挫她銳氣的人。

「那是我愛他的原因。也是恨他的原因。」她一邊抽著她的深棕色摩爾香菸，一邊在吞雲吐霧之間說著。他還記得坐在她的大腿上，一遍又一遍地聽著她描述他們相遇的故事。他小時候從來都沒有聽過什麼童話故事。在那些酷熱的鄉間夜晚裡，他所聽到的都是她那些真摯、濃烈、時而夾帶著感傷色彩的愛情故事。最終。他發現他母親把這當成了一種詭異的療癒。她那八歲大的兒子變成了被她所控制的專屬心理諮詢師。

癌症和後續的治療首先奪去了她的頭髮，以至於她現在都戴著黑色的圍巾。然後，她的皮膚也凋萎了。她喉嚨上的造口正對著他，彷彿某種怪異的寄生蟲嘴巴。在此同時，還有一條七鰓鰻正試圖要從她的脖子裡爬出來。唯一不受動搖的只有那對灰色的眼睛。那抹淡灰色有時候淺到看起來似乎變成了藍色。它們是如此地聰明，從來都不會忘記它們所看到過的事情。而它們也絕對不會讓你忘記。

「媽媽，你為什麼不告訴我關於保險的事？」

艾拉那雙冷靜的眼睛定定地注視著他。「因為那不關你的事。」

艾拉伸出削瘦的手臂，從床邊的抽屜裡拿出一包摩爾香菸和一個打火機。她點燃一根香菸，深深地吸了一口。一縷白煙從她喉嚨的那個洞口滲出，宛如一抹混濁的光暈，將她的頭部包圍了起來。柏雷加德用手搓了搓自己的臉龐。長長地嘆了一口氣。

「媽媽，那份保險也算是一項資產。而那個資產和你的醫療補助有所抵觸。現在，你已經積欠護理之家費用了。你聽到我說的話了嗎？他們說要把你踢出這裡。」他說。

「你和你的大奶妹不想讓我去弄髒你們那個高級的雙寬貨櫃屋，不是嗎？你知道她從來沒有帶孩子們來這裡看過我嗎？我見到艾莉兒的次數，比我見到達倫和賈文的次數還要多，而艾莉兒的媽甚至不再喜歡黑人了。」艾拉說。柏雷加德從角落裡抓來一把椅子，放在他母親的床畔坐下。

「不是琪亞的問題。我們倆一直很忙，這點我很抱歉。媽媽，聽著，你知道我在你剛生病的時候就叫你搬來和我們一起住了。你說不要。你說你不要住在我家，不要在我訂的規矩底下生活。『那看起來像話嗎，做媽的讓她的孩子告訴她要怎麼做？』你記得說過這話嗎？現在……你需要很多協助。那些協助遠遠超過我們所能提供給你的。」他伸出手去觸摸他母親那隻空著的手。她的皮膚彷彿乾皺的紙張一樣。艾拉又吸了一口菸，然後把手放到腿上。

「你是說過，但你不是真心的。」她說。她的聲音雖然低沉卻很刺耳。柏雷加德靠在椅背上，抬頭瞪著天花板上的隔音板。這幾年來，通往療養院的這條路他不知道開過了幾千回。他不需要地圖或路牌，就可以知道這條路通往哪裡。

「媽媽，我們得要處理掉那份保險。你別無選擇了，因為你沒有別的地方可去。」柏雷加德說話的時候，艾拉又深深地吸了一口菸。

「如果你老爸在的話，我就不需要待在什麼護理之家了。如果他沒有在我最需要他的時候離開我的話，我現在也不會坐在自己的尿裡。我會和我的丈夫在我自己的房子裡。但是，當他需要負起責任的時候，你我都知道，安東尼・蒙塔奇就和一支白色的蠟筆一樣毫無用處，不是嗎？」艾拉問。柏雷加德沒有回答，只是讓這個問題懸宕在兩人之間的空氣裡。

「他也離開了我，媽媽。」他說。他低沉的男中音陡降了四個八度。他的話似乎是從他的胸口散發出來，而不是從他的嘴裡說出來的。就算艾拉聽到了他說的話，她也沒有心情反應。

「他永遠都不應該離開我。可惡的黑鬼。他答應過我，他會永遠照顧我。」艾拉自言自語著。柏雷加德看到她的眼睛開始在閃爍。於是，他站起身，把椅子放回原來的角落。

「我得走了，媽媽。」他說。艾拉用手裡的香菸朝著房門揮了揮。

柏雷加德走出房間，沿著走廊走出了療養院。他得要問問塔波特太太，他母親是怎麼弄到香菸的。他無法忍受看到她抽菸。那不會讓他覺得反感，他只是無法忍受看她那樣對待她自己。相較之下，看到她眼裡泛出淚水反而讓他比較擔心。他這輩子裡看到他母親哭的次數，用一隻手都可以數得出來。她絕不輕易流下淚水，一如她絕不輕易讚美別人一樣。如果她哭了的話，那就表示她真的很痛苦。不管是心理上的，還是身體上的，或者兩者都有。艾拉・蒙塔奇不是一個容易讓人喜愛的女人，但是，目睹她的脆弱，卻讓他覺得自己內心裡柔軟和恐懼的那一部分彷彿被刺穿了。那就好像有人在他的肚子上開了一槍，還把大拇指拚命塞進那個洞裡一樣。

等他到達修車廠的時候已經是午餐時間了。凱文正坐在他的辦公桌上吃著起司漢堡，同時聽著音量被調到最大聲的收音機廣播。收音機殘破的喇叭顫抖地傳送出一首史蒂夫・汪達的歌曲。凱文的雙腳蹺在辦公桌上，頭也隨著音樂不時地在擺動。

「把你的腿放下來。」柏雷加德一進辦公室就說。

「哎呀，看看是誰來了。我覺得我可以把腿蹺起來，因為我是今天唯一一個真的幹了點活的員工。」他一邊咬著漢堡一邊說。當柏雷加德沒有發笑的時候，凱文把腿收了下來，手裡的漢堡也放到了桌上。「嘿，你沒事吧？」凱文問。

「剛去看了我媽。」柏雷加德說。

凱文猛吸了一口氣。「啊，天啊，艾拉伯母還是像平常一樣嗎？」凱文說。

柏雷加德從小冰箱裡拿出一罐啤酒。儘管他稍早前才斥責過伯尼白天喝酒，但是，在和他母親見過面之後，他需要來點什麼。

「她的保險有點弄混了，他們可能會把她踢出療養院。除非我可以付清那些差額。」柏雷加德說。他的頭開始抽痛。

「你有，呃，去找伯尼了嗎？」凱文問。

「嗯。他什麼資訊也沒有。所以，我又回到了原點。不，事實上，情況更糟了，因為我還得要付錢給療養院。」

柏雷加德說完，一口喝掉了半瓶啤酒。

「那就是自己開店的好處之一。喝啤酒當午餐。」凱文說。

柏雷加德輕笑了一聲。「我看到你把沙恩的卡車放到支架上了。問題出在哪裡？」他說。

「他媽的前車軸橡皮套。我原本還希望壞的是齒條和齒輪。別擔心，我已經訂貨了。」凱文說。

柏雷加德喝完他的啤酒。「好吧，我們來處理那個該死的變速器吧。」說著，他把啤酒瓶丟進垃圾桶裡。

「喔，嘿，有個人來過，說羅尼．塞遜在找你。我想那個人是羅尼的弟弟。他一直都沒有對你解釋那匹馬的事，對嗎？」凱文問。柏雷加德嘆了一聲。最近，他嘆氣嘆得太厲害了。

「沒有，他沒有。」

該死的羅尼．塞遜。那次該死的運馬事件背後的主謀就是他。

有一天晚上在神奇地的時候，羅尼主動接近他。根據羅尼的說詞，菲爾夫斯郊區某個高級馬的育馬員要把一匹健康年輕的純種馬賣給肯塔基州某個知名的馴馬員。

那個育馬員的農場裡有一名雇農向羅尼的表哥購買奧施康定「土海洛因」，並且在某次交易的時候不小心說溜了嘴。因此，羅尼偷偷跑來找柏雷加德，要他幫忙他偷那匹馬，好把它轉賣給南卡羅萊納的另一個馴馬員，這樣，他就可以把那匹馬拿來育種。柏雷加德接下了那份差事，然後開始策劃，因為，就像羅尼所言，他是個動腦的人。柏雷加德是個細心的人。他特別跑到了菲爾夫斯去探查了那個育馬員的農場、運馬的拖車、拖車上的掛鉤，以及那匹馬的重量，一切的一切。結果，他設計了一輛一模一樣的運馬拖車，甚至包括拖車右邊那個拳頭大小的凹痕也都複製了。然後把和那匹馬等重的沙袋裝在拖車裡。開拖車的人在幫育馬員運送馬匹的時候，向來都會在某一家餐館停車吃飯，因此，柏雷加德和羅尼就等在那裡。拖車司機把車子停在餐館後面，走進了餐館。柏雷加德和羅尼立刻就把蓋在一大片篷布底下的假拖車，停在了他們的車子旁邊。在餐館停車場微弱的鈉弧燈燈光下，柏雷加德和羅尼把兩輛拖車調了包。他們在午夜時分從洛安諾克山谷某個不知名的地方，把車子開出了停車場，上了州際高速公路，一路往南卡羅萊納而去。

「這簡直就像一個精采的魔術表演！」當他們開上I-85高速公路時，羅尼說道。

很不幸地，柏雷加德所不知道的是，那匹馬患有非常嚴重的疾病，而除了育馬員本人和他的獸醫之外，誰也不知道。那種病症需要特定的藥物。而那些藥就在正在餐館裡吃飯的一名運馬人員的口袋裡。等到羅尼和柏雷加德抵達南卡羅萊納的時候，那匹馬已經像大盜迪林傑❹一樣，死到無法動彈了。

柏雷加德對此很不高興。

「我和羅尼．塞遜沒什麼可說的。」柏雷加德說。雖然只是很簡單的一句話，不過，凱文卻可以感受到一股沉重的不祥之兆，彷如一道陰影般地附隨在這句話裡。

等到他們把變速器取出來時，修車廠裡的熱氣已經達到了撒哈拉沙漠的程度了。儘管風扇開到了最大，他們兩人依然全身汗濕。拆卸那個變速器的過程耗盡了他們所有的精力。柏雷加德在使用套筒扳手時一個手滑，弄斷了右手的一根指節。凱文則拿了一條紅色的抹布，頻頻擦拭自己的臉。柏雷加德的鼻孔裡充滿了變速器甜膩的潤滑油味道，讓他覺得自己的腦子彷彿都受到了感染。凱文看了一眼手錶。

「糟糕，快五點了。你要下班了嗎？反正那個變矩器已經完全壞掉了。」他說。

「好吧。不過，我們明早得早點到這裡。我想要把兩輛車都修好交車，這樣我們才可以收錢。我還欠實耐寶公司一筆錢，還有，電費的帳單已經過期兩週了。」柏雷加德說。

「可惡，你會不會覺得自己像是悲慘世界的主角尚萬強？」凱文問。柏雷加德斜眼看著他。

「辛西亞喜歡那部電影。好了，我要走了。明早見。」凱文說。

柏雷加德一把抓起他自己的抹布，開始擦手。結果，只是把手上的污垢和油漬換到另一個地方而已。凱文走向門口，突然又轉過身來。

「嘿，蟲子。我們會沒事的。你會想出辦法的。你向來都有辦法。」凱文說。

「是啊。明天見。」柏雷加德對他說。

凱文離開之後，他開始關店。他先關掉所有的電燈，除了他辦公室裡的燈之外。然後拉下大門。再關掉空氣壓縮機和頭頂上的空氣調節器。在走回辦公室的途中，他在那輛達斯特旁邊停下了腳步。他撫過引擎蓋，那片金屬板摸起來很溫暖，彷彿有生命一般。他父親在前往西部的時候，把這輛車留在了他自己的母親家。當柏雷加德被關在少年感化院裡的時候，這輛車就在那個後院裡安靜地待了五年。等他出獄之後，他的祖母朵拉．蒙塔奇把車子的鑰匙和所有權交給了他。

「你媽媽想要把它賣給伯塞洛繆當廢鐵。我沒有讓她那麼做。她的名字也許在所有權狀上，但是，這輛車是你的。」她當時曾經這麼對他說過。

❹約翰．迪林傑，1903年6月22日－1934年7月22日，是美國三〇年代大蕭條時期，名噪一時的傳奇人物，曾經犯下許多銀行搶案、殺人、越獄等罪行，也是美國調查局（後來的聯邦調查局）當時的頭號公敵。

柏雷加德記得自己在聽到伯尼的教名時，曾經有過一種奇怪的感覺。他走到車子前門，坐進了駕駛座，雙手滑過方向盤。

他的父親已經死了。他現在很確定這點。也許被那些找他去當車手的人埋在了一個很淺的墓坑裡，或者被那些人切割成塊，丟到了河裡。對那些殺人者來說，殺了他父親，只不過是另一個差事，他們才不在乎他是不是還有一個喜歡聽他說冷笑話的兒子。安東尼・蒙塔奇似乎永遠都充滿了生命力，因此，他死掉的事實讓人很難以接受。如果他父親還活著的話，他現在早就回來了。對此，柏雷加德毫不懷疑。那些想要置他於死地的本地人，大部分都已經進了監獄，要不就是已經埋在地底下了。當他沒有在朵拉祖母的葬禮上出現時，柏雷加德才終於相信他已經不在了。琪亞要他把那輛達斯特賣了。如果他重新上漆的話，也許至少可以賣到二萬五千元。不過，那永遠也不會發生。她不了解那輛達斯特就是他父親的墓碑。柏雷加德把頭靠在方向盤上面，就那樣坐了很長一段時間。

終於，他下了車，關掉辦公室的燈，踏上回家的路。他中午忘了打電話給琪亞。當他把車開出停車場時，他撥通了手機。電話才響一聲，她就接了起來。

「嘿，很抱歉，我沒有在你午休的時候打電話給你。不過，我們今天提早打烊，所以，我現在就去接孩子們。」他說。

「他們不讓我上兩個班。他們甚至還稍微縮減了我的工時，所以，我已經把孩子接回來了。我們現在在家。」她暫停了一下才又說，「柏雷，有兩個人在這裡。當我開車回來時，他們已經等在這裡了。他們說，他們是你的朋友。我叫他們在門廊等就好。」她說。

柏雷加德緊緊地握住了方向盤，握到手都發疼了。「他們長什麼樣？」他問。他覺得自己的舌頭腫脹到無法塞進嘴裡。

「兩個白人。一個有棕色的長髮。另外一個的手臂上全部都是艾維斯的刺青。」她說。

柏雷加德的視線模糊了一下下。他握住方向盤的手抓得更緊了。「好。我很快就到，大概十分鐘吧。」

「你要我對他們說，你已經在回來的路上嗎？我稍早告訴過他們，你要到七點才會回來。他們說他們會等你。」

「不用。我到的時候再自己和他們說。你只要給孩子們吃點東西就好，我很快就回來。」他說。

「好，我愛你。」

「我也愛你。」他沙啞地說。語畢，他掛斷電話，把手機放進了杯架裡。

柏雷加德在城鎮路和約翰拜雷高速公路的交叉口停了下來。他伸出手，打開車子的雜物箱。他的後面沒有其他車子，偶爾只有幾輛車在來到停車的標誌前，從隔壁的車道上超車而過。一把史密斯威森廠製造的.45口徑半自動手槍，正靜如石頭地躺在雜物箱裡。柏雷加德在雜物箱裡摸索了一下，找出了彈匣。他把手槍和彈匣拿出來，一把將彈匣裝上膛。在他開這家修車廠之初，他就申請了隱蔽持槍證，因為當時很多顧客都支付他現金。

柏雷加德想起了每部犯罪電影裡那些陳腔濫調的場面。在電影情節裡，那些脫離黑幫的主角都會把武器埋在一百磅重的混凝土底下，然後在他的宿敵來敲門時，再從地底下把槍枝挖出來。他明白電影人想要訴求的象徵意義。不過，那也太不實際了。你絕對不可能完全脫離黑幫。所以，你會永遠都小心地看著背後。你會一直把槍留在伸手可及之處，而不會把它埋在你地下室的水泥底下。只有把槍放在夠近的地方，你才能假裝放鬆。他家裡的每個房間都有一把槍。它們就像永遠負責要做壞事的好朋友一樣。

柏雷加德不知道羅尼·塞遜為什麼要來找他，不過，他會讓他的朋友史密斯先生和威森先生來問這個問題。

4

柏雷加德停下他的卡車時，看到一輛褪色的藍色Toyota停在琪亞的Honda後面。他將那把.45手槍塞進皮帶靠近尾椎的地方。他可以感到槍托和槍柄上的十字紋路抵在他皮膚上的觸感。他下了車，走向他的屋子。兩名男子正坐在前廊的白色塑膠椅上。他不認得那個長髮的傢伙。他猜那應該是羅尼的弟弟。當他們看到他走近的時候，兩個人都站了起來。羅尼率先走下前廊，伸出了他的手。

「柏雷，你好嗎，兄弟？好久不見了。」他說。他幾乎和柏雷一樣高，因此，大概約有五呎八或五呎九（約一七五公分）。他很瘦，不過卻很結實。左手前臂和二頭肌上佈滿了青筋。他的右手臂從手到肩膀彷彿覆蓋了一只完整的長袖。那些刺青述說的是貓王艾維斯．普里斯萊一生的歷史。他的肩膀上是穿著金色西裝外套的艾維斯。二頭肌和三頭肌上則是好幾個六〇年代的艾維斯。前臂上那個肥胖的艾維斯穿著一件閃亮的白色連衣褲，還戴著一串波里尼西亞的花環。這些圖案一直延伸到了他的手背上。然後，以一個頂著光環、背上長著翅膀的彩色艾維斯作為結束。天使艾維斯。羅尼穿了一件剪掉了袖子的黑色T恤。柏雷加德只看過他穿這種衣服。不管氣溫是一百度還是零度。柏雷加德不禁懷疑，他有沒有任何一件襯衫是有袖子的。

柏雷加德用右手握住羅尼的左手。同時將另一隻手滑到身後，從他的腰間掏出那把.45。然後，把槍管抵在了羅尼的胃上。

「你為什麼到我家來？我的孩子在裡面。我老婆也是。你來這裡做什麼？我們沒什麼好說的。所以，你現在就離開。」他說。他的聲音很輕，因此，只有羅尼聽得到。羅尼的弟弟就站在前廊的第二級台階上，根本聽不到他在說什麼。

「嘿，等等，柏雷，我無意要冒犯你。可惡，老兄。」羅尼說。他瞪大了那雙藍色的眼睛。他的黑色山羊鬍夾雜了許多灰白的痕跡，比柏雷加德記憶中的還要多。他的鬢邊也花白了，那讓他看起來像是鄉下版的喬治．克隆尼。

「滾吧，羅尼。我不希望我家人看到我把你的肚腸轟爛、掉滿我家的車道。你是怎麼找到我家的？」柏雷加德問。

「馬歇爾．韓森告訴我你住在哪裡。聽著，老兄，我不知道那傢伙的馬有糖尿病或什麼亂七八糟的病症。」羅尼說。

「但是你應該要知道的，羅尼。那就是問題所在。現在滾吧。」

「柏雷，給我一分鐘就好。」

「我兒子都在。我兒子，羅尼。我們過去所做的事和他們無關。我不會把那種亂七八糟的事帶回家讓小孩知道。」柏雷加德說。

「別這樣，柏雷，聽我說就好。」

柏雷加德把槍管壓在羅尼的肚子上。羅尼畏縮了一下。

「我有一個內線消息，柏雷。那是一個很大的案子。那足以讓我們撐很久。很久很久。」他說。

柏雷加德稍微放鬆了槍管抵在羅尼身上的壓力。汗水滴進了他的眼睛。太陽幾乎已經下山了，但是，溫度卻依然不見下降。他覺得自己彷彿站在一個爐子上。柏雷加德越過羅尼的肩膀看過去，只見琪亞正透過前面的窗子在窺視。那是他們家的窗子。他記得貨櫃屋公司把這幢雙寬的活動屋送來的那一天，他和琪亞手牽著手，看著組裝的團隊把貨櫃安置在煤渣磚上面。

柏雷加德把槍從羅尼的肚子上拿開。然後用拇指把保險按回原位，放開了羅尼。

「什麼案子？」柏雷加德問。這句話讓他的嘴裡感到一陣酸楚。他竟然在搭理眼前這個傻瓜，這樣的事實讓柏雷加德知道自己的處境有多麼的艱困。

「你可以把槍收起來嗎，這樣我們才能好好說話？你會喜歡我接下來要說的話。」羅尼問他。

柏雷加德又鬆開了一點。

「別這樣，至少聽我說說。因為我需要你，老兄。我需要以前的那個蟲子。」

柏雷加德把槍放回自己的腰際。他再一次看向羅尼的肩膀後方。琪亞已經不在那裡了。「三十分鐘之後，到我的店裡和我見面。」他說。

「好，好，這樣好，老兄。你不會後悔的。」羅尼說完，對他弟弟做了個手勢，後者立刻就走向他們的車，一屁股坐了進去。羅尼也坐到乘客座上。柏雷加德走到車窗旁邊，蹲下身。

「我損失了三千八百元。那是改裝那輛拖車的錢和我的時間費。所以，你要說的事最好可以先彌補掉這個部分。還有，羅尼，永遠不要再到我家來。下次，我就會對你開槍的。我不會再開口問你任何問題，只會直接給你的肚子一顆子彈。」柏雷加德說完站起身。

「我明白了，兄弟。抱歉，我只是……呃，我只是很興奮而已。你會拿回你的錢，還會有賺頭的。我知道我欠你，老兄。」他說。見柏雷加德不吭一聲，羅尼於是用拇指戳了一下他弟弟的肩膀。

「我們走吧，雷吉。」他說。

那輛Toyota倒車開出了院子，彷彿一隻衝出地獄的蝙蝠一般，駛離了那條泥土巷子。

琪亞不停地來回踱步，把地板都快磨出了一個洞來。柏雷加德穿過起居室，來到廚房坐下。琪亞走過來，在他對面坐了下來。

「那是怎麼回事？」她問。

「只是來找我幹活的人而已。」他回答。

「什麼樣的活？」

他拾起她的手，把它包覆在自己的手指裡。「療養院今天打電話來。他們說，媽媽欠他們四萬八千元。她的聯邦醫療補助出了一些問題。加上其他的事情，我想，我應該要聽聽他們要說什麼。」

「不。不會吧。你媽媽為什麼會欠他們那麼多錢？蟲子，我不想讓自己聽起來像個惡魔，但是，那是你媽媽欠的錢。我們有我們自己的問題要處理。」琪亞說。

「所以，我才要聽聽看他們要說什麼。」他說。琪亞把手從他的手裡抽出來。

「不行。我不會讓你這麼做的。我不能。你知道躺在床上等待著某人打電話來，通知我去指認你的屍體，因為你幹了什麼活而被殺了，那是什麼感覺嗎？是啊，那種錢是很可觀，可是，我不能忍受你回來的時候肩膀裡有一顆子彈，頭上都是碎玻璃。而且在你應該去醫院的時候，你卻只能去伯尼那裡。」

柏雷加德伸出手去揉她的臉頰。她退縮了一下，不過並沒有閃開。

「我們別無選擇。我們只能這麼做。如果報酬真的很好的話，它可能可以帶給我們一些喘息的空間。」

琪亞吸了一口氣，憋住一秒鐘，然後重重地吐出來。「賣掉達斯特。它至少值兩萬五千元。天知道你在它身上花了不少錢。」

「你知道那不是一個選項。」他的聲音很低，很陰沉。

「為什麼，因為它屬於你老爸嗎？我不希望你的結局和他一樣。你留著那輛車，就好像他是什麼聖人一樣，偏偏每個人都知道他就是個賊。」琪亞的話讓柏雷加德搓揉著她臉頰的手停了下來。

「蟲子，我很抱歉。我不該——」

柏雷加德的拳頭重重地落在桌面上。桌子另一頭的兩罐果醬頓時掉了下去，碎了一地。

「那輛達斯特絕對不能變賣。」語畢，他起身走出了大門。當他把門甩上時，整棟房子都震動了起來。

當他抵達修車廠時，羅尼和雷吉正坐在車庫門口。柏雷加德下車時完全沒有對他們開口。他直接走到門口，把鎖打開，走了進去。幾分鐘之後，他們才恍然大悟地跟著走進了修車廠。等他們走到辦公室的時候，他已經坐在他的辦公桌後面了。羅尼坐了下來，雷吉則靠在門框邊上。

「說話。」柏雷加德說。

「直接跳到重點，哈？好吧。我認識一個小妞。她住在靠近紐波特紐斯的卡特郡。她在一家珠寶店工作。她的經理是一個粗壯的女同性戀，她身上綁著的假陽具可能比你我的加起來都還要大。總之，她一直想要上珍妮。那個小妞叫做珍妮。幾個星期以前的一個晚上，這個喜歡口交的傢伙帶珍妮出去喝酒，然後聊到他們將會進一批鑽石。那些鑽石是沒有運貨清單的。珍妮表示，她說她會給珍妮一顆鑽石。你知道的，因為她很中意她等等的。現在，你得要問問我，我們在談的是多少錢的事情。」羅尼說。

柏雷加德把槍從腰際掏出來，放在他們之間的桌上。

「我們在談的是多少錢的事情，羅尼。」他的語調扁平得像鬆餅一樣。

羅尼無視於他表現出來的漠然，他知道自己接下來要說的話將會改變這種局面。「那些鑽石價值五十萬。我認識一個從華盛頓特區來的人，他說他會用百分之五十的價格向我們買下這批鑽石。那就是二十五萬分成三份。八萬元，柏雷。那可以買很多很多機油了。」

「那是八萬三千三百三十三元。我的那份是八萬七千一百三十三元又三十三分。你欠我的，記得嗎？」柏雷加德說。

羅尼用力地吸了一口氣。「是啊，我記得。」

柏雷加德往前傾身，把雙肘靠在桌面上。「除了你、我、珍妮、你後面的那個弟弟和那面牆之外，還有誰知道這件事？」他問。

羅尼皺起眉頭。「呃，還有闗。」他說。

「闗是誰？」

「他是這個行動裡的第三個人。我是在本州北邊認識他的。他很擅長這個。」

「你打算什麼時候動手？」柏雷加德問。

「下週。」羅尼不假思索地回答。

柏雷加德起身，從小冰箱裡拿出一罐啤酒，然後再度坐下來，用桌角撬開瓶蓋。「那樣行不通。下週是七月四日。路上的交通會塞得不像話。加上天氣也會很好。大概八十多度（攝氏三十幾度）左右。那種天氣，外面會有很多警察的。」他喝了一大口，半瓶啤酒就沒有了。「還有，我們會需要去勘查、計畫路線、拿到珠寶店的平面圖，諸如此類的。」柏雷加德說。

「那你覺得要多久?」羅尼問。柏雷加德沒有請他喝啤酒,不過,他很想來上一罐,非常渴望也能喝上一口。

「至少一個月。看路線而定。」柏雷加德說著,喝光了啤酒。

「一個月?那可不行。我昨天就需要這筆錢了,老兄。」羅尼說。

柏雷加德把啤酒罐扔進垃圾桶。「你瞧,這就是那匹該死的馬之所以沒命的原因。你總是太急了。」他說。羅尼沒有吭聲。他的手掌在大腿上來回地摩擦,腳跟則深深地埋進了他粗壯的股四頭肌裡。

「聽著,老兄,我們可以把這個差距拉近,就說兩個星期,如何?」他說。

「我沒有說我要加入。我只是在告訴你你需要怎麼做而已。」柏雷加德說。

羅尼往後靠到椅背上,直到他的腿遠離了地板。「蟲子,我認識一個傢伙,他會在二十六日待在華盛頓特區,然後在三十一日結束前離開。至少,那會給我們三週的時間準備。那是最大的極限了。這件事得要很順利,而且盡快。就像我說的,我們可以分到錢。真正的錢。不是什麼偷來搶來的錢。是真的美金。不過,我們的動作得快點。我需要你加入,老兄。不只是因為我欠你,也因為你是最優秀的。我從來沒有見過任何人可以像你那樣開車。」羅尼說。

「我不是什麼流連在貨櫃屋停車場、等著被你誘騙上床的女孩,羅尼。我只是在聽你打算說些什麼。我能聽你說話,就已經算你走運了。」他說。

「好吧,蟲子。我知道了。我只是想要試著幫你而已。你看起來需要幫忙。」羅尼說。

「你是什麼意思？」柏雷加德問。

他瞪著羅尼的模樣，讓羅尼幾乎嚇壞了。

「我沒有什麼特別的意思。沒有。我只是注意到你的升降機上只有兩輛車而已。」羅尼說。

柏雷加德審視著羅尼的臉。只見他臉頰漲紅，紅色的面積一路延伸到了他的脖子，喉結也因為在用力吞嚥口水而上下滑動。

「我會考慮看看的。」柏雷加德說。

「那好。聽著，我把我弟弟的手機號碼留給你。你做好決定之後，就打電話給我。」羅尼說。

「去弄一支拋棄式手機，然後在明天中午左右打到店裡來。」柏雷加德說。羅尼聞言點頭如搗蒜，彷彿在什麼演講廳裡聽演講一樣，隨即從椅子上站起身。

「嘿，老兄，不要以為我不了解你這裡的狀況。你這生意是合法的，而且也沒什麼不好。我只是覺得我可以幫上你一點忙，如此而已。」羅尼說。柏雷加德沒有回應。「好吧，明天聊了，老兄。」羅尼說完，經過雷吉身邊，朝著大門走去。

「雷吉，我們走了。」他說。雷吉立刻跳起來，彷彿有個魔鬼在和他說話一樣。

「喔，好。」說著，他溜出了辦公室，快步跟上他哥哥。

柏雷加德一直等到他們的車子傳出發動的聲音，才站起身熄燈，這是他今天第二次把修車廠裡的燈都關掉。他鎖上門，跳上他的卡車，駛上回家的路。當他開過長街超市時，他看到一輛粉紅色的福特野馬停在加油機旁邊空轉。他用左腳猛然踩下煞車，右腳同時踩下油門。然後把方向盤轉向右邊，整輛卡車立刻旋轉了一百八十度，滑向停車場的人行道。他把車子開到野馬的後面才停下來。然後下了車，走到野馬的駕駛座旁邊。

她不在車裡。不過，那不表示車子裡沒人。一個年輕的黑人男子坐在乘客座上。他那一整頭的捲髮辮，讓他看起來彷彿曾經把拇指插進電燈插座一樣。他的左眼附近畫了一滴淚珠。柏雷加德覺得那些線條太乾淨了，不像是在監獄裡製造出來的藝術品。他的五官又細又小，是那種青少女很愛，但成年女子卻彷如瘟疫般避之不及的長相。

「你要幹嘛，老頭？」男孩注意到柏雷加德時開口問道。

「艾莉兒呢？」柏雷加德回問。

「你問我女朋友幹嘛，黑鬼？」男孩問。

「因為我是她老爸。」柏雷加德說。起初，這句話似乎沒起到什麼作用。過了一會兒，男孩的臉浮上一抹大大的笑容，露出了鉑金般的牙齒。

「啊，該死，老兄，我以為你是什麼想要和我女朋友打招呼的老頭。是我不好，老兄。她在店裡，好得很。」男孩說。

柏雷加德覺得男孩在回答他艾莉兒好不好的時候，似乎太過隨便了。「你叫什麼名字？」他問男孩。

「小里普。」男孩說。

「不。你的名字。你媽媽對你發火的時候叫你什麼？」柏雷加德問。

男孩的笑容褪去。「威廉。」小里普說。

「威廉。很高興認識你。我是柏雷加德。你會好好對待我女兒的吧，是嗎？」他說著蹲下來，透過打開的車窗伸出了他的手。小里普看著他的手，幾秒之後，才伸出自己的手。柏雷加德抓住他的手，用盡力氣地握在手裡。多年的握鉗經驗，加上拉伸S形曲線皮帶，以及扳開煞車卡鉗的重複動作，讓這個握手的力道絕對夠大。小里普畏縮了。他的嘴唇微微地張開，幾滴口水隨之從他的嘴角流了出來。

「因為，如果你不善待她的話，如果哪一天她告訴我說你讓她難過的話，你和我就會有麻煩了。而你不希望會這樣吧，對嗎……威廉？」柏雷加德問。語畢，在他鬆手之前，他握著小里普的手又緊縮了一下。然後，他站起身，沒有等男孩回答，就逕自走進了商店。小里普立刻收縮著自己的手。

「混蛋神經病。」等到柏雷加德幾乎走遠到聽不見時，他才說道。

艾莉兒站在冷飲的冰箱門前面。她穿了一件剪短的牛仔短褲和一件柏雷加德覺得至少小了一號的黑色背心。那頭蓬鬆的棕黑色亂髮盤在頭頂上，繫成了一個鬆散的髮髻。柏雷加德深巧克力色的皮膚，加上她母親來自法國和荷蘭的基因密碼，賦予了她一身淺太妃糖顏色的肌膚。那雙淺灰色的眼睛則遺傳自她的祖母。

「嘿。」他說。她轉過身，草草地看了他一眼，隨即轉回去看著飲料櫃。

「嘿。」她應了一聲。

「那輛野馬怎麼樣？」他問。

「我還在開，所以應該沒什麼問題，我想。」她回答。然後從冰箱裡拿出一瓶水果飲料。

「我見過你的朋友了。小里普。那個有眼淚刺青的傢伙。」柏雷加德說。

「那不是刺青。那是他要我用我的化妝筆幫他畫上去的。」說著，她把一撮散落的頭髮從臉頰上撥開，嘛著下唇，吐出了一口氣。那表示她對什麼事感到了不高興。當他不讓她吃第二塊糖果時，她也曾經在她的車座上做過同樣的表情。

「怎麼了？」

艾莉兒聳聳肩。「沒什麼。只是準備好要畢業了。我和另外五個不能和班上其他人一起畢業的笨蛋終於要畢業了。」

「你不是笨蛋。你只是太忙了。」他說。

「是啊。就像要收拾媽媽第三次酒駕、把我的車給撞壞的爛攤子一樣。當然了，根據她和奶奶的說法，那不是沒有理由的。」艾莉兒說。她無精打采地搖晃著手裡的果汁瓶。

「別擔心這些事。你只要專心念大學，然後拿到那個會計學位就好。」柏雷加德說。

艾莉兒從下唇噴出一口氣。

「怎麼了？」柏雷加德問。

「因為我要到一月才能滿十八歲，所以，媽媽必須和我共同簽署我的學貸。她說，她不想在那種東西上簽名。她說，我只需要去念薩金特雷諾茲社區大學就好，並且要我去找份工作，做到一月開學之前。」艾莉兒說。

「我可以幫你簽名。」柏雷加德說。

「我想，你這麼做，琪亞會不高興的，不是嗎？」艾莉兒問他。她把一隻手扠在臀邊，繼續搖晃著那瓶果汁。「沒關係。我會到醫院或者沃爾瑪還是哪裡找份工作，然後等到春季再去念書。」她說。她的身體語言說明了她對於必須要暫時不能去念大學的事實投降了。

不過，她的語氣聽起來並沒有投降。事實上，她聽起來像在生氣。柏雷加德覺得她就要對他發火了。他覺得他們的對話就要轉入到那個陳年的衝突了。她會開始對他吼叫，說他為什麼沒有為她做得更多。她會問他，為什麼當年他不帶她走，在他的房子裡把她養大。他則會告訴她說，當他讓她母親懷孕的時候，他才十七歲，而且剛從少年感化院出來。他準備好要承受她即將脫口而出的言語了。他活該。艾莉兒值得擁有一個比較好的父親和母親。她值得擁有一個不會只是裹足不前的父親。她值得擁有一個不會把奧施康定「土海洛因」當成糖果、而且還搭著伏特加一起吞下去的母親。她不應該要有一個只看了她那茶色肌膚一眼，就把福斯新聞的音量調高的祖母，彷彿企圖在假裝她的孫女不是半個黑人一樣。

艾莉兒並沒有對他大吼。她沒有問他任何事。她只是聳了聳肩。「我想這就是事實。我得讓里普去工作。」她說。

柏雷加德往旁邊站開。他想要開口要求一個擁抱。他想要用雙臂抱住她，告訴她說他很抱歉，他沒能更堅強。他想要道歉，因為他沒有將她從蛇穴般的家裡帶走。他想要告訴她，每一次他接到一個案子，他都會把一半的收入交給她的母親。他想讓她知道，他有為她而努力。事實上，他也曾經為了她，而和她祖父、叔叔，以及她母親奮戰過。她的查德叔叔之所以變瘸，就是他的傑作。他想要把她拉近，在她耳邊低聲地告訴她說，她祖母聲請了限制令，讓他不得靠近她身邊。甚至不接受來自他的子女撫養費。他想告訴她說，他一結婚，就立刻申請了她的監護權，然而，法官在看了他一眼之後，就把那個案子丟出了法庭。他想要緊緊地摟著她，告訴她，他對她的愛就像對達倫和賈文一樣多。他想要把這些都告訴她。很久以前，他就想要告訴她。但是，他沒有開口。解釋只會讓他變成混蛋。每個人都有一個理由，但是，那些理由都是狗屁。

「好吧。如果你的野馬有什麼問題的話，就讓我知道。」他說。

艾莉兒搖搖頭。「再見。」她說。他看著她走向櫃檯，付了飲料和汽油的錢，然後走出了商店。當她穿越停車場時，他覺得自己彷彿在看一部倒放的縮時電影。十六歲的她，然後是十二歲，然後五歲。等到她坐進車裡的時候，他可以看到剛出生的她就在他的懷裡。那雙小小的拳頭緊握，好像準備好要打架一樣。那是一場她注定要打輸的架，因為那場架被操控了，而分數並不重要。

透過商店的大片窗戶，他看著她坐進野馬，在車輪飛速轉動之下衝出了停車場。虎父無犬女，更遑論還有那樣的一個祖父。

稍後，他會告訴自己他已經想過了。他已經仔細考慮過好處和壞處，並且最終決定受益大於風險。這都是真的。不過，他的內心知道，在艾莉兒說她不打算去念大學的那一刻，他就決定要接下那個案子，和羅尼·塞遜一起去搶劫珠寶店。

5

羅尼翻身仰躺，注視著天花板。雷吉的貨櫃車窗口上安裝的那台冷氣機，力道微弱得就像一隻小雞。它雖然把熱氣吹走了，不過，卻並沒有真的讓空氣變涼。一抹汗水正在從他的額頭上流下來。他完全沒有睡著。他和雷吉離開柏雷加德的地方之後，就到神奇地去弄了一些含鴉片成分的波克塞「止痛藥」。

雷吉的傷殘補助還剩一百元。羅尼幫奇胡利・佩蒂格魯把那些偷來的鰻魚北上運送到費城所賺得的兩千元則已經一毛不剩了。在紐約和芝加哥的一些奢華的餐廳裡，鰻魚被視為一道精緻的美食。奇胡利的手下從南卡羅萊納一名漁夫那裡偷了一批鰻魚，那個漁夫現在連睡覺都和鰻魚在一起，不敢離開半步。鰻魚在南卡羅萊納並不值錢，每磅大約價值七十元美金。不過，如果把它們送到費城或者紐約的話，某些自命不凡的明星廚師絕對會為了做鰻魚壽司，而不惜讓他們的亞麻長褲被弄髒。費城的那個傢伙以每磅一千元的價格買下了那批鰻魚。而他和斯坎克・米歇爾一起開到費城的那輛卡車裡則載了一百二十五磅的鰻魚。

那些滑溜溜的蟲總共賣了十二萬五千元。斯坎克是奇胡利主要的手下之一。羅尼曾經和奇胡利的另外一個主要手下溫斯頓・錢伯斯合作過幾次。是他推薦了羅尼，說羅尼是個老實人，不僅會用槍，口風也很緊。一切都進行得很順利，羅尼出獄後不到一個星期，就已經賺了滿滿一口袋的錢了。那筆錢很快就不見了，就像世貿中心爆炸一樣。那並沒有什麼好大驚小怪的，也不是什麼了不起的大事。不過，他是怎麼用掉那筆錢的，卻很值得關注。羅尼搖晃著他的腿，一屁股坐了起來。他從剛才躺著的那張沙發椅背上把他的T恤抓下來，從頭上套下。雷吉和他們從神奇地帶回來的一個女孩正在房間裡。那是一個大塊頭的女孩，不過，羅尼並不介意。她很努力地在取悅他們兩人，然而，雷吉就是無法勃起，而羅尼很快就完事了。她似乎並不在意，只是在羅尼從她身上翻下來之後，繼續蜷躺在雷吉身邊。

羅尼起身走到小廚房，從冰箱裡拿了一罐啤酒。在他從費城回來的途中，他到北卡羅萊納的費耶特維爾外圍，一家奇胡利開設的脫衣舞夜店，去慶祝差事圓滿達成。那是一家在店的後面設有撲克和擲骰子賭局的脫衣舞酒吧。長話短說，他喝掉了兩百元美金，又撒了一百張一元的鈔票，然後把剩餘的錢都賭光了。接著，他做了一件超級愚蠢的事情，蠢到他覺得他才應該是那個申請殘障補助的人。他從奇胡利在俱樂部裡的一個手下那裡弄到了一張本票。他們讓他一玩再玩，直到斯坎克叫那個傢伙不要再讓他玩下去為止。而那個時候，他已經欠下一萬五千元了。

斯坎克打了電話給奇胡利，奇胡利表示給他三十天的時間去湊錢來還清這筆債。

「他給你三十天的時間，因為他喜歡你。」斯坎克粗啞的聲音讓他全身毛骨悚然。他的嗓音聽起來就像他平時是用電池酸液在漱口一樣。

「如果我在三十天內沒有湊齊錢的話會怎麼樣？你們會殺了我嗎？」羅尼在他們走出脫衣舞俱樂部時問他。

斯坎克把他推進雷吉車子的乘客座裡，然後關上車門。

「不，一開始不會。首先，我會去找你，把你帶到農場。再切下你的幾根腳趾頭，讓你看著我把你的腳趾餵給豬吃。」說完，他拍了拍車頂，示意雷吉把車開走。

「天啊，羅尼，你要怎麼辦？他說要把你的腳趾頭剁下來。我想那傢伙真的做得出來。他的眼睛看起來就像發瘋了一樣。」雷吉在他們把車開出停車場，上了高速公路時開口說道。

「閉嘴，雷吉。」羅尼說。他的腦子開始打轉，不過，那並不是因為他喝了那麼多酒的緣故。

羅尼啜了一口手中的啤酒。太陽從水槽上方那扇小窗照射進來。陽光照在了拖車裡的每個裂縫上，讓它們看起來更加地明顯。羅尼從褲子後面的口袋裡掏出一包皺巴巴的香菸。他打開爐火，用最前面那口爐子噴出的藍色火焰點燃了他的菸。昨晚，他到神奇地去找車手。他和柏雷加德搞壞了關係，這點無庸置疑。要找到一名車手並不容易，甚至比到雞舍去數母雞的牙齒還困難。在神奇地那些嗑藥和酗酒的癮君子裡，根本找不出任何一個夠正直的車手，至少沒有人能讓他信任到足以托付自己的性命。而且，那些人的技術也完全無法和柏雷加德相提並論。羅尼聽到雷吉的房間裡傳來一些噪音。也許，他們不需要柏雷加德也可以做得到。他、雷吉和關。他甩開那個想法。他很愛他弟弟，不過，上帝給他弟弟的那一點點頭腦，已經被藥和偶爾吸食的海洛因給吞噬了。嚴格來說，雷吉可以操作機動車輛。但他就是不懂得如何駕駛。

雷吉跌跌撞撞地走出了臥室。他被自己絆倒了一下，然後走向冰箱。

「我得把安送回神奇地。你要一起去嗎？」雷吉問。他打開冰箱，拿出了一瓶柳橙汁，把瓶蓋打開。

「不要喝。那東西已經餿掉了。我從這裡都聞得到。」羅尼說著，吐出了一口煙。

「我還是會喝掉的。我的政府電子補助款要下週才會入帳。」雷吉說。

羅尼又喝了一口啤酒。當你在窮困之中長大時，你就習慣了等待。等待社會福利的支票寄到信箱裡。排隊等待教堂施放給窮人的物資箱。等待教區居民帶著同情的眼光看著你。等待你的哥哥長大到穿不下不知名牌子的球鞋，這樣，你就可以承接下來，用膠水把破掉的鞋子黏合好再穿。等，等，等。等到死了，你就終於可以不用再欠債。他已經厭煩了等待。

「所以，你要一起去嗎？」雷吉問。

「不了。我得要找人幫我做這件事。」羅尼說。

「你要打電話給蟲子嗎？他不是說要你打電話給他。」雷吉問。

「我不會打給他的。而且，我也沒有拋棄式手機。」羅尼說。

「我有。昨天晚上離開神奇地的時候，我在7-11買了一支。」雷吉說著，喝了一口柳橙汁。

羅尼把他的香菸在爐面上掐熄。「什麼時候？」他問。他甚至不記得他們昨晚有在什麼商店外停車。也許，他才是那個需要少喝點私酒的人。

「我剛才告訴過你了，在我們離開神奇地的時候。安想要吃點東西，所以我就停車了。」雷吉告訴他。

「好吧，她想吃東西也不足為奇。」羅尼說完，雷吉做了一個鬼臉。

「嘿，她可能會聽到你說的話。」雷吉小聲地說。

「然後呢？她要怎樣？坐到我身上嗎？」羅尼問。

「你幹嘛這麼刻薄，羅尼？」雷吉問。羅尼喝光他的啤酒。他覺得有點噁心，不過，還是靠著意志力把噁心的感覺給壓了下去。

他心裡在想，他媽的，是誰說喝酒可以解宿醉的。

「手機在哪裡？」

雷吉用拇指指了指門口。「在車子裡。你得把手機插在充電器上。」他說。

「哇，謝謝你告訴我。我完全不知道一支全新的手機得要先充電。我只是離開了五年，我又不是《地球保衛戰》裡那個什麼該死的巴克．羅傑斯。你和那個大肉球稍等一下。」羅尼說完，走出貨櫃車的門，踏上搖搖欲墜的階梯。

「誰？」雷吉在羅尼走出去的時候問道。

羅尼把手機接上充電器，然後打電話到查號中心，問到了蒙塔奇汽車的電話號碼。他啟動車上的空調。車裡的冷氣比房子裡的那台涼快多了。

「蒙塔奇汽車。」一個聲音從電話那頭傳來。

「嘿，柏雷？我是羅尼。」

「是啊。」

「所以，嗯……那件事。我們說好了，還是你不要……」羅尼結結巴巴地說。他不知道自己應該在手機裡透露多少。

「你是說你要我去看一眼的那輛車嗎？好，我會去的。」柏雷加德說。羅尼原本一直無精打采地靠著右手邊而坐。聽到這句話，他猛然坐直，一頭直接撞到了車頂。

「對。對，就是這件事。那麼，你什麼時候要過來談談？」羅尼說。他的皮膚彷彿太靠近一只正在燒柴的火爐一樣。這是真的。他真的要採取行動了。他可以保住他的腳趾了。

「我今天晚一點可以過來看看。你的車在哪裡？」柏雷加德問。

羅尼沒有回答。他似乎迷失了。「呃……我，呃，把車停在了我弟弟的地方。在狐丘路。」

他終於擠出這句話。

「好。我這裡要七點才收工。我們到時候見吧。如果我打電話聯繫不上你的話，你只要在那裡等我就好了。我知道你那支電話一直有問題，希望你不需要把它丟進垃圾桶。」柏雷加德說。

這句話羅尼聽懂了。他得要丟棄掉這支手機。「好，好的，好的。到時候見。」他說。電話掛斷了。羅尼立刻下車，把手機扔在地上，用他那雙黑色的摩托車靴子踩得粉碎。他把手機碎片撿起來，帶回了拖車裡，扔進了垃圾桶。雷吉的房間傳來含糊的呻吟聲。羅尼跳回沙發上，從咖啡桌上抓起雷吉的手機。他打給了闕。

「幹嘛？」關說。

「我對你提過的那個人加入了。我們可以準備行動了。你可以在七點半左右來我弟弟的地方嗎？」他問。

「老兄，我不想去那個會被蚊子叮到整個脖子都發紅的鄉下地方。你們就不能到里奇蒙來嗎？」關問。

「因為我是策劃的人。你要加入還是不要？我的意思是，如果你不要八萬元的話，我永遠都可以找別人。」羅尼說。

「別急，你這個傢伙，我會到的。該死。可惡的蚊子，我居然要開卡車到那裡去。」他說。

「別擔心，你只要在你的後車窗貼上一幅美利堅聯盟的邦聯旗，你就不會有事。」羅尼說。

「去你的，羅尼。」他說著掛斷了電話。

他靠著記憶撥出了珍妮的電話。

「喂，什麼事？」她沙啞的聲音彷彿裹上了一層蜂蜜，總是能讓他為之發狂。

「嘿，我們啟動了。你今晚要過來慶祝一下嗎？」他問。電話那頭只有一片嗡嗡的線路聲。

「慶祝什麼？計畫搶劫嗎？我不知道，也許我們應該取消這整件事。」珍妮說。他可以在腦子裡看到她正在她那間位於泰勒角的開放式小套房裡，大字形地躺在床墊上。那頭紅色的頭髮就像火焰做成的花圈一般，圍繞著她的頭散開。

「別這樣，寶貝，我們已經聊過這件事了。不會有人受傷的，也不會有人被捕。我都計畫好了。你可不要現在後悔。我需要你。沒有你，這件事就成不了，寶貝。」他哄著她。他從高中時期就認識珍妮了。幾十年來，他們一直分分合合的。當她自己可以好好生活時，他們就分手。當她發現自己失去目標時，他們就又重修舊好。通常，他們共處的美好時光都會持續上好幾個星期。那樣的比例比起有些一夫一妻制的夫妻或情侶要好多了。

「我才剛在這裡工作幾個月而已，羅尼。如果這個地方被搶劫了，你覺得他們不會全都把矛頭指向我嗎？」她說。

「只要你不露聲色就不會。繼續待個幾個月。然後悄悄離開。我們可以到南部去。佛羅里達，也許甚至可以去巴哈馬。如果像你說的那麼值錢的話，我們下半輩子都可以過著榮華富貴的日子了。」羅尼說。他不能讓她在這個時候後悔。三十天就快要到了。那個在華盛頓特區準備要花錢買下那批石頭的傢伙還在等他們。他已經讓柏雷加德上了這艘船了。如果必要的話，他會和她說盡甜言蜜語，甜到她罹患二型糖尿病為止，但是，他不能讓她在這個節骨眼上退出。

電話那頭持續地沉默。

「這就是我賴以維生的事，珍妮。你知道的。打從我開始發育以後，我就一直在做這種事。這就是我在做的事，我只失敗過一次，而那是因為一次該死的行竊事件。」他說。這句話有部分是真的。他因為在史汀格瑞角偷竊了一間度假屋鍍金的穹頂，而被以竊盜之名判刑了五年。然而，他不是因為行竊才被捕的。他之所以被抓到，是因為雷吉沒有把他那輛舊卡車的車尾燈修好。當警察要他們靠邊停車時，他擔下了所有的責任。雷吉沒有辦法坐牢。他無法待在封閉的空間裡。他會在電梯裡暈倒，會在旋轉門裡失禁。如果你對他大吼的話，他還會像被拔掉插頭的機器人一樣停止運轉。因此，他承擔了所有的罪責。那三年的牢獄生活教會了他兩件事。第一，監獄的伙食嚐起來就像被尿浸濕的紙板。第二，他絕對不會再回到監獄裡。

「我今晚不能過去。我今天得從中午一直工作到關門。明天我有空。」珍妮說。

羅尼笑了。她還是加入了。他可以聽到她讓自己被說服。

「好吧，事情會開始很快地運作起來。」他說。

「我下班的時候再打給你。也許你可以過來。」她說。羅尼覺得她腦子裡正在想著白色的沙灘，以及一杯和臉盆一樣大的瑪格麗特。

「沒問題。」他說。

「好。我得去沖個澡了。」她說。

「謝謝你給我這麼美好的遐想。我會把這個畫面保留下來，以供未來使用。」他說。

「下流。」她說。他可以聽到她臉上的笑聲。

「晚點聊，寶貝。」他說。他們掛斷電話之後，羅尼再度躺了下來。他讓穿著靴子的腳掛在沙發扶手上。就是這次了。一樁大生意。這就是那種會讓你夢遺的事。這可不是什麼愚蠢的病馬還是什麼屋頂的裝飾品。這次的行動一旦成功，很多事情都可以被他踢到「無所謂」的清單裡了。他告訴柏雷加德說那批鑽石價值五十萬。

那也不完全是真的。在和她翻雲覆雨完之後，珍妮躺在床上告訴身邊的他說，那批鑽石的價值是五十萬的三倍。就算給柏雷加德他的那一份，加上之前欠他的三千八百元，再付清奇胡利的賭債，他仍然可以把十元鈔票拿來當衛生紙用。如果一切順利的話，從現在開始，就換成是別人等他了。如果他像他母親以前那樣迷信的話，他也許會擔心事情竟然這麼容易就到位了。上個星期他才欠下一大筆錢，這個星期這間珠寶店就掉到了他的腿上。對於塞遜家來說，事情通常不會這樣發展。他並沒有讓迷信動搖他。他不相信迷信，也不相信宗教。他媽媽一輩子都在看週日早上的電視傳教節目，也不斷地把鹽撒向身後以去除厄運。但是，她依然貧困而孤單地死在了里奇蒙一間賓果遊戲會堂的洗手間地板上。他可不想要這樣的死法。還不想。他開始哼唱〈親愛的金錢〉。那是貓王一首鮮為人知的歌曲之一，不過卻是羅尼最喜歡的曲子之一。因為，所有的人都知道，歸根究底，一切都是為了錢。

6

柏雷加德拉下第一扇維修平台的捲門鎖上，凱文則把他們的空氣壓縮機和頭頂上的燈關掉。太陽終於在紅丘郡下山了，不過，熱氣卻完全沒有消散。幾隻螢火蟲正在感應燈附近表演空中特技。牠們的數量太少，完全引不起感應燈出現反應。柏雷加德停下來看了牠們幾秒鐘，才繼續把另外兩扇門拉下來。這些螢火蟲讓他想起很久以前，當夏天來到尾聲的時候，他會坐在他祖父母家的前廊，和他祖父下著西洋棋。那個老頭是個西洋棋專家。柏雷加德終於打敗他的那一天，就是他知道他的祖父即將去世的日子。

「你要不要去丹尼酒吧，順便打打撞球？珊德拉下班之前，我有幾個小時的時間可以消磨。」凱文問他。

柏雷加德掏出口袋裡最不髒的一塊抹布擦了擦臉。「珊德拉是誰？我以為你在和辛西亞還有另外一個女人交往。」柏雷加德說。

凱文露齒一笑。「我是在Snapchat社群網站上認識珊德拉的。她來自里奇蒙。她從菸草工廠下班的時候，我會過去找她。」凱文說。

「不了，我有別的事要做。」柏雷加德說。

凱文挑了挑眉毛。「所謂別的事和羅尼・塞遜有關嗎？」凱文問。

「多多少少吧。」柏雷加德回答。

「你要我和你一起去嗎？」

柏雷加德搖搖頭。「不用。我只是去了解一些細節。有可能什麼名堂也沒有。」柏雷加德說。

凱文聳聳肩。「好吧，老兄。讓我知道。我會在丹尼那裡待到十點左右，如果你在那之前會結束的話。如果那是什麼值得幹的事，也許我也會加入。」凱文說。

「我會讓你知道的。」柏雷加德說。凱文走向柏雷加德，伸出一隻手。在柏雷加德和他擊掌之後，凱文經過他身旁，走出了修車廠。他聽到凱文那輛諾瓦啟動，駛離了停車場。

他走向達斯特，坐進車裡。座椅上的皮革聞起來彷彿浸透在油裡的菸草一樣。他可以看到他父親坐在他此刻所坐的駕駛座上。他可以看到他自己坐在乘客座上。柏雷加德不會夢到他的父親。他從來不做夢，也從來沒有噩夢。至少，他不記得有做過任何的噩夢。當他睡覺的時候，他會悄悄地進入那一片安靜的黑暗裡，當他醒來時，又會從那片黑暗裡走出來。而且，通常都是從黑暗中走進達倫和賈文永無止境的爭吵聲裡。

當他看見他父親的時候，總是透過記憶。記憶彷彿醒著的夢一般，抓住了他的脖子，將他拉回過去。他會看到他自己和他的父親，就像他們過去那樣。有時候，他會看到他的祖父母或者他母親。不過，大部分的時候，他所看到的都是他父親。他父親在微笑、大笑、惱怒或傷心。他父親在整修達斯特。他父親走到他母親身後，用那雙樹幹般的手臂抱住她的腰。他父親衝出貨櫃屋，用力地甩上門，讓整幢房屋的結構都受到了撼動。他父親用一張酒吧凳把索羅門．格雷打倒在地。他和他父親坐在達斯特的引擎蓋上，在星空下尋找著獵戶座的腰帶。他還記得五歲的自己曾經認為那看起來像一條真的皮帶。每當他進入這種神遊的狀態時，他就覺得自己彷彿是羅馬神話裡的門神傑納斯，不管是往前看還是往後看，都帶著同樣的不安。

坐在漆黑的車庫裡，他回到了最後一次見到他父親的那一天。那天也是熱到宛如置身煉獄一般。他在他們的貨櫃屋台階上等待著他父親回來接他去兜風。他知道這次的兜風和以往都不一樣，因為他母親比平常還要焦躁。他偷聽到她對她的一個朋友說「安東尼讓自己惹上了什麼麻煩，但他就是不說是什麼事」，不過，他並不明白那是什麼意思。那天結束的時候，他就會知道了。

他的手機響了，打破了神遊的魔咒。他從口袋裡掏出手機。是琪亞打來的。

「嘿。」他接起電話說道。

「孩子們想要在珍家過夜。她鄰居的孫子也在那裡。我告訴他們可以待在那裡。」她說。

「嘿，關於昨天的事，我很抱歉。」他說。昨晚，當他回到家的時候，她在臥室裡假裝睡著了。他待在起居室裡陪孩子們玩了一會兒。等到他終於把他們哄上床、回到自己的臥室躺下時，她已經真的睡著了。今早，他在早餐前就出門了。他的脾氣就像閃電一樣，而琪亞則像悶燒的森林之火。他知道他得要給她一些空間，讓那把火自行燃燒殆盡。

「是啊，我也是。我不應該說那些話。」

「我不應該那樣用力把門甩上。你知道，我只是想要為你和兒子們做對事情。還有艾莉兒。」他說。

「你想要為我們做對事情，那就不要和昨天來的那些人合作。至於艾莉兒，你一直都在為她付出。她媽媽是個不正常的瘋子，那又不是你的錯。」她說。

柏雷加德把舌頭頂在上顎，發出了不贊同的聲音。「我認識那些人，可能不是什麼了不起的事。」他說。

琪亞咕噥了一聲。「寶貝，不會有人來找你去開車，就為了載他們的嬸嬸到商店去購物。所以，別把我當傻瓜。如果不是什麼了不起的事，你甚至連想都不會多想。而且那意味著這是很危險的事。」她說。

「我不想和你爭辯，琪亞。」柏雷加德說。

「而我不想失去你，蟲子。」她說。

語畢，兩人都不發一語。

「我回到家之後再和你談吧。我得走了。」他打破沉默。

「是啊，你回來再談吧。我們有很多要談的。」她說完掛斷了電話。

柏雷加德把手機放回自己的口袋裡，從達斯特下了車。愛一個人的問題就在於，對方知道你所有的壓力點。他們知道你每一個不設防和赤裸的點。你讓他們進到你的內心，而他們就把你都看透了。他們知道什麼會讓你感到薄弱，什麼又會讓你生氣。就像有人直接掛斷你的電話一樣。他像一頭獅子一樣地張開嘴，然後又闔上，隨即猛烈地甩著頭。他不能再想下去了。

他得要把腦子用在接下來這場遊戲上。準備好要接一個案子，就像是穿上一件新外套一樣。你必須確定這件外套很合身。如果有哪裡不對勁的話，他就會轉身走開，把那件外套留在架子上。不管那是一筆多大的生意。他回頭看了達斯特一眼。那筆錢很重要。老天知道他們有多麼需要這筆錢。那麼多人都依賴著他。琪亞、他媽媽、他兒子、艾莉兒，還有凱文。他想起了伯尼說的話。關於他不像他父親的那番話。他也想要這麼相信。相信他們完全不一樣。就某些方面而言，這是真的。無論壓力多大，他都沒有拋棄他的家人或朋友。他不是安東尼·蒙塔奇。那麼，他為什麼覺得胸口在顫動，好像有隻大黃蜂被困在了他的肋骨之間？如果他不像他老爸的話，他為什麼會想念那種生活？

有些夜晚，他會在沒有凱文的陪同之下，獨自一個人開車亂晃，去尋找一場比賽。出現在那些比賽裡的車，多半都是一些年輕人用來自海外市場的零件所拼湊而成的，就像什麼發條玩具車一樣。其他時候，他會開著達斯特，在偏僻的道路上飛馳。像高度測試中的彗星一樣，把成排的樹木和浣熊都拋在車後。他會把油門加到時速一百六十，然後用力踩下煞車，讓車子漂移到停下來為止。無論他開到多快，無論他贏了多少場比賽，都比不上為幫派開車。坐在方向盤後面，一群警察緊追在後，前面是看不到盡頭的道路，坐在旁邊的人則恨不得自己穿的是棕色長褲，才不會被看出自己嚇到尿濕了。那種快感是毒品和酒精所無法取代的。那兩種他都試過了，卻完全比不上那種疾速的刺激，甚至連邊都沾不上。

他們從來都沒有聊過這種事，不過，他確定，如果他可以和他老爸提及這種感覺的話，他老爸一定也會有同感。「極速快感」這幾個字應該要被焊燒在蒙塔奇家的家徽上。外加一幅骷髏圖。

他把車庫鎖好，跳上他的卡車。當他開車離去時，太陽在修車廠的前面投下了幾道狹長的影子，彷彿幾隻細窄的手指，緊緊地將修車廠捏在了手裡。

7

柏雷加德行駛在一條滿是坑窪的泥土路上，在這個郡政府的偉大智慧下，這條小路被取名為奇特林路。當維吉尼亞州在設定一個覆蓋全州的緊急GPS系統時，他們要求每一條道路、小巷或者死巷，只要有超過三個人居住，就必須冠上實際的路名。本郡的行政官員們因此決定要完全擁抱刻板印象中的南方特質，幫所有的小路都取了一個聽起來像是遭到否決的鄉村歌曲曲名。他們認為這也許有助於觀光。唯一的問題是，根本不會有人來紅丘。紅丘是一個人們會開車經過的地方，而不是人們的目的地。

小路兩旁覆滿了野生的黑莓叢，偶爾有松樹和柏樹穿插其中。黑色的天空裡不見月亮的蹤影。他的卡車在行經崎嶇的土路時，發出了咯吱咯吱的呻吟聲。他經過了一棟破舊不堪的農舍平房，以及兩間和他家類似的嶄新雙寬貨櫃屋。最後，小路終於通到一片開闊的空地，只見空地的正中央座落著一間生鏽的單寬貨櫃屋。那輛藍色的Toyota就停在門的附近，旁邊還停了另一輛有著二十四吋輪輞和噴了消光黑漆、經過大幅改裝的龐帝克邦納維爾。柏雷加德把自己的卡車停在邦納維爾的後面，然後下車，敲了拖車貨櫃屋的門。

羅尼．塞遜開了門，朝著柏雷加德露出笑臉。不過，柏雷加德並沒有反應。羅尼往旁邊退開一步，招手示意柏雷加德進屋。

「闞也剛到。我們正打算喝點啤酒。你要嗎？」羅尼問。柏雷加德仔細地看了一下貨櫃屋內部的居住環境。一張有著破舊麂皮墊襯的巨型棕色沙發佔據了他們所在的這個房間。對於這個狹小的空間結構而言，這張沙發不僅過大，也太過浮誇，給人感覺像是從庭院舊貨拍賣會上買來、硬塞進這個貨櫃屋裡一樣。沙發前面是一張刮痕累累、由粗獷的木板組成的木製咖啡桌。一張簡易的椅子就放在咖啡桌的一頭。坐在椅子上的是一個頭皮上綁滿小辮子的肥胖黑人。他身上那件寬鬆的T恤看起來比他的身材大了兩號。他的腳上則是一雙過氣籃球選手最經典的傳奇籃球鞋款。汗水讓他那張寬大的臉孔看起來油亮亮的。一撮不羈的山羊鬍覆蓋住那張臉的下半部，甚至連他的嘴都快被遮住了。

沙發對面擺了一張情人座椅，椅子上印著紅色和黃色的花朵圖案。柏雷加德覺得那張雙人座看起來就像有個小丑曾經在上面吐過一樣。雷吉就坐在雙人椅上，他身旁還坐了一個大塊頭的白人女子，女子那頭藍綠交雜的頭髮宛如一個鼠窩。不管是誰幫她染的頭髮，那個人都漏掉了一些地方。那些金色的斑點在她的頭上看起來就像豹紋一樣。一張木頭椅子靠在距離柏雷加德最近的咖啡桌尾端。

「不用。」柏雷加德說著，在那張木椅上坐了下來。羅尼從冰箱裡拿出三瓶啤酒，把其中一瓶遞給雷吉，另一瓶則給了那個黑人。柏雷加德估計那個人應該就是闞。羅尼一屁股在沙發上坐下，隨即打開了啤酒。

「你有別的地方去嗎？」柏雷加德對著坐在雷吉旁邊的那個大塊頭女人說。

她搓揉著臉頰。「呃……沒有。我是說不算有。」她說。

「有，你有的。」柏雷加德說。

那個女人把頭轉向雷吉，然後又轉回來看著柏雷加德。

「蛤？」她說。

「雷吉，帶她回神奇地。」羅尼說。

雷吉張開嘴，閉上，然後又打開。「走吧，小姐。我送你回去。」他終於說道。

「我以為我今晚還會留在這裡？」她嘀咕著，眼神懇求著雷吉。雷吉只是站起身。

「我們走吧。我會和你待在那裡的。」他說。起初，那個女人似乎無意離開。她把腳踝交叉，雙臂也交叉在豐滿的胸口。

「你耳聾了嗎？給我起來。」羅尼的話讓那個女人退縮了一下，然後才氣呼呼地從雙人座上起身站起來。雷吉不高興地看了羅尼一眼，不過，羅尼只顧著看自己手中的啤酒罐。

「我們走吧，安。」雷吉說著，帶頭走向門口。她不發一語地跟在他身後。

「我敢打賭，人們在看到她走進沃爾瑪的時候，一定會尖叫著『哥吉拉』來了。」羅對自己的笑話發出竊笑，隨即啜飲了一口啤酒。柏雷加德和他四目相對。兩人誰也沒有說話地持續了幾秒鐘。最後，柏雷加德轉向羅尼。

「三件事。第一，除了已經知道這件事的五個人之外，我們不能對任何人提起此事。不可以告訴你可能在夜店裡遇到的女孩。不可以告訴你想要炫耀的哥兒們。不可以告訴你老媽或老爸。

誰都不可以。第二，等這件事完成之後，我們要遠離彼此。我們不能出去喝酒慶祝。我們不能成群一起去大西洋城賭博。我們各走各的路，各自待在自己的地方。第三，行動的那天，我們都得保持良好的狀態。不要過度興奮。不要嗑藥。不要抽大麻。什麼都不要。如果你們都可以做得到的話，我就加入。如果做不到，我現在就走人。」柏雷加德說。

闞和羅尼交換了一個茫然的眼神。

「好吧，伊森．韓特❺。我知道了。」闞說。

「嘿，老兄，我沒問題。」羅尼說。

柏雷加德坐回椅子上，把雙手放在膝蓋上。「那麼，我們就開始吧。」他說。

他聽著羅尼談論這個案子談了二十分鐘之後，舉起了手，阻止他再說下去。

「你還沒有去看過那個地方，對嗎？你的女人知道警報系統的密碼嗎？那間店距離州際公路多遠？除了州際公路之外，還有幾條路可以離開？那裡有什麼工事正在進行嗎？警察有多常去那一帶巡邏？店裡有封鎖系統嗎？除了店經理之外，還有誰知道保險箱的密碼？」柏雷加德問。

這回換羅尼舉起手了。

「我懂，好嗎？我們需要去勘查那個地方。珍妮可以弄到警報系統的密碼，不過，我估計，沒有人會有機會去啟動警報的。我們進去，拿到鑽石，然後離開。」

❺電影《不可能的任務》主角。

「你不只得要從保險箱裡拿走鑽石。」柏雷加德說。他伸縮著左手，指節發出了劈劈啪啪的聲響，彷彿火爐裡的生木柴一樣。

「你為什麼這麼說？」關問。

「因為如果你只拿走鑽石的話，警察就會知道有內鬼。我敢打賭，那間店裡的員工不會超過五、六個人。」柏雷加德說。

羅尼瞪著天花板看了一會兒。

「說得好。」他喃喃自語著。

「老兄，省省吧。我們進去，朝著天花板開槍，讓那些王八蛋按照我們的要求去做。不然，我們就轟爛他們的屁股。」關說。

語畢，他把手伸到背後，掏出了一把巨大的鍍鎳半自動手槍。柏雷加德估計那可能是一把沙漠之鷹。

關把槍湊近臉旁。「我有槍，規則就由我來定。」他搖晃著槍枝，強調每一個音節。

「把那個東西拿開。」柏雷加德說。

關露出一抹微笑。「別擔心，大塊頭，槍的保險已經關上了。我知道怎麼用槍。」關說完，把槍塞回他的腰際。柏雷加德心想，他每次穿那種寬鬆的牛仔褲時，那把槍沒有從褲子裡掉到他的腳上，實在是一種物理學的奇蹟。

「我們也需要新的槍。」柏雷加德說。

闞翻了個白眼。「黑鬼，這是我最喜歡的槍。」

「那就是我們需要新槍的原因。那把槍殺過多少人？幹過多少樁搶案？你以為警察不會保留彈殼嗎？」柏雷加德問。

這讓闞似乎認真思考了一下。「那我們要從哪裡搞到新的？」闞問。

柏雷加德用手掌在大腿上擦了擦。「我認識一個人。我們可以用五百元弄到兩把槍。在我們去弄槍之前，我需要先去探查一下那個地方。」

「該死，黑鬼，五百？我以為我們才是要搶劫的人。」闞說。柏雷加德瞪著他看。闞也回視著他。最後，闞挪開了目光。柏雷加德站起身，走進廚房。他打開冰箱，拿出一罐啤酒。隨即走回起居室，坐在靠近闞那頭的雙人座尾端。他打開瓶蓋，喝了一大口。那瓶啤酒像冰塊一樣沁涼，讓他從喉嚨一路涼到了肚子裡。

「你知道嗎，我有一個朋友養了一隻吉娃娃。那是一隻會咬人腳踝的小壞蛋。每次我去的時候，他總是會對著我一直叫、一直叫、一直叫，一副齜牙咧嘴的模樣。不過，如果我用腳踩牠的話，牠就會跑得遠遠的，躲到沙發底下去。」柏雷加德說著，把啤酒放在咖啡桌的邊緣。

「你幹嘛要對我說什麼狗的事，老兄？」闞問。

柏雷加德沒有回應，只是用右手把啤酒撥倒。啤酒瞬間灑在闞的球鞋和褲子上。闞詛咒著從椅子上跳了起來。在此同時，柏雷加德也跟著跳起來。他從闞背後的腰帶處一把抓住闞的那把槍，彈開保險，讓槍吊掛在他的身側。闞往右邊轉過身，直到他和柏雷加德面對著面。柏雷加德聽到一聲彷彿就要窒息的咳嗽聲傳來，羅尼顯然被啤酒嗆到了。

「因為你讓我想起了那隻小狗。你不停地在那裡狂吠，說著一些廢話，不過，我想，一旦真的出現麻煩的話，你可能只會尿濕你的褲子而已，或者拔腿就跑，也或者兩者都會。羅尼說你是個好人。他說他了解你。他信任你。沒問題。可是，我不信任你。你把這件事說得像電影一樣。但是它不是電影。它是活生生的現實。是我的性命。而我不會把我的性命交付在你的手上。所以，我要去探查那個地方。我要去弄輛車。我要讓我們弄到槍。你不喜歡的話，我就走人。因為我不打算在監獄中醒來，只因為你在我們行動的時候像個小孩似地把事情搞砸了。」

他卸下沙漠之鷹的彈匣，往後扣動滑套，彈出彈膛裡的那顆子彈。子彈滾過塑膠地板，在另一端的牆壁前面停了下來。他把槍和彈匣丟到旁邊的沙發上。

「你覺得有什麼不滿的話，我們可以單挑。或者，我們可以一起賺這筆錢。由你決定。」柏雷加德說。冷氣不停地發出轟轟的響聲，努力要讓這個長方形的貨櫃屋降溫。關拉下臉看著柏雷加德，整整一分鐘都沒有吭聲。他又看看羅尼，然後把注意力再度轉回柏雷加德身上。

「喔，我們會單挑的，王八蛋。那是之後的事。不過現在，我們來談談怎麼弄到這筆錢。」他咆哮道。柏雷加德重新坐了下來。等到過了一段關認為夠長的時間之後，他才跟著坐下。

「好吧。就像我說的，我明天會去勘查那個地方。羅尼，你可以和你的女人談談，看看她是否知道警報系統的密碼以及保險箱的密碼鎖？等我探查完那個地方，我們就可以去和我的人談談槍的事情。你們兩個應該有辦法弄到五百大洋來換到槍。」柏雷加德說。

「當然，當然，我可以和她談一談。不過，你需要那間店的地址。」羅尼說著，從口袋裡摸出一張紙。然後再掏出一張舊收據，並且從咖啡桌上取來一支筆。柏雷加德搖了搖頭。

「不要寫下任何東西。你說那間店在卡特郡。我想，我可以找得到。我們一週後再碰頭，然後去拿槍。那會給我足夠的時間去弄到車子，並且做些改裝。從現在開始，我們只會用拋棄式手機。閉上你們的嘴，不要招惹麻煩。」他說。

「事成之後，我們要怎麼處理那些槍？」關問。

柏雷加德把頭側向他。「如果在行動過程裡你不需要用到它們的話，你就可以把它們留下來。如果你用了，我們就把它們拆卸開來，然後扔掉。」他說。

關翻了翻白眼。「五百塊錢付諸流水。」他說。

「什麼，你想要留著當傳家寶嗎？」羅尼問。

「真浪費。我只是這麼覺得而已。」關說。

「我想，你沒弄清楚現在是什麼狀況。武裝搶劫在維吉尼亞州是五級的重罪，會被處以三年以上的徒刑，甚至被判無期徒刑。那還是在沒有人受傷的情況下。那些槍只是工具而已。工具會壞掉。工具會被遺失。不要太依賴它們。」柏雷加德說。

「你把它們說得好像人一樣。」羅尼說。

「異曲同工。」柏雷加德說完站起身。「我想，我們目前該談的都談完了。」

「你打算弄到什麼樣的車？」羅尼問。

「有什麼區別嗎？」柏雷加德說。

「沒有。我只是好奇罷了。」羅尼說。

「你可以弄輛BMW，像電影裡那個混蛋英國人那樣嗎？那部電影是叫做變形金剛吧。」關的話讓柏雷加德忍不住閉上眼睛。

「不會是BMW，」他咬緊牙說道。「我要走了。」柏雷加德轉過身，走向門口。他打開門，正準備踏出貨櫃屋時，又停下了腳步。「你想在事情結束之後見到我，沒問題。不過，如果我看到你面無笑容又不懷好意的話，那可就不太好了。」他說。

語畢，他踏出大門，走進了夜色裡。幾分鐘之後，他們聽到了卡車發動的聲音。除了冷氣的轟轟聲和頭頂上的燈所發出的嗡嗡聲之外，貨櫃屋裡一片靜默。

「嘿，老兄，他對這件事是很認真的。我想，他不是故意要蔑視你。」羅尼打破沉默。

「老天，把那把該死的槍給我。」關說。

柏雷加德把他的卡車停在琪亞的車子旁邊，然後下了車。空氣依然很悶熱。屋子裡漆黑一片，除了前廊的燈還亮著之外。柏雷加德打開門鎖，穿過陰暗的室內，走向臥室。

琪亞大字形地躺在床上，彷彿一幅波提切利的畫作。一件白色的薄T恤和一件斑馬紋的內褲就是她身上的所有裝飾。柏雷加德脫掉他的靴子，讓他的褲子掉落在地板上。再把襯衫拉過頭頂褪下，同樣讓它落在地板上。他躺到床上，手臂滑過琪亞的肚子。

「那天晚上，你帶著槍傷回到家的時候，我曾經問過你，像那樣的狀況，我們還要承受多久。你說，一切都是值回票價的。你記得我當時說了什麼嗎？」她問。

「你說，那是你聽過最愚蠢的屁話。」柏雷加德說。琪亞抓住他的手，拉著他的手臂，讓他把自己抱得更緊。他可以感覺到一股溫暖從她纖細的背上傳到他的肚子。

「不過，你是對的。那確實值得。我們買了這個房子。我們開了修車廠。我們擺脫了那個世界，寶貝。我們擺脫了。而現在，你想要回去，我要告訴你的是，這回你這麼做並不值得。」她說。她的聲音卡住了幾次，柏雷加德知道她哭了。

「如果有其他辦法的話，我就不會這麼做。」他直接在她的耳邊說。

「把修車廠賣掉。在帕克郡的輪胎工廠找份工作。開始賣吸塵器。」她說。

他向她貼近，緊緊地摟住她。「不會有事的，我保證。」他說。

她不安地扭動了一下，轉過身來仰躺著。「我不應該那樣說你老爸。對不起。但是，那是他會對你媽媽說的話。你無法保證會沒事。你不會知道的。如果有事呢？那我就必須要告訴你兒子們關於你的故事，就像人們告訴你你老爸的故事一樣。因為記憶是會消退的，蟲子。」她說。

柏雷加德的食指沿著她的臉頰輕溯到她的下巴。他勾起她的頭，吻了吻她的臉頰。她鹹濕的淚水味縈繞在他的唇上。他沒有反駁她的說法。事情有可能出錯。這個行動有可能失敗。任何過著這種生活的人都知道有這樣的可能性存在，但是，他並沒有去認真思考這樣的可能性。他已經撐過了這麼久的時間，因為他從來不去設想自己在監獄裡的樣子。他拒絕把被捕當成一個選項。

五年的少年感化院生活讓他有了目標，讓他的頭腦變得極度清醒。他絕對不會再任由別人控制他的自由。

除了他虛榮的自尊之外，他知道他妻子關於記憶的說法也是對的。他一直都會想起他老爸，然而，他老爸的聲音似乎越來越模糊。他的聲音聽來像柏雷加德記得的那樣，還是應該有更多的抑揚頓挫？他的那道疤痕是在右手還是在左手上面？在他的記憶裡，他父親的臉孔邊緣變得越來越模糊。除非他坐在達斯特裡，否則，安東尼・蒙塔奇就只是一道發出低語的影子而已。坐在那輛車子裡會讓過去的一切都清楚地回到他的眼前。如果他真的幹了這個案子，他的兒子會需要坐在達斯特裡，才能憶起他的臉孔嗎？他們甚至會想要記起他嗎？

「我保證。我們會沒事的。」他說。他往前傾靠，吻在了她的唇上。一開始，她緊抿著嘴，不過，慢慢地，她打開了雙唇，讓舌頭滑入他的嘴裡。他的手探向她的大腿，直到觸碰到她身體的核心。她顫抖了一下，從他身邊挪開。

「你最好要遵守你的承諾。」她呻吟地說。於是，他再度將唇壓在她的唇上，他們的手臂和雙腿瞬間交纏在一起，任由呻吟和嘆息將他們緊緊包圍。

8

珍妮在一連串的喇叭聲中醒來，彷彿末日審判降臨了一樣。她的簡訊聲迴盪在她狹小的公寓裡。喇叭聲到達高潮之後，又從頭開始新一輪的演奏。

她從床頭櫃上抓起手機。螢幕上的來電者名字顯示著搖滾樂。她今天的第一則簡訊是羅尼「搖滾樂」塞遜傳來的。

簡訊上寫著，我需要警報密碼。

珍妮瞪著手機，用力地眨了眨眼。

我不知道你在說什麼。打給我。她在手機上回覆。按下發送鍵之後，她從床頭櫃上取來香菸和打火機。在她吐出第三口煙的時候，她的手機開始發出一串啾啾的鳥叫聲。這是她的手機來電鈴聲。她輕觸了螢幕，接起電話。

「別發那種莫名其妙的簡訊給我，老天。」

「早啊。」羅尼說。

「我是認真的，羅尼。如果我們採取行動的話，你覺得警察的眼睛會往哪裡看？我的電話紀錄裡不需要那種屁話。」

「可惡，你今早是有起床氣嗎？你聽起來像是需要有人幫你好好暖身一下。」羅尼說。

「你知道嗎，你的老二不能解決所有的問題。」珍妮說。

「如果我的老二不能解決所有的問題，那就是你的問題問錯了。不過先別說這些。你能弄到嗎？」

「弄到什麼？」珍妮問。

「警報密碼。」羅尼說。電話這頭的珍妮深深地吸了一口菸。

「我已經知道了。羅艾倫前幾天告訴我了。」

「你女朋友還好嗎？她有接到那些牛仔的電話，告訴她橄欖球的前鋒球員是用什麼姿勢進攻的嗎？」羅尼問。

「不好笑，羅尼。她人很好。」

「別告訴我你愛上她了。她的嘴上功夫不可能那麼好。」

「你太齷齪了。她只是對我好而已。我不希望她受到傷害。我不希望任何人受傷。包括羅艾倫、你，還有我。我只是想要離開這裡。離開卡特郡。離開維吉尼亞。我想要到別的地方，我想要我的餘生都能改頭換面。試著重新來過。也許試著這次不要再犯那麼多的錯誤了。」珍妮說。

「我們會的。你只需要完全按照我告訴你的去做就可以了。在你意識到之前，我們就已經在撒滿百元大鈔的床上翻雲覆雨了。」羅尼說。珍妮吐了一口氣。一縷白煙從她的鼻孔裡裊裊上升。

「我只是不想被這件事給毀了。」珍妮說。

「寶貝，你不會的。你只需要相信我就好了。這有那麼難嗎？不要再擔心這些了，我們來談談重要的事吧。你今天要做什麼？也許我可以過來。我有一些波克塞，還有一箱啤酒，上面印滿了你的名字。」

「不用了。我得去工作。你知道，真的工作，而不是偷盜之類的。」

「什麼話。嘿，幫我向你『乾媽』問好。」

「再見，羅尼。」

「等等，你幾點下班？」

「等你把我煩夠了，上床去睡覺之後大約十五分鐘，我就可以下班了。」珍妮說完，掛斷了電話。

9

柏雷加德在清晨出現第一道曙光時就起床了。琪亞還蜷縮在他旁邊，像隻貓咪一樣。他安靜地溜下床，套上一件牛仔褲和一件T恤。再從梳妝台的抽屜裡拿出一頂棒球帽戴上，並且把帽子壓低到眼睛上方，然後在琪亞的臉上輕輕一吻。

「你這麼早就要出門了。」她閉著眼睛說。

「我得到修車廠去。」他用手背揉了揉她的臉頰，說了一個謊話。

「我需要你今天晚上去接孩子們回來。我得和拉吉莎・貝瑞去法院附近的一些辦公室打掃。」琪亞說。

柏雷加德又親吻了她一下。「沒問題，寶貝。我們今晚打烊時，我會去接他們。我愛你。」他說。

「我也愛你。」她說。不過，這句話的最後一個字化成了一聲嘆息。柏雷加德走出房子，坐進他的卡車裡。他打開收音機，旋轉著選台器，直到收音機的喇叭傳來一首阿爾・格林[6]的R&B，阿爾・格林的假音彷彿一道清涼的晨霧流瀉而出。他開離紅丘，駛上通往州際公路的六十號公路。就在抵達入口匝道之前，他經過了荒廢的太妃冰淇淋店。罩在外帶窗口上的那座白色鋁製頂棚，現在已經坍塌了，不過，建築物的其他部分都還很堅固。房子的東面爬滿了密密麻麻的薊花和葛藤。停車場的人行道隙縫裡，也探出了大片蒼翠的野草。在二〇〇一年艾樂里去世之前，艾樂里和艾瑪・謝爾登的這間太妃冰淇淋店已經開了長達五十年之久。艾瑪試著在沒有丈夫的情形下奮鬥，然而，阿茲海默症卻奪走了她僅剩的腦力，將它們拋向了四面八方。當一些顧客在停車場發現艾瑪竟然一絲不掛地在店裡製作奶昔和漢堡之後，郡政府就介入了。

當他還是個孩子時，柏雷加德最喜歡太妃冰淇淋店的雙重巧克力奶昔。在像今天這樣的炎炎夏日裡，那是一種難得的禮遇。那種甜品會讓你把所有的防備都拋諸腦後。他老爸曾經開玩笑說，如果有一輛沒有車窗的廂型車停下來，只要車裡的人保證會帶他去太妃冰淇淋店，柏雷加德就會毫不遲疑地跳上車。在他最後一次見到他父親的那一天，太妃就是他們兜風行程中的其中一站。幾年以後，紅丘散布著一則傳聞，說太妃冰淇淋的人行z道上沾了一些無論用多少水都洗不掉的血跡。

柏雷加德把音樂的音量調高，開上了州際公路。不過，格林的歌聲並未淹沒多年以前的那一天所留下來的記憶。

位於維吉尼亞州另一頭的卡特郡距離紅丘有七十哩。在機會和企劃的結合下，它勉強地變成了紐波特紐斯的一個郊區城鎮。這裡大部分的居民都受雇於這座城市的三家大公司：海軍造船

❻阿爾・格林，1946年4月13日生於美國阿肯色州，有「最後一位偉大的靈魂樂歌手」之稱。1995年被選入「搖滾名人堂」；在滾石雜誌「史上最偉大的一百位藝人」的榜單上排名第六十六位。

廠、佳能製造工廠，以及派崔克．亨利購物中心。柏雷加德可以看到這些產業對卡特郡帶來的效果。它就像紅丘比較有錢的雙胞胎一樣。當他開過這座城鎮時，他只看到了三間移動貨櫃屋。在這裡，蓋在一條路上的磚房數量就比全紅丘還要多。他轉到主街上，經過了兩間洗衣店、一家酒類專賣店、三間寄售商店，還有兩間診所。路上的車輛很少，不過都是BMW和賓士，偶爾也有幾輛凌志。有那麼一瞬間，他還擔心這裡可能會有五家珠寶店，這樣一來，他就得用他的個人手機、而非拋棄式手機打電話給羅尼了。在他差點就要為這種丟臉的行為所苦時，他看到了一面購物中心的招牌，招牌上列有其中一間商家瓦倫蒂珠寶的名字。很顯然地，卡特郡的居民在乾洗他們的衣服上需要很多選擇，不過，碰到珠寶的買賣，市場就被瓦倫蒂壟斷了。

柏雷加德駛過購物中心。他在下一個十字路口左轉，看到了一個藍色的牌子，示意郡長辦公室就在三．五哩之外。他沿著這條路一直開，直到經過一棟前門上印有卡特郡郡徽的小磚房。柏雷加德數了一下，磚房前門停了兩輛巡邏車。這表示他們那天的行動必須要迅速。郡長辦公室的位置比他所預期的還要近。他在街尾迴轉，駛回購物中心。

柏雷加德來到購物中心，穿過空蕩的停車場。這間購物中心是由一個個獨立的單位組成的L形建築。那家珠寶店就座落在L形底部的最後一個單位，也最靠近購物中心的出入口。柏雷加德開過停車場，離開了購物中心。他不需要進去那家珠寶店，因為那是羅尼的工作。他的工作是開車。他把購物中心的平面圖、主街和通往州際公路出口的道路都記在了腦子裡。他留意到主街和拉法葉街的交叉口有一個停車號誌。停車場的出口處有一個減速帶。對街的那家咖啡館有一扇很大的觀景窗，那會讓任何潛在的目擊者把他們的行動都看在眼裡。所有的這些和其他的細節塞滿了他的腦子。他的腦袋彷彿一塊吸水的海綿。少年感化院的那個諮商師曾經說過，他具有非常清晰的記憶力。斯考齊尼先生曾經努力地試圖要他考慮在出獄之後回到學校去念書，也許念大學。柏雷加德知道斯考齊尼先生是出於好意。不像傑佛遜·戴維斯感化院裡的許多職員那樣，斯考齊尼先生並沒有把像他這樣的孩子視為沒有希望的人。然而，斯考齊尼先生所不了解的、也是他自己所不了解的是，選擇對於像柏雷加德這樣的孩子來說是一種奢侈。他沒有父親，只有一個光是爆胎或者只要一天過得不如意就會精神崩潰的母親，還有一對一輩子都處於貧賤之中的祖父母。對於柏雷加德這樣的孩子而言，大學根本像在做夢。斯考齊尼先生倒不如叫他去登上火星。

柏雷加德向西轉上六十號公路，準備回到州際公路上。他看了看手錶。在交通流量最小的情況下，以時速五十五哩的速度，從珠寶店開到州際公路出口需要十三分鐘整。當他們那天離開停車場時，他將會開得比時速五十五哩還要快許多。在他進城的途中，他注意到州際公路正在進行什麼大規模的翻修工程。在進入卡特郡的匝道出口前，道路往上起伏到了最高點，變成了一座長達幾乎一哩的立交橋。立交橋底下是一條單線道的高速公路，可以連接到一些通往卡特郡的小路。南下和北上車道之間的水泥分隔島已經被拆除了。看來，州政府似乎終於決定要處理混亂的六十四號州際公路，將之拓寬為六線道。一面砂攔圍住了曾經是分隔島的那道偌大缺口。柏雷加德注意到立交橋和平面道路之間的距離應該不會超過二十呎。

有意思。

柏雷加德看到前方的煞車燈閃得有如聖誕裝飾一樣。六十號公路上的車流全都開到了左邊的車道，然後又回到右邊。當他前方的貨車變換車道時，柏雷加德終於看到是什麼原因導致前面的每個人都踩煞車了。只見一輛小廂型車正停在道路的中間，不停地閃著雙黃燈。一個看起來很年輕的削瘦黑人男子站在車旁，慌亂地揮舞著雙臂。一道白煙正在從那輛小車的引擎蓋底下湧出。

一輛輛的車行經過那名男子，彷彿他是一個懸掛在汽車代理商入口處附近的充氣玩偶一樣。柏雷加德的車也開始經過男子旁邊。當他經過的時候，他發現乘客座上有一名女子。一個年輕的白人女孩。那頭耀眼到不像真的金髮，彷彿石膏一樣地黏貼在她的頭上。女子的雙眼緊閉，喘息得像一條獵狗一樣。

「該死。」柏雷加德吸了一口氣。他把車子停靠到路邊，跳下卡車。在他還沒來得及關上車門之前，那名男子就跑了過來。

「嘿，老兄，我需要幫助。我的車拋錨了，我老婆又在陣痛。那車突然掛了，沒有預警，什麼都沒有。什麼爛車。」他大聲地吼著。

「你怎麼不打給救援隊？」柏雷加德問。

男子垂下了眼簾。「我們的手機幾天前被停機了。上個月我被造船廠解雇了。聽著，老兄，我的孩子就要出生了。你可以送我們到醫院嗎？」男子問。

柏雷加德看著眼前的場面。那名男子上氣不接下氣。車裡的那個女孩正在呻吟。他知道那種呻吟代表著什麼。他知道眼前這個男子顫抖的嘴唇代表著什麼。他們嚇壞了。孩子就要出生了，而他們不知道自己正在做什麼。十五分鐘的一時之快即將變成一輩子的責任。責任的重量彷如一塊鐵砧般地壓在他們的胸口上。他剛勘查完行動的路線，正在回家的路上。他需要在行動前後都保持低調。

聰明的作法，也是專業的作法，就是回到他的卡車上離開這裡。那個女孩又發出了呻吟。呻吟聲變成了尖叫，在這條往前延伸的寂寞道路上，就連駛過他們身邊的車流都蓋不住那樣的尖叫聲。艾莉兒曾經是胎位不正的嬰兒。醫生花了很長的時間，才把她從珍妮絲的子宮裡弄出來。他們告訴他說，如果孩子沒有在醫院出生的話，很可能就沒命了。

「我們先把你的車推開吧。」他說。

他們兩人不需要太費力，就可以把那輛小車推到路邊。柏雷加德抓住那個女孩，半扶半抱地把她帶向卡車。那名男子打開車門，和柏雷加德一起合力讓女孩坐進車裡。男子隨即跳上乘客座，柏雷加德也跑到駕駛座那一邊。

「你覺得你可以載我們到醫院，趕得上……」男子沒有把話說完。柏雷加德幾乎露出了笑意。

「坐穩了。」他說著踩下油門。

最近的醫院是位於紐波特紐斯的里德綜合醫院，距離他們所在之處大約需要三十五分鐘的車程。柏雷加德在那對夫妻上車之後十八分鐘，就已經把車停在了醫院急診處的入口。男子跳下車，衝進急診室。幾秒鐘之後，一名護士推著一張輪椅，跟在他身後出來。他們幫忙把女孩扶下車，坐上輪椅推進了醫院。那名年輕的男子在門邊徘徊了一下。柏雷加德則回到了他的卡車上。

當他抬起頭時，只見男子正朝著他的車窗小跑步而來。

「嘿，老兄，我不知道該說什麼。但願我有什麼可以給你的。只是，我現在陷入了困境，而凱特琳又因為這個孩子而必須停止工作。我們搬去和她媽以及……」在毫無預警之下，淚水開始從他的眼角流下。

「嘿，嘿。你沒有欠我什麼。我只是希望一切都順利。」柏雷加德說。

男子擦了擦臉龐。他有一頭剪得很短的頭髮和剛開始冒出來的鬍碴。柏雷加德估計，他約莫才剛脫離青少年的年紀。

「是啊。我也是。嘿，聽著，謝謝你，老兄。如果你沒有停車的話，我不知道會發生什麼事。其他開車經過我們的人，都把我們當成是一坨屎，深怕我們沾到他們的鞋子。讓我告訴你，你的駕駛技術真是了不起。我覺得我們好像剛上車就到了。」男子說著，把手伸向柏雷加德。柏雷加德握住他的手。男子的手很有力。那是一雙工人的手。

「嘿，你叫什麼名字？如果我們生男孩的話，我們可能用你的名字幫他取名。」男子說。柏雷加德沒有回答。只是再次握了握男子的手。

「安東尼。」他終於告訴男子。他父親的名字就像一顆苦口的藥，在幾乎苦死你的同時卻又救了你的命。

語畢，他鬆開男子的手，驅車離開。

紅丘郡
一九九一年八月

柏雷加德可以感覺到達斯特引擎震動的力量穿透車底板，一路穿過座椅，然後從他的頭頂穿透而出。卡帶槽裡正在播放著一卷巴迪·蓋伊的錄音帶。巴迪那把點狀花紋的吉他從收音機的喇叭裡傳送出顫抖的嗚咽聲。他老爸的一隻手放在方向盤上，另一隻手則抓著一只棕色的袋子。他時而跟著卡帶哼唱，時而暢飲著手裡的瓶子。柏雷加德看著時速表，他們快要接近每小時九十哩了。隨著達斯特飛馳而過，路旁的樹和綿延的農田看起來就像色彩華麗的太妃糖。

「你知道我為什麼要讓你這個週末跟著我，對嗎，蟲子？」安東尼說。

柏雷加德點點頭。「媽媽說你要走了。要離開很長一段時間。」他說。

他老爸又喝了一大口。他用膝蓋穩穩地頂住方向盤，然後把酒瓶從右手換到左手。再把瓶子丟向窗外。柏雷加德聽到瓶子撞擊在一面路牌上，路牌上標示著城橋路限速每小時四十五哩。

「你媽媽還說了什麼嗎？」安東尼問。柏雷加德轉過頭，望著窗外。「我是這麼想的。你媽媽……你媽媽是個好女人。她只是無法忍受自己被我騙了。她沒有拿你出氣吧，蟲子？」安東尼問。

柏雷加德搖搖頭。他痛恨對他老爸說謊。然而，他更討厭看到他的父母發生更多的爭執。

「我沒有要離開那麼久，蟲子。一年，也許兩年。只要等事情平靜下來就好。」安東尼說。

「你要去哪裡？」柏雷加德問。他已經知道了，但是，他想聽到他老爸親口說出來。除非他說他要去哪裡，否則一切都不是真的。

安東尼注視著柏雷加德。「加州。那裡有人在找會開車的人。」他說。他們沒有換到低檔，直接就滑過了一個彎道。安東尼踩著煞車和離合器，讓車子漂移到彎道上，隨即在車子可能停下來之前改踩油門。有好幾分鐘的時間，他們誰也沒有開口。那個三百四十度的轉彎讓他們都閉上了嘴。

「你為什麼要離開，爸爸？」柏雷加德問。

安東尼並沒有轉過頭來，他只是緊緊地抓住了方向盤，柏雷加德甚至可以聽到方向盤發出了咯吱咯吱的聲響。安東尼脖子上的肌肉在他那身黑曜石般的皮膚下鼓起。達斯特在他們開到一段和緩的下坡路時往前躍進。柏雷加德覺得自己的胃幾乎快要浮上他的脖子了。

「蟲子，現在，我要你聽我說。認真地聽好了。我要說兩件事，而且我希望你不要忘記，好嗎？該死，我在說什麼，你從來都沒有忘記過事情。第一件事是我愛你。我這輩子幹了不少破事，不過，我所做過最棒的一件事就是成為你老爸。不管別人對你說什麼，包括你媽媽，你都不要懷疑我對你的愛。」安東尼說。

一個停車換乘的停車場出現在他們前方五百哩之處。當他們接近時，安東尼把方向盤打向右邊，達斯特瞬間在碎石路上打滑，直到它停在了一塊水泥的停車擋前面為止。

「第二件事：說到底，沒有人會在乎你像你在乎自己一樣。絕對不要讓別人強迫你為他們做出他們不會為你做的事。你聽到了嗎，孩子？」安東尼問。

柏雷加德點點頭。「我聽到了，爸爸。」他說。

「人們會要你一輩子都忍受某件他們連五分鐘都無法忍受的事。我是打死也不會那麼做的。嘿，聽著，我知道你奶奶很會做餅乾，不過，我可以提供很棒的奶昔。你要去太妃嗎？」安東尼問。

柏雷加德知道他老爸並不是真的想要喝奶昔。他只是想要示好。每當他做了什麼傷害他或他媽媽的事時，他總是會試著對他們示好。

「好。」柏雷加德回答。

「那好。我們就幫你買個他們最大的草莓奶昔。」安東尼說著，重新啟動了達斯特，讓輪胎飛速轉動，加速開出了停車場。

「巧克力。我最喜歡的口味是巧克力的。」柏雷加德小聲地說。

10

柏雷加德提前打烊了。他讓凱文在中午左右就下班了。一整個早上時間過得極其緩慢，慢到讓人感到痛苦。他們靠著下棋、聽收音機和漫無目的的聊天來打發時間。

「你要我明天早上進來之前先打電話給你嗎？」凱文問。

「是啊。」

「還有一件事，我告訴賈瑪爾·佩吉說，下週我可以幫忙他幾天。他不在鎮上的時候，我可以幫他開他的拖吊車。就讓你知道一下。」凱文說。

「沒問題。」

「我對他說，在修車廠的生意好轉之前，我每週也許會有幾天有空。」凱文說。

「我了解。該幹嘛就幹嘛。沒關係的。」柏雷加德說。

凱文杵在那裡，雙手插在連身工作服的口袋裡。「我只是不希望你覺得我在白領薪水。」

「我知道你沒有。」柏雷加德說。不過，就算有的話，他也不會怪凱文。

凱文離開以後，他坐在辦公室裡看著牆上的時鐘，時鐘裡的那根分針無精打采地移動著。他又坐了三個多小時，才出發去找伯尼。

伯尼的院子裡很忙碌。汽車和卡車快速地在磅秤上移動。一車生鏽的鐵和扭曲的鋼正在經過紅丘鋼鐵廠的大門。柏雷加德不禁對裡面的一些東西來自哪裡感到好奇。一具精緻的鐵床床架就擺在他眼前一輛檸檬綠的皮卡後面，等待著被送上磅秤。床頭板頂端的裝飾被塑造成了黑莓的形狀。小孩會以為那是真的嗎？一名美女跨坐在情人身上時，是否曾經用手抓著它們？一個黑幫老頭是否曾經在這張床上經歷了死亡的過程，那種伯尼口中不會發生在他這種人身上的死亡方式。

他穿過大門，走進辦公室。伯尼正坐在他的辦公桌後面數錢給一個頭戴邦聯旗帽子的白人。柏雷加德知所分寸地站在靠近門的地方。

「那是兩百五十，霍華德。」伯尼數完之後，把那疊鈔票遞給那名男子，後者在接下鈔票之前，似乎有點遲疑。

「那輛車本身就價值兩百元。它的重量足足有一千磅啊。」男子抱怨地說。

「霍華德，那是一輛有問題的故障車。如果你想要去別的地方試試運氣的話，儘管去吧。不過，他們會問你的問題絕對比我還多。」伯尼說。

霍華德站起身，把錢放進口袋裡，不發一語地離開了。

「你相不相信，他一定正在心裡罵我是黑鬼？」伯尼說。

柏雷加德輕笑出聲。「才怪，他也許在坐下來之前就已經在心裡罵你了。」

伯尼在椅子上旋轉過身，把身後的那個保險箱鎖上。「只要他不說出來就好。你看到他頭上那頂帽子了嗎？那些南方傳統白人總是叫我們要忘掉奴隸制度，可是，他們自己卻無法忘記被薛曼將軍打得落花流水的歷史。」伯尼說。

柏雷加德在霍華德剛才坐過的那張椅子上坐了下來。「我需要你幫忙。」他說。

「我還沒有聽說哪裡有什麼機會。」伯尼說。

柏雷加德搖搖頭。「我需要一輛車。我沒辦法先付錢給你，不過，我之後會付給你。車身的狀況如何不重要，不過，車架得要夠結實。」他說。

伯尼往後靠在他的椅背上，椅子在他的重量下發出一陣哀號。「你掌握到什麼資訊了嗎？」他問。

柏雷加德交叉起腳踝。「差不多。」他說。一輛有著四個後輪的重型皮卡從窗外駛過，他可以感受到地板傳來的震動。伯尼在椅子上前後來回搖晃著。那張椅子叫得更淒慘了。

「這和羅尼．塞遜沒有關係吧，有嗎？」伯尼說。柏雷加德臉上雖然不動聲色，然而，他的手卻感覺到一股震驚。他緊握著雙拳，以至於指關節都發出了咯咯的聲響，聽起來就像幾片被扔到牆上的玻璃一樣。

「你為什麼這麼說？他告訴你的嗎？」柏雷加德說。他緩緩地問，語氣極為平淡。

「不是。不過，他今天早上來過這裡，講話像連珠炮似的，他帶了五卷的銅箔，我知道那肯定是偷來的，還有五袋的覆土，我知道那也是他偷來的，但是，我不知道他為什麼要偷那些東西。那些銅箔，我給了他四百元。它們其實值五百元的，不過，我對他沒好印象。他喜歡裝傻，偏偏他又油滑得像一桶鼻涕裡的兩條鰻魚一樣。他告訴山繆說，他有個工作要做，需要一點錢買工具。還說那是一份領乾薪的工作，他從此再也不需要幹活了。而現在，你又問我要一輛車。」

伯尼說。

語畢，他讓這個問題停留在空氣裡好一會兒。柏雷加德沒有吭聲，繼續保持著臉上的平靜。

「該死。答應我你會小心。我們到後面去吧。我想，我有你要的東西。」伯尼說。

他們穿越在迷宮一般的紅丘鋼鐵廠後面。好幾十輛廢棄的車四處散落在這片土地上，彷彿什麼被遺忘的偉大生物死後的軀殼。空氣裡瀰漫著發臭的雨水和機油、汽油，以及各種耗油混合在一起的味道。他們在碎石地面上踏出的每一步，都捲起了一片塵土。終於，他們來到了一輛暗藍色的兩門轎車前面。

「前幾天，我從西恩．塔特的老家拿到這輛車。是八七年的別克Regal GNX。發動機掛掉了，不過，我想那對你來說不是問題。這車的骨架還很結實，變速器也還很好。西恩覺得自己已經沒辦法再開這輛車了，所以我們就去把它弄過來。我打算要賣掉它的一些零件，不過，我可以用一千元的價格，把整輛車都賣給你。」

柏雷加德透過駕駛座的窗戶看進去。車子的內裝有好幾處殘破的地方。下垂的車頂篷彷彿中風病患的臉頰一樣。前保險桿有一個破洞，就像足球前鋒的拳頭一般大。引擎蓋上的鏽跡也像什麼氧化的濕疹一樣。車側的後視鏡幾乎已經鬆脫了，只要一道風，就足以把它們刮走。看到一輛車失修到這種程度，總是讓他感到很難過。每當看到一輛車惡化到這個模樣，總不免讓他的皮膚泛起一片雞皮疙瘩。某一部分的他總想要把所有他見到的廢棄車都修理好。琪亞說，他對車子的感覺，就像一般人對小狗的感覺一樣。

「你明天可以把它送到我的修車廠嗎？」柏雷加德問。

「可以。不過，我也許不應該送去。我知道你賭在這件事上，蟲子，可是，我不信任那個傢伙。他太不誠實了，總有一天下場會很慘。」

柏雷加德知道伯尼是出於好意。他知道這個老頭在乎他。然而，伯尼有選擇。柏雷加德卻沒有。「等事情完成之後，我會把一切都告訴你的。」他說。

「我知道。你只要確定事後你會告訴我就好。還有，如果那傢伙給你出什麼亂子的話，你就讓我知道，我們會讓他親自近距離認識一下大嘴怪一號。」伯尼說。

他最好不要對我出什麼亂子，柏雷加德在內心想著。

「你知道我也曾經當過車手。有一次，我們的行動遭到延誤，差點就無法脫身。你老爸對我說了一些話，讓我後來不再當車手，轉入了別的圈子。」

柏雷加德在褲子上擦了擦手。

「他說什麼？」

「他告訴我說，我有個愛我的老婆，還有這個廢鐵廠。他說，『伯尼，一個男人總得要立足於一件事上。你要嘛就經營好你這個院子，要嘛就好好當個車手。一個男人不能同時當兩種野獸。』」伯尼說。

「可惜他沒有聽進他自己的忠告。」

「可不是嗎？安東尼不是一個兼職當車手的技工。他是一個偶爾當技工的車手。不管別人是愛他還是恨他，他都知道自己是個什麼樣的人。」伯尼說。

「你認為我不知道自己是什麼樣的人嗎？」

「我認為你知道。你只是不喜歡而已。」伯尼說。

他離開了廢車場，到他小姨子家去接兩個兒子。當柏雷加德把車開進珍的車道時，他不禁很好奇，一個單親媽媽的美髮師收入，怎麼能負擔得起這麼好的一棟房子，這已經不是他第一次這麼想了。他把卡車停好，還來不及走到那棟殖民風格的兩層樓磚房門口時，達倫就已經跑出了大門。

「爹地，你看，賈文幫我做了一個刺青！」達倫說著，捲起身上那件美國隊長的T恤衣袖，展示給柏雷加德看他手臂上的金鋼狼。

「那是麥克筆畫的，不是永久性的。」賈文從達倫背後走來說道。

「我們得在你媽媽讓他洗掉以前拍張照。」柏雷加德說。那個刺青上面的細節真是不可思議。賈文甚至還在金鋼狼的頭頂上加了一個幻想泡泡，裡面寫著金鋼狼的標誌性字眼「Snikt！」。

「不要，我永遠都不要洗掉。」達倫哀號著說。柏雷加德用一隻手臂把他抱起來，將他扛在自己的肩膀上。

「你總有一天要洗澡。你不能頂著一個髒屁眼到處走。」他說。達倫聞言爆笑出來。賈文帶著自己的背包和達倫那只裝了蠟筆、著色書和卡通玩偶的袋子，從他們身邊走過。他爬上卡車，戴上他的耳塞。

「嘿，柏雷。」珍像幽靈一般地出現在門口。

「嘿，珍。你好嗎？」柏雷加德和他那交叉著雙臂的小姨子打招呼。她的五官和琪亞長得很像，不過，珍的身材卻像廣告片裡的模特兒一樣。臀部和胸部都很豐滿，全身的曲線彷彿一罐可樂瓶。

「喔，我還好。你看起來也不錯。你很適合當自己的老闆。」

「這你應該很清楚。」

「是啊。我習慣按照自己的方式做事。當你這麼做的時候，你絕對不會失望。而且，到頭來，你一定會很滿足的。」珍說。

柏雷加德覺得自己的臉在發燙。「我要走了。」他說。珍笑著走進屋子裡。柏雷加德把還在咯咯笑的達倫帶上車，一把將他放到他哥哥的身邊。他們倒車退出了車道，駛向回家的路。

「珍珍阿姨什麼事都一個人做，她會寂寞嗎？」達倫問。他把手伸出窗外，不停地在上下揮舞。

「我想，珍珍阿姨不會寂寞的。」柏雷加德說。

他們開進了自家的車道，在柏雷加德把車停好之前，達倫就已經下車跑向屋子了。在回家的途中，達倫把他的鋼鐵俠玩偶從袋子裡拿了出來。此刻，他正在用鋼鐵俠和琪亞放在前廊的天竺葵對戰。

「我們會沒事嗎？」賈文問。

柏雷加德往後靠坐在卡車的長凳座椅上。「你為什麼這麼問？」

「我聽到你和媽媽在說話。」賈文說。他的耳塞已經被他摘下來掛在胸前了。

「我們不會有事的。我們也許遇到了困境，不過，你不用擔心。你所要做的，就是準備好升上八年級。」柏雷加德說。

「前幾天晚上，媽媽在講電話的時候說，她也許得要再找一份工作，因為那家普利遜在這裡營業的關係。」賈文說。

「聽著。你不用擔心普利遜或者你媽媽要再找一份工作的事情。你只要讓自己好好讀完那些書，好好念完高中就好了。」柏雷加德說。

「真希望我也可以去工作。我可以去幫伯尼叔叔工作。我討厭學校。學校很無聊。我只喜歡藝術課，而那是我可以自學的。」賈文說道。柏雷加德在方向盤上輕敲著手指。他知道賈文的數學不好。柏雷加德曾經試著要幫他。他盡了最大的努力要對賈文解說畢達哥拉斯定理或者科學奇數法，不過，他知道自己是個很爛的老師。他似乎無法用賈文聽得懂的方式，對他解釋角度和變數是什麼。柏雷加德雖然懂，但是卻很難對別人清楚說明他是怎麼弄懂的。他估計，賈文對於繪畫應該也有這種感覺。他的兒子很聰明，也很有天賦，只不過表現的方式不同而已。他老爸曾經說過，你不能因為一條魚不能爬樹，就說那條魚很笨。

柏雷加德把手舉到兒子面前。

「你看到我手上這些油漬嗎？我今天已經洗了五次了，但是依然沒有辦法完全洗乾淨。不要誤解我的意思，靠你的雙手生活沒有什麼可恥的。不過，對我而言，這是我唯一的選擇。但是，你不一定也要這樣。你想要去念汽車和柴油引擎學校，找一份和賽車有關的工作也可以。你想要去維吉尼亞聯邦大學念藝術課程，當個平面設計師，那也沒有問題。你想要當個律師或醫生，或者作家，那也都沒有什麼不對。教育就是可以提供你那樣的選擇。」

柏雷加德重新靠在駕駛座的椅背上。

「聽著，身為一個美國的黑人，別人對你的期待就會很低，而你每天就生活在那樣的壓力之下。這些壓力可以直接把你壓垮在地上。你不妨把這想成是一場比賽。每個人都有自己的優勢，而你卻要拖著那種低下的期待往前跑。選擇可以賦予你自由，讓你掙脫那些期待。因為那就是自由的意義。自由能讓你放手。沒有什麼比自由更重要。什麼都沒有。你聽到了嗎，孩子？」柏雷加德說。

賈文點點頭。

「那好。我只希望你埋首在那些書裡，剩下的我會處理。現在，幫我把你弟弟弄進屋裡去。如果我們不看著他一點，他一整個晚上都會在這裡和那盆植物打架。」柏雷加德說。

柏雷加德把孩子們帶進屋裡，幫他們做了他們最喜歡的老爸晚餐。起司漢堡砂鍋和一壺檸檬加萊姆口味的酷愛飲料。稍後，等他讓孩子們都上床睡覺之後，他靜靜地等著琪亞回家。十一點剛過不久，她跌跌撞撞地走進屋裡。

「你給兒子吃了什麼？」

「他們的最愛。」他說。

她一把倒在他身邊的沙發上。不到五分鐘，她就睡著了。柏雷加德起身，把她抱上床。她輕盈的身體宛如一條蛇似地圍繞著他。他把她放在床上，回到起居室，把燈關上。他把鑰匙圈從口袋裡掏出來。當他把鑰匙圈掛在牆上的掛鉤時，達斯特的鑰匙從鑰匙圈的吊環上掉了下來。鑰匙鏈末端的那顆八號球滾過地板。他彎下身，把它撿拾起來。那顆迷你八號球的塑膠表面上劃著幾個字母ATM，那是他父親的名字縮寫。明天，他就會開始整修那輛別克。他得要再回到卡特郡，多勘查幾次那條路線。他需要和羅尼以及那個叫做關的傢伙一遍又一遍地詳述這個計畫。伯尼對羅尼的看法是對的。他在玩著什麼只有他自己才知道的把戲。那就是他。他彷彿扮演雙面人扮上了癮。關則是一個要弄大人手槍的假黑幫。他不信任他們兩人中的任何一個。他父親曾經信任過他的同黨，結果他們卻企圖要在他的獨子面前殺了他。他完全不想讓這種事發生在他自己身上。

柏雷加德知道，竊賊之間沒有什麼道義可言。這幫人對你的需要除以他們對你的恐懼，將會和他們對你的尊敬程度成正比。毫無疑問的，他們需要他的技術。

而如果他們連一點點都不怕他的話，那麼，那就是他們的失誤了。

11

羅尼和雷吉坐在雷吉的車裡，空轉的引擎讓車門像沙錘一樣不停地嘎嘎作響。他們停在一條偏僻的郡道上。一座手機的基地台從他們身後的樹林伸向天空，彷彿一隻巨大的機器人手臂一樣。柏雷加德的卡車轟隆隆地從碎石路上駛來，揚起了一大片灰塵。柏雷加德把車停在雷吉的車子旁邊，如此一來，他們的駕駛座窗戶就可以平行而對。他從乘客座上抓起一只冷藏箱，透過車窗遞給雷吉。雷吉把箱子交給了羅尼。

「我們已經在這裡待了快一個小時了，我希望這裡面也有啤酒。」羅尼說。柏雷加德對他的話完全不予理睬。

「把這些東西給我的人不住在這附近。而且他很緊張。我花了一點時間才和他完成了這筆交易。」柏雷加德說。羅尼一把抓住冷藏箱的箱蓋。

「不要在這裡打開。」柏雷加德說。

「那你至少可以告訴我們，你拿到了什麼吧？」

「六發式的左輪手槍。是從一把.38組裝的，不過槍管比較長。沒有序號，也沒有彈道紀錄。瘋子把它們處理得很乾淨，什麼都追溯不到。」柏雷加德說。

「『瘋子把它們處理得很乾淨。』這句話你從哪裡學來的，什麼狗屁幸運餅乾裡的紙條嗎？」

羅尼問。

「瘋子是組裝它們的那個人。」柏雷加德說。

「喔。六發式啊？關不會喜歡的。」羅尼說。

「關不會喜歡的。左輪手槍不會留下空彈殼。還有，如果你需要超過六發子彈的話，那你就入錯行了。」柏雷加德說完，把卡車倒車迴轉，往來時的方向而去。

他不太想要把那些槍留給羅尼，但是，他不需要讓自己因為持有未登記的槍械而被捕。柏雷加德不認為羅尼會笨到在行動之前就把槍拿出來使用。至少，他希望羅尼不會。

當他抵達修車廠的時候，凱文正在幫艾絲特・瑪伊・伯克的那輛古董雪佛蘭科邁羅換機油。他已經把車架高了，伯克太太則坐在靠近門邊的長凳上。

「你好嗎，伯克太太？」柏雷加德在經過她、走向辦公室時問道。

「我很好，柏雷加德。今天這裡生意有點清淡？」伯克太太問。她是一位纖細、乾淨、嬌小的白人女子，那頭頭盔般、白到泛藍的頭髮彷彿雞冠一樣地豎立在她的頭頂上。

「終究會好轉的。」柏雷加德說。

「我的鄰居路易斯・季庭說，那些普利遜汽車廠的傢伙換機油只收十九・九九元。而且他們還幫你把所有的液體都加滿，甚至還會幫你把輪胎換位。全都加起來只要十九・九九元。我告訴她說，如果那麼便宜的話，他們可能沒有做到位。我寧可到這裡來，因為我知道這裡絕對不會出錯。」伯克太太說。

「我們很感激你照顧我們的生意。」柏雷加德說著，繼續走向他的辦公室。

「我會一直來的，直到你們停業為止，柏雷加德。」伯克太太大聲說著。柏雷加德並未停下腳步。他走進了辦公室，把辦公室的門在身後關上。桌上的帳單像山一樣地越堆越高，彷彿發生在財務上的板塊運動一樣。他坐下來，開始一一查閱那些帳單。他把它們分成兩堆，過期三十天的和最後通牒的。他有一張還剩兩百元額度的信用卡。他可以用這個來支付那些小額帳單。但是，那會用掉他要買零件的預算。他不能挖東牆補西牆。帳單和零件的需求正在聯合起來對付他、搶劫他。

一個小時之後，辦公室的門響起一陣敲門聲。

「進來。」柏雷加德說。凱文走進來，隨即把門關上。

「伯克太太要我告訴你，如果三個月後你還在營業的話，她會來換她的煞車。」凱文說。

「我應該要謝謝她對我那麼有信心。」柏雷加德說。

「你要給我看嗎？」凱文問。

「看什麼？」

「別和我玩什麼花招，老兄。少來了，讓我看看你一直在弄的東西，角落裡那個蓋在大防水布下的東西。」凱文說。

柏雷加德往後靠在椅子上。「那只是我個人的一個小工程而已。」

凱文笑了。「蟲子，我知道那是某個案子要用的。我只是想看看而已。你日夜都在搞那個東西，已經持續一個半星期了。前幾天晚上，我在大約凌晨三點開車經過的時候，這裡都還是一片燈火通明。別這樣，讓我看看這個偉大的作品吧，然後我們就可以鎖門，到丹尼那裡去喝一杯當午餐。今天沒什麼生意。」他說。

柏雷加德嘆了一口氣。「好吧，走。」他說。

他們回到修車廠，走到遠處一個放置廢油桶的角落附近。他的手一揮，把防水布從車上拉了下來。車身已經被漆成了海軍藍。沒有什麼奢華的裝備，只是讓它可以再上路而已。凱文注意到車窗和擋風玻璃有點不透明。

「你在窗戶上裝了自製的防彈玻璃。」凱文說。這句話聽起來不像是個問題，而是一個陳述。

「是啊。被磨平的輪胎也整修過了。」柏雷加德說。他打開駕車座的門，彈開了引擎蓋。發動機還是原始的。這讓凱文小聲地吹了一聲口哨。

「V6？」他問。

「是啊。我從上到下把它改造過了。也幫它添加了一點額外的配備。」柏雷加德說。

「哈，我相信。可惡，老兄，但願這是我的車。它看起來很酷。我敢打賭它一定很猛。」凱文說。

「是啊。它很有潛力。為了改造它，我在畢文斯汽車零件那裡差點刷爆了我的信用卡。」柏雷加德說著，把引擎蓋闔上，往後退開一步。

「感覺很好，不是嗎？準備好要大幹一場的感覺。」凱文說。

「不好。」柏雷加德口是心非地說。這種感覺比好還要更好。這是一種對的感覺。就好像他找到了他以為永遠都找不回來的一雙舒服的舊鞋一樣。本質上來說，他知道那是個問題。這麼做不應該讓他感覺很好，也不應該讓他有對的感覺。在所有能帶給他快樂的事情裡，他的妻子和孩子應該排在首位，最後才是某些有益身心健康的活動，例如計畫去釣魚或者去看一場合法的直線競速賽車。不過，所謂的「應該」和現實卻鮮少一致。

「我們去喝啤酒吧。」他說。

丹尼酒吧裡暗得像舞台佈景一樣。酒吧的環繞立體音響流瀉出吉米．亨德里克斯的〈嘿，喬伊〉❼。丹尼酒吧裡有一台時尚的新型LED發光自動點唱機，不過，顯然有人認為吉米老舊的謀殺故事和哀傷的曲調很適合在大白天喝酒的時候播放。柏雷加德點了一杯淡百威啤酒，凱文則要了一杯由萊姆酒加可樂和冰塊調製而成的雞尾酒。

「你確定你不需要幫忙嗎？」凱文問。

柏雷加德喝了一口啤酒。「我確定。」他說。

凱文把他的雞尾酒放回桌上，發出了冰塊碰撞的啷噹響。「好吧。我只是要說記得考慮我。」他說。

柏雷加德又啜了一口啤酒。「嗯。我想，這會是一次性的事情而已。一切順利的話，我們就可以稍微改善一下修車廠，增加一個車體的部門。然後在下一輪郡政府的合約中和普利遜競爭。」

「是啊，我知道。不過，那並不表示我們就不能做點什麼小小的兼職。」凱文說。

「事實上，我就是這個意思。」柏雷加德說。他把啤酒喝完，從酒吧凳上滑下來。

「嘿，老兄，我無意……」凱文的聲音減弱。

「我知道你無意，」柏雷加德說。他往前靠近，把嘴湊近凱文的耳邊。「如果有人問起的話，下週一和週二，我整天都在修車廠裡。」

「你不用告訴我這個。我已經知道是什麼時候了。」凱文說。

柏雷加德拍拍他的後背，朝著酒吧出口而去。就在他接近門口之際，一名貌似幫派的高個白人男子走了進來。一坨拖把般的粽色亂髮頂在他的頭上，彷彿一條混血種的狗一樣。那雙大眼睛裡佈滿了黏液和血絲。在側身走進酒吧之前，男子很快地瞄了柏雷加德一眼。當他經過時，柏雷加德注意到他的脖子上有一道形狀類似美國地圖的紅色胎記。那個胎記是男子家族的遺傳。他的父親和他兩個叔叔都在同樣的部位有著同樣的胎記。那就是他們之所以得到那個綽號的原因。馬文父親的胎記是紅色的，而馬文的叔叔則是白色和藍色的。納維利家族過去曾經是紅丘惡名昭彰的來源。

馬文．納維利在距離凱文兩個座位的地方坐了下來。柏雷加德聽到他點了一杯琴酒加冰塊。

❼吉米．亨德里克斯，1942年11月27日-1970年9月18日，著名的美國吉他手、歌手、音樂人，被滾石雜誌選為「史上百大吉他手」冠軍，也是二十世紀最重要的音樂家之一。〈嘿，喬伊〉的歌詞敘述一名男子殺了他不忠的妻子，逃亡到墨西哥的故事。

當他把杯子舉到唇邊時，柏雷加德留意到馬文的手在顫抖。柏雷加德不知道那是長期酗酒引起的震顫性譫妄，還是因為他在走進酒吧時看到柏雷加德所造成的。儘管紅丘是這麼小的一個地方，然而，他們卻很少遇見對方。過去十五年裡，他遇到馬文·納維利的次數，光用一隻手就可以數得出來。是馬文刻意避開他嗎？柏雷加德覺得不無可能。不過，他不怪馬文。

換作是他的話，他也不會想要見到那個把他父親撞倒卻無罪釋放的人。

12

週一早上，柏雷加德六點就醒了。他套上一件藍色的牛仔褲和一件黑色T恤，然後從床頭櫃上拿走一副老舊的太陽眼鏡，並且把皮夾留在床頭櫃上。琪亞側躺在床上，兩腳蜷縮在胸口。他彎下身，親吻她的臉頰。她立刻轉過身來回吻他。

「嘿。」她說。

他搓了搓她的頭髮。「我要出門了。」他說。

琪亞睜開眼睛。「就是今天了，是嗎？」她問。

「嗯。我可能要很晚才會回來。」柏雷加德說。

她坐起身，吻住他的嘴。「你只要確定你會回來就好。」她說。

「我會的。」他說。

他們注視著彼此，用眼神取代了言語。

不要把命給丟了。不要被捕。

我不會的。我天生就是幹這個的。這也是我唯一擅長的。

那不是真的。你是個好父親。好丈夫。我愛你。

我也愛你。

他走到孩子的房間，也親吻了他們。隨即出發前往修車廠。

柏雷加德坐進那輛別克裡，把車發動。引擎的聲音聽起來不如達斯特那麼出色，不過，它的速度卻幾乎和達斯特不相上下。昨晚，他把車開出去測試過了。車子開起來很順暢，行經彎道時，就像一名探戈的舞者在搖擺一樣。他把車開出車庫，下車，然後將門拉下來關上，駛向雷吉的貨櫃屋。

羅尼和關在喇叭響第二聲的時候走了出來。他們都穿著一樣的藍色連身工作服，都拿著印有連鎖超市IGA標誌的塑膠購物袋。羅尼直接坐上乘客座，關則爬到了後座。羅尼出乎意料地安靜。關正在哼著一首聽起來像是饒舌歌手瓦倫．G和奈特．道格合唱的〈Regulate〉。他把車子倒到關的車子旁邊，然後駛離雷吉和羅尼的車道。這輛別克上貼的一些標籤，都是來自於伯尼廢車場裡的另一輛別克，此外，還貼了偽造的驗車貼紙。柏雷加德在開往卡特郡的路上，一路都保持著道路的限速。除非有什麼過分熱血的警察基於種族歧視把他們攔下來，盤查他們的車牌資料，否則，他們應該不會有事的。

「你拿到我說的那些東西了嗎？」柏雷加德問。

羅尼畏縮了一下，彷彿胯下被踢了一腳一樣。

「蛤？」

「滑雪面罩、油彩和手術用手套。」柏雷加德說。

「喔，有。我們按照你說的付了現金。油彩和面罩是從不同的店買來的，購買的日期也不一樣。」

「很好。你們都很清醒嗎？」柏雷加德問。

「對。我今天早上甚至連啤酒都沒喝。」羅尼說。

闢沒有吭聲。

「闢？」柏雷加德問。

「我很清醒，黑鬼。」闢回答他。他的咬字很清晰。聲音也很穩定。他把每一個音節都唸得很清楚，俐落到彷彿可以用來切麵包一樣。

「這東西有收音機嗎？」羅尼問。柏雷加德開上了城橋路，然後朝著州際公路而行。他的手上戴著一副關節上有洞的黑色駕駛手套。他鬆開右手，按下儀表板中央的收音機按鈕，嘻哈雙人組M.O.P.的歌曲〈Ante Up〉立刻在車子裡響起。

「啊，還真適合。」羅尼說。

車子裡的空調並不管用。柏雷加德把車窗打開一道縫，一陣風隨即捲入別克裡。他感到自己的心開始怦怦地跳動，彷彿一條角鯊在碼頭上不停地拍動著。天空暗得就像黃昏一樣。一大片雲層遮擋住了早晨的陽光。收音機裡傳來另一首嘻哈歌曲，在意識到歌名之前，柏雷加德可以感覺到自己隨著節拍正在微微地點頭。那是休士頓三人組Geto Boys的〈Mind Playing Tricks on Me〉。他記得這首歌剛發行的時候，凱文就想要擁有這張專輯，因此，他說服柏雷加德和他一起搭便車到里奇蒙的一間商場，企圖偷一卷錄音帶。結果，柏雷加德到電子遊樂場去騙了幾個白人大學生和他玩自由搏擊的電玩遊戲，藉此贏得足夠的錢買了一卷錄音帶。凱文當時曾經問他，為什麼不直接用偷的就好。

「我老爸說，你所冒的風險一定要值回票價。那卷帶子並不值得讓我們在門口就被逮住。」他說。

「他告訴你的嗎？」凱文問。

「不是，不過，我聽到他和伯尼叔叔的對話。」

他知道自己為什麼想起了這件事。他無須支付六年的超高價心理分析費用，來了解他自己在想什麼。那批鑽石值得這個風險。即便羅尼很不老實，而闊也很不可靠，但是，這份回報遠遠大過了風險。柏雷加德進入州際公路，重重地踩下了油門。

當他們抵達購物中心的時候，停車場幾乎是空的。和珠寶店相隔兩間商店的一家中國餐館前面停了兩輛車。珠寶店本身的前面則停了五輛車。除此之外，停車場的其他部分都是空蕩蕩的。雲層已經散開，露出了蔚藍的天空。柏雷加德覺得天空看起來彷彿有人在天堂裡潑灑了一片水彩一樣。他開過了珠寶店才停車，這樣，他就可以面朝停車場的出口。他深深吸了一口氣。「起飛的時候到了。」他說著，把氣吐了出來。

「蛤？」闊問。

「沒什麼。檢查你們的槍。確保它們都已經上膛了。把油彩塗在臉上。一分鐘確定沒有閒雜人等。兩分鐘打開保險箱，把鑽石和展示櫃裡的其他東西拿走。一分鐘回到車上。總共四分鐘。第五分鐘的時候，我就會離開停車場。聽清楚了嗎？」柏雷加德對他們說。

羅尼和關打開他們的袋子，拿出白色的油彩罐，戴上他們的乳膠手套，以及輕型的迷彩狩獵面具。兩人都把各自的槍拿了出來。

「我聽到了，老兄。我們會比打嗝還要快就回來了。」羅尼說。

「關，你聽到了嗎？」柏雷加德從後視鏡裡審視著關。一個猙獰的死神正坐在他的車後座。

「我聽到了，老兄。」關用力地咬牙說道。

「你腦子不夠清醒嗎？」柏雷加德問。

關晃了晃口袋裡的那把.38。

「沒有。」

柏雷加德轉過身，從座椅上往前傾。「看著我。」

關抬起頭。「黑鬼，我說我很清醒。該死，我們快點行動吧。」關說。

柏雷加德用左手的拇指搓了搓自己的食指。

「四分鐘。兩百四十秒。那會讓我們比三條街外的警察多兩分鐘的優勢。進去、出來、結束。」他說。一名他曾經在三個不同狀況下合作過的老愛爾蘭銀行搶匪說過這句話，而柏雷加德也從來都沒有忘記過這句話。那個愛爾蘭人很專業。這幾個傢伙根本無法和他相提並論，他們甚至算不上同路人。

「我知道了。」關說。

羅尼調整了一下面具。「讓我們大幹一場吧。」他說著打開車門，跳下了車。關爬出後座，用力關上車門，緊跟在羅尼身後。

柏雷加德望著他們匆匆穿過停車場的背影。他停車的地方距離珠寶店的門口只有十五步的距離。幾天前，當他回到這裡時，他曾經數過從門口到最近的停車格所需要的步數。他檢查著自己的手錶。上面顯示著八點十五分。

他抓穩了方向盤。

「展翅飛翔的時候到了。」他低聲地說。

13

羅尼覺得自己彷彿置身在電影裡。他周遭的一切似乎都通了電，宛如從投影機投射出來的閃爍畫面。他昨天晚上買了一點點的古柯鹼。今早，他倒出了兩條白粉吸食。那些量剛好足夠讓他提高自己的敏銳度。然而，他現在發現那是一個錯誤。他感到四周所有的刺激都正在將他淹沒。他甚至覺得每當他眨眼的時候，都可以聽得到自己的眼皮發出喀噠的聲音。他覺得自己的皮膚感覺很赤裸，就像暴露在一顆斷掉的牙齒裡的神經一樣。

該死。把這筆錢拿到手。藍色的麂皮鞋，混蛋東西，他在腦子裡想著。

羅尼用肩膀推開珠寶店的門。他的槍就握在右手裡，左手則拿著他的塑膠袋。頭頂上的嵌燈讓銷售部門的地板籠罩在一片深褐色調的光影下。展示櫃以上下顛倒的U字形排開。一個長櫃在店的後方充當銷售桌，收銀員就坐在長櫃最遠端的左邊。還有兩個和店面等長的櫃子，則分別擺設在左右兩邊。一面大型的觀景窗佔據了珠寶店正面大部分的面積。珍妮和一個留著蓬鬆平頭髮型的矮壯女子站在桌子後面。她們正在和一名穿著七彩顏色連衣裙的白人老婦說話。老婦的白髮編成了兩條長長的馬尾。他的右手邊是一名年輕的黑人男子，他正在俯身看著其中的一個展示櫃，顯然陷入了沉思。

「照我的話做！統統趴在地板上，閉上你們的狗嘴！」羅尼大聲喊道。

「趴到地上去，否則的話，就得有人需要把你們的腦漿從天花板的磁磚上清乾淨了！」闞也大聲喊道。一開始，沒有人反應。那個年輕的黑人甚至連頭都沒有抬起來。

「快！」羅尼再度喊了一聲。那名年輕的男子迅速地倒在地板上，彷彿踩到了地板上的活門一樣。那名老婦雖然動作慢了一點，不過也趴到了地上。珍妮和那名看起來應該就是店經理的壯碩女子，也同樣地往下蹲。羅尼立刻衝到桌子前面。只見她們兩人幾乎已經要四肢攤平地趴在地板上了。

「走，紅頭髮的，你和我到後面去。」羅尼說。店經理很快地跳起來，那樣的速度似乎不像她的身材所能做到的。

「不要碰她！」她說著，站到羅尼和珍妮之間。羅尼幾乎就要往後退開一步了。她聲音裡的狠勁聽起來不容小覷。她的眼睛幾乎就要從眼眶裡鼓出來，前額上也爆出了一根青筋。一般而言，羅尼對於動手打女人向來都不認同。從小，他身上就有一種南方的熱情，讓他對這種念頭感到不屑。在正常情況下，他絕對不會對女人動手。然而，現在可不是正常情況。完全不是。

羅尼把.38的尾端揮向店經理的右眼上方。一道冰棒棍子寬的傷口立刻出現在她的眼睛上方。鮮血隨即噴了出來，彷如從壞掉的水龍頭裡噴出來的水一樣。經理往前一傾，抓住櫃檯，隨即倒在了地上。羅尼抓住珍妮的手臂，一把將她從地上抓起來。

「看著他們！」羅尼喊道。

闞用力地點點頭。羅尼立刻把珍妮拖進後面的房間。

一旦他們穿過員工專用的那扇門之後，羅尼立刻把珍妮拉近。

「你有把警報關掉嗎？」他問。

「我沒辦法關掉。我到的時候，羅艾倫已經在了。她應該要下班了的，但是，她和麗莎換了班。」

「可惡。警報系統有貫穿保險箱嗎？」羅尼問。

「我怎麼會知道？」珍妮說。

羅尼這輩子幾乎就要第二次打女人了。「只管打開這個鬼東西吧。」他說。珍妮把手臂掙脫開來，穿過三張寬大的金屬工作台，再經過一張大金屬桌，最後在一個幾乎和羅尼一樣高的大型炮銅色保險箱前面停了下來。她在保險箱正面的一個小鍵盤上按了幾個按鈕，櫃門上的一個LED螢幕開始閃著綠燈。珍妮拉住了保險箱的門把。

什麼也沒有發生。

「再試一次！」羅尼小聲地說。珍妮再度按了那組號碼。綠燈又閃爍了。她抓住門把。

還是什麼也沒有發生。

「走開。」羅尼說著抓住門把。起初，門似乎並沒有動靜。他加了把勁，拉得更加用力。門開始打開了，極其緩慢地打開了。那道門重得像什麼一樣。他把他的槍放到工作服的口袋裡，然後把塑膠袋扔到地上，用兩隻手來開門。保險箱裡面有六個蓋上黑布的架子。第一個架子上有三捆現金。羅尼拾起他的袋子，把三捆鈔票全都丟進了他的大購物袋裡。他不知道保險箱裡會有錢，不過，他不打算要拒絕這份禮物。旁邊的三個架子上，全都是分類帳冊、檔案和一些文件。第六個架子上擺了一只平凡無奇的棕色盒子，尺寸就和一個鉛筆盒一樣大。他拿起盒子，打開硬邦邦的紙盒蓋。蓋子一打開，映入眼簾的是羅尼這輩子所見過最美的畫面。只見盒子裡裝滿了未經切割的鑽石，每一顆都和完整的葡萄乾一樣大。

「哈囉，美女們。」羅尼說。他把盒子蓋上，直接丟進了袋子裡。「來吧，你們就和裡面那些具有神奇力量的孩子們待在一起吧。」他抓住珍妮的手臂，重新回到銷售部門。他的心臟彷彿一隻正在衝撞他胸口的大黃蜂。他試著要讓心臟冷靜下來，但是卻徒勞無功。不過沒關係，任務就快完成了。他做到了。他看到了機會，而他也抓住了機會。就像金恩博士所說的，野心就像一個具有V8引擎的夢。他就要駕駛著那輛V8，一路開到一個覆滿沙子和海水的地方，而那些水清澈到你可以看見一條美人魚朝你游過來，給你一個香吻。

羅尼一打開門，就知道有點不對勁，但是，他不知道是什麼，直到他看到反射在店門那片偏光玻璃裡的倒影。那個蕾絲邊經理正在辦公室那扇門的另一邊，拿著手持榴彈發射器指著關。

羅尼把手伸進口袋裡，抓住他的槍。他透過口袋，朝著那扇門開了槍。羅艾倫在失去平衡時也開了槍。當她倒下時，她發出了一聲哀號。不過，即便失去了平衡，她依然繼續在扣扳機。玻璃灑在關的身上。櫃檯後面的一名女子開了一槍，子彈從他的頭上呼嘯而過，把珠寶店正面的那扇景觀玻璃窗打出了一個洞。羅尼看到趴在地上的那名男子跳起來，跑向了門口。關反射性地舉起了手。

那名年輕男子的頭瞬間往後仰，彷彿被一條綁在他頭上的隱形繩索拉住了一樣。一道紅色的水霧瀰漫在他和關之間的空間裡。男子倒了下來，宛如一張從晾衣繩上掉下來的濕床單。關驚慌地眨著眼睛。他的眼裡露出了某種神情。

羅尼跨過那個半個頭都不見了的男子，抓住關的手臂，把他推向門口。他可以聽到珍妮的尖叫聲，而她那個乾媽則哀號得像個女妖一樣。地上那個老婦人也在哭泣。羅尼把關推出大門。當他們沒命地跑到人行道上之際，珠寶店正面那扇景觀窗爆開了。羅尼沒有回頭，不過，他知道那個蕾絲邊還在朝著他們開槍。他跑向別克，關也緊緊跟在他的身後。一直到他們跑回車邊，他才發現自己也在尖叫。

當柏雷加德看到他們從珠寶店裡飛奔而出時，他打開了乘客座的門。關爬進後座，羅尼也跳上了前座。柏雷加德踩下油門時，羅尼甚至都還沒有把車門關好，只聽得輪胎發出刺耳的摩擦聲，車尾揚起了一片灰塵。別克以時速四十哩的速度駛離了停車場。柏雷加德一邊把方向盤向右轉，一邊重重地踩下煞車和油門。早上的這個時間點，街上只有寥寥無幾的幾輛車。柏雷加德橫衝直撞地閃過那些車輛，衝上人行道，隨即又回到街上。他闖了一個紅燈，當他從一輛四輪傳動

的卡車和一輛小型貨車之間穿過時，羅尼嚇得尖叫了起來。

柏雷加德抓著方向盤，彷彿抓著一個救生圈一樣。他可以感覺到引擎的震動從車輪傳到他的手臂。他的心臟並沒有在狂跳。他估計，此刻他的心跳應該沒有超過每分鐘七十下。這就是他所屬之處，就是他勝過別人的地方。有些人注定要彈奏鋼琴或者撥弄吉他。而車子就是他的樂器，現在，他正在演奏一首交響曲。一股寒意從他的肚子擴散到他的四肢，填滿了他的身體。他知道不管發生什麼，他都不可能像此刻一樣地感覺到如此有生命力、感覺到如此地活在當下。這個念頭雖然是真的，不過卻也很悲哀。

闞卸下他的面具，丟在車子的底板上。他在擦拭眼睛的同時，不斷地吐著口水。他的嘴裡有一股熱熱的銅鏽味。他們的後面響起了一陣警笛聲。他轉過頭，從後車窗看出去。兩輛藍白色的警察巡邏車不知道從哪裡冒了出來，車頂上的警示燈幾乎淹沒在了耀眼的陽光底下。闞再度用他的衣袖擦了擦眼睛。他看著自己的衣袖，發現沾在上面的油彩裡混著一抹粉紅色。血。是鮮血。那個傢伙的血。他殺了那個人。他殺了一個人。闞把他的槍枝丟在底板上，彷彿槍著了火一樣。在他意識到自己暈車之前，他就已經吐了。

柏雷加德把目光瞄向左側，從側後視鏡裡的影像看起來，後面的巡邏車正在快速地逼近。當他第二次勘查路線時，他曾經再度駛過警察局。在當時幾乎已黑的天色下，他看到四輛巡邏車停在警察局旁邊的停車場裡，加上停在靠近停車場出口的那一輛，總共是五輛。一個像卡特郡這樣大小的地方，不需要超過五輛的警察巡邏車。那兩輛正追在他們後面的警車和那輛看似在巡邏中的車都是道奇Charger Pursuit的特別款。引擎蓋底下那具三百四十匹馬力的Hemi發動機，意味著這輛車可以在六秒之內從〇加速到六十。此外，它們還裝備了優越的方向盤和懸吊的選項。一個強而有力的後懸吊外傾角連桿和寬於正常的碟煞，賦予了這款車近乎神奇的駕駛能力。

他老爸一定會說，那樣的狗絕對具有狩獵的能力。

柏雷加德曾經算過，如果一切順利的話，警察甚至會在他們離開之後兩分鐘，才會知道珠寶店被搶了。相反地，他也估算過，如果事情搞砸的話，他們就只剩下三十秒的時間可以反應。當他坐在別克裡的時候，他聽到了槍聲。那很清楚地讓他知道情況大大的不妙。因此，在他的後視鏡裡看到警察，也就不是什麼太讓人震驚的事了。

靠近入口匝道的地方有一個號誌，指示明智的駕駛人在通過匝道時，應該要減速到時速三十五哩，好匯入車流。

在時速六十哩的速度下，柏雷加德用右腳踩住油門，左腳則踩住煞車。車子立刻在駛進州際公路之前做了一個半圓形的漂移。

「媽的，媽的，媽的！」羅尼嚎叫著。

柏雷加德放開煞車，將油門踩到底。在他所安裝的五速變速箱啟動之下，那輛別克瞬間飛竄而出。柏雷加德衝進了州際公路三線車道的第二線車道，插到了一輛聯結車的前面，讓連結車的司機不停地猛按喇叭抗議，不過，在柏雷加德耳裡，那就像是遠處傳來的一陣微弱的小號聲響。警笛很快就蓋過了喇叭聲。柏雷加德瞄著後視鏡，頭卻連動也沒有轉動一下。在警車的逼近下，其他的車輛紛紛讓道。在他意識到之前，警車就會近到可以用保險桿來撞他了。柏雷加德打開收音機。收音機裡正在播放著藍調吉他手史蒂夫・雷・沃恩的〈Wham！〉他一定是轉到了PBS這個頻道了。因為一般的電台早就不再播放純樂器演奏的歌曲了。

一個藍色的手撥開關就在收音機下方。柏雷加德按下那個開關，引擎立刻就像洞穴裡的熊一樣地咆哮了起來。一氧化二氮。N_2O。之前，他在引擎上裝了氮氣加速系統。他也調整過活塞環，這樣一來，引擎在灌入的一氧化二氮燃燒升溫而產生更大的動力時，活塞環的保險絲就不會熔斷，造成活塞的爆裂。

這些花了他很大的心力，不過卻很值得。時速表上的指針停在了最右邊的地方，在一百三十五之上晃動著。他的前方有一輛越野休旅車，車子的後車窗貼了一堆用線條勾勒的人物貼紙，示意著車裡有一個家庭以及幾個榮譽榜的學生。柏雷加德再次將方向盤轉向右邊，開上州際公路寬闊的路肩，繞過了那輛休旅車。

「喔，我的天啊！」羅尼尖叫道。

橘色的三角形標示警告駕駛人前方有工事在進行中。柏雷加德冒險瞄了後視鏡一眼。警察巡邏車依然在他們的後面，不過，他至少已經將別克和警察的道奇Charger拉開了六輛車身的距離。那座將州際公路銜接到雙線道交叉路口的立交橋在他的前方拱起，彷彿一條從深海裡破浪而出的白鯨背脊。州際公路已經從三線道縮減成了雙線道。等到施工完成之後，這條路會被拓寬為四線道。立交橋上將會新增額外的兩條線道。新建工程讓原本的道路在前方突然終止。一道六十呎寬的鴻溝出現在水泥和裸露的鋼筋盡頭。而鴻溝下方二十五呎之處，聳立著一堆高達十呎的紅色黏土。橘色的施工標誌以及堆疊整齊的鋼柱和角鐵，佔據了那堆土壤右邊的空間。土壤左邊則是交叉路口和一條已經被三角錐封閉的單線道高速公路。

「該死，告訴我你不是想要越過這道他媽的鴻溝！」羅尼的聲音壓過了史蒂夫．雷．沃恩的電吉他最後幾個音符。

「把你們的頸枕戴上。」柏雷加德說著，從腿上抓起他的頸枕，一手套在自己的脖子上。

羅尼也從車底板上抓起頸枕。他先戴上了一個，然後把另一個丟給後座的關。

「我們為什麼要戴這個，蟲子？」羅尼問。關並沒有把他的頸枕戴上，而是倒下來，躺成了胎兒的姿勢。

柏雷加德無視於羅尼的問題。他踩住煞車，把方向盤轉向左邊。在一陣灰撲撲的塵土包圍下，別克瞬間調轉了一百八十度。他毫不遲疑地倒車，重重地踩下油門。原本圍住分隔島的木樁已經被橘色的防雪柵欄所取代。

羅尼的尖叫聲在他耳邊響起。沒有參雜什麼話語，只是一聲毫無意義的哀號。他們以六十哩的時速，朝著一段尚未完工的道路猛衝過去。

而且是用倒車的方式。

警察正在逼近，彷如追著一隻小鹿的狼群。

不過，那隻小鹿卻長出了翅膀。

柏雷加德並沒有叫他們抓穩了。他什麼也沒有說。然而，在他的腦海裡，他聽到了他父親的聲音。

「它要起飛了，蟲子！」

別克從立交橋上啟航了。然後像一塊石頭般地急速往下墜落二十五呎。車身猛烈撞擊在那堆紅土上，不過，泥土卻有助於緩衝他們的撞擊力道。在他們往下掉落的時候，立交橋的邊緣飛速地從柏雷加德的視線中遠去。他用盡全身的力氣，緊緊地抓住方向盤，同時抵住了駕駛座的靠背，做好了心理上的準備。後保險桿吸收了一點衝擊力，他之前裝置的負載平衡器則吸收了剩餘的力道。他可以感覺到他之前焊接到底盤的鋼板，每一吋都拉伸到了它的張力極限。

最靠近他們的那輛警車已經緊急踩了煞車。但它後面的那一輛卻沒有。因此，第二輛警車撞上了第一輛，讓它衝出了立交橋的邊緣。結果，第一輛警車車頭直接撞在了柏油路面上。在警車往前翻車的同時，蒸汽和引擎冷卻液從壓壞的引擎蓋底下噴了出來。柏雷加德火速換檔，讓車子進入行駛狀態，隨即從那堆乾土之中脫困而出。疾速旋轉中的後輪捲起紅色的黏土，讓黏土往空中噴飛了五十呎之高。終於，在經過了彷彿十年之久的時間以後，柏雷加德感到輪胎的橡膠接觸到了地面。他衝過頭下腳上的警車，撞開一排三角錐，回到了三一四號公路，然後右轉。

「我想，我尿濕褲子了。」羅尼自言自語著。

別克奔馳在單線道的柏油路面上。在經過一輛老舊的廂型貨車之後，路上就空無來車了。在開了兩哩之後，柏雷加德駛離柏油路，轉到一條坑坑窪窪的舊土路上，那些坑洞甚至深到足以進去探險。他卯足全力地讓別克行駛在坑洞之間。隨著太陽在天空中越爬越高，道路兩旁的樹也在路面上投下了詭異的陰影。

眼見道路來到了盡頭，一潭大面積的死水就在前方二十呎之處。柏雷加德在第二次勘查路線時發現了這個地方。這條路曾經通往一座砂石場，不過，現在已經雜草叢生了。過去幾年裡，雨水把道路填成了一個人工湖。水潭裡沒有魚，不過，有時候，當地的孩子會跑到這裡來游泳。偶爾，也會有一些年輕的情侶來此翻雲覆雨，尋找刺激。伯尼的廢車場就在靠近這座人工湖的邊緣之處。

柏雷加德停下了別克。羅尼和關立刻下車，脫掉了身上的連身工作服。羅尼的工作服底下是他慣穿的衣服，關則穿了一條運動褲和一件寬鬆的藍色T恤。在他們把工作服丟到車裡之前，還不忘先用衣服把臉上的油彩擦掉。羅尼和關跑向早已停在那裡的卡車。柏雷加德下了車，從後座拿出一根2×4尺寸大小的短棍。棍子的一頭還覆蓋著看起來像是牛絞肉和番茄醬汁的東西。他把那頭抵在油門上，再用另一頭卡住方向盤。柏雷加德搖下車窗，隨即把車門關上。接著，他把手伸進開啟的車窗，將排檔換到駕駛狀態。當車子開始往前衝的時候，柏雷加德立刻往後跳開。

別克在衝到人工湖的邊緣時，突然之間再度飛了起來。地心引力很快地將它從空中往下拉，讓它跌落在了湖水裡。一道死水的水花噴濺在柏雷加德身上，不過，他並沒有閃開。他只是看著車子沉沒，直到車子完全淹沒為止。引擎在水下會運轉多久？這個問題在他的腦子裡閃現，他在心裡默默註記要在稍後研究一下。

「快點，老兄，我們走吧！」羅尼說。

柏雷加德上了卡車，將卡車開回主幹道。這輛車是他向伯尼借來的。伯尼的一名手下昨晚曾經跟著他到卡特郡。那個傢伙把車停在距此兩哩外的便利商店。柏雷加德把卡車藏好之後，才一路走回到便利商店。

他們左轉到三〇四號公路上，然後朝著二四九號公路而行。柏雷加德想要避開州際公路。這幾條舊的州道會帶他們回到紅丘，只不過會多花一點時間而已。

一輛州警巡邏車以時速一百哩的速度飛馳而過，朝著卡特郡的方向駛去。羅尼把手伸進口袋裡，彷彿在摸索那把被他丟進湖裡的手槍。

「他們在找一輛入門款的藍色別克，而不是一輛拖吊卡車。」柏雷加德說。

他們花了將近三個小時才回到紅丘。柏雷加德把羅尼和關載回雷吉的貨櫃屋。他停下卡車，讓車子處在停車的狀態。他們三個人陸續下了車。羅尼把那只盒子夾在手臂底下，彷彿一個夾著課本的高中生一樣。他繞到卡車前面，走到駕駛座旁邊，開玩笑地在柏雷加德的肩膀上捶了一拳。

「那才是我所說的開車！那就是我為什麼需要蟲子的原因！去他的，我以為我看到耶穌試著要掌握狀況，不過，你就像，呃，大老闆一樣，我就說嘛！」他說著舉起一隻手要擊掌。柏雷加德只是把自己的雙手插在口袋裡，羅尼的手在空中停留了幾分鐘，終於垂下來放到身側。柏雷加德看著羅尼。

「我聽到槍聲。別人也聽到了。那就是為什麼有人打電話報警的原因。珠寶店裡發生了什麼事？」柏雷加德問。

羅尼聳聳肩。「那個同性戀掏出了一把槍。」

「你殺了她？」

「我沒有停下來去檢查她的脈搏。」

「那他呢？他殺人了嗎？」

「老兄，那裡面失控了。沒辦法。」

「她是怎麼佔到上風的？我以為你到店後面去的時候，他應該要負責控制群眾。」柏雷加德說。羅尼也一直都在懷疑這件事，不過現在，他們已經逃出來，而且也回到家了，他就不那麼在乎這個問題了。

柏雷加德繞過他，走向闞。他近距離地站在闞的面前。

「怎麼樣，你這個流氓？那裡面發生了什麼事？」

「老兄，那有什麼差別。我們辦到了。」他說。不過，「辦到了」幾個字卻說得很含糊。

「你說什麼？」柏雷加德問。

「我說——」

柏雷加德那一巴掌重到聽起來彷彿一聲步槍的槍響。闞立刻轉了一百八十度地倒在那輛拖吊卡車的引擎蓋上，他身上那件藍色T恤也勾到了車頭燈的格柵。柏雷加德一把在他身旁蹲下。

「你搞砸了，是嗎？我可以從你的眼睛裡看出來。讓我來告訴你有什麼差別。差別在於這變成了一宗他們可能會追查好幾個月的持械搶劫，而且是警方不會放棄調查的一級謀殺案。我告訴過你不要惹麻煩。但是，你還是惹了。我來猜猜。當羅尼在店後面的時候，那個女人趁你走神時反制了你。你這個蠢蛋。」柏雷加德站起身。

「不要回到紅丘來。你現在已經是個不受歡迎的人物了。我甚至不想再看到你。還有你。」他說著轉向羅尼。

「我不想再看到你，直到你把我的那份錢準備好為止。到時候，我們約在鎮外見面。把你們的手機都丟掉。」他說著再度蹲下來，一把抓住關的髮辮。

「我想，我不需要交代你，不要向任何人提起今天的事。我聽到你在車後座吐了。我知道這對你來說會很難熬。不過，你要不就學會和這件事共存，要不就因為它而喪命。你聽到了嗎？」他說。關點點頭。柏雷加德重新站了起來。

「最後一次，羅尼。在你付我錢之後，不要再出現在我或我家人附近。」柏雷加德爬上卡車，啟動引擎。在關掙脫車燈的格柵站起來之際，柏雷加德一路倒車駛出了雷吉的車道。

「我恨那個王八蛋。」關說。

「我想，他也不喜歡你。好了，我們來喝啤酒吧。一個星期之後，你就會多八萬元了。到時候，你就可以雇用一個拳擊訓練師了。」羅尼說。

「去你的，羅尼。」關說著揉了揉自己的臉。

「是啊，是啊。在蟲子回來給你另外一巴掌之前，我們趕緊去喝啤酒吧。」羅尼說著走向貨櫃屋。幾秒鐘之後，關也跟上他。

「我痛恨那個混蛋傢伙。」關低聲地自言自語著。

柏雷加德把拖吊卡車開到伯尼的廢車場，換回他自己的卡車，然後再前往修車廠。修車廠門口的牌子翻到了休息中。凱文一定是去吃午餐了。他打開門鎖，走了進去，再擰開電燈。角落裡的達斯特彷彿一座獅身人面像一樣，無聲地坐在那裡，然而，它依然在他的腦子裡對他說話。

「我們注定要成為這樣的人。」

他腦子裡的那個聲音聽起來像他老爸在說話。那個粗獷、酒鬼般美妙的聲音，那個總是在他的白日夢裡揮之不去的聲音。但是，說那句話的人是某個更擅長言語的人，而他卻想不起來是誰。他的手指撫過達斯特的引擎蓋。有人中槍了。那些人甚至可能死掉。這宗發生在光天化日下的猖獗搶劫案，勢必會引起一陣軒然大波。他有一種感覺，羅尼會企圖在他的那一份報酬上搞他，而關則是一個大災難。

他們雖然逃脫了，但他卻還把它放在心上。不管那個「它」是什麼。

「我們注定要成為這樣的人。」他說。

他的話迴盪在車庫裡。

14

「羅威爾女士，我們只是想讓你知道，我們對你的經歷感到很遺憾。」第一個名叫拉普拉塔的警察說。他雖然高瘦，不過卻有一雙青筋明顯的大手，看起來似乎有力到可以徒手捏破一顆椰子。

「順便告訴你一聲，聯邦檢察官並不傾向起訴你開槍。」另一名叫做比洛斯的警察補充說道。「特納女士不會有事的，她也不想追究任何的刑事訴訟。」他的身材像滅火槍一樣，髮線則往後退得有如李將軍在蓋茲堡戰役中撤退一樣。他們坐在羅艾倫對面一張褪色的印花小雙人椅上。羅艾倫坐在她的躺椅上面，雙腳抬高放在腳凳上。她的拐杖就平躺在椅子旁邊的地板上。

「很高興知道這點。我的意思是，我當時是企圖要救她的命。」羅艾倫說著，在躺椅上挪動了一下，不過卻立刻感到一股疼痛貫穿了她整個左半身。她表情扭曲，喉嚨發出了長長的一聲呻吟。

「你需要什麼嗎？」比洛斯問。

羅艾倫搖了搖頭。「醫生已經給了我在合法範圍下最高劑量的奧施康定了。他們說子彈從我的大腿穿進去，射穿了股骨，從我的屁股穿了出來。已經兩個星期了，可是疼痛並沒有減少。我想，我還要痛很久。也許我也會習慣吧。」羅艾倫說。

「羅威爾女士，你可以告訴我們任何有關搶匪的事嗎？」比洛斯問。

羅艾倫再度搖搖頭。「他們兩個都是男的，我想。他們都戴著面具。還有手套。他們有戴手套。」

「你確定他們沒有拿走什麼嗎？當警察到達的時候，保險箱是打開的。」拉普拉塔說。

「只是幾百塊錢的現金而已。」羅艾倫回答。

拉普拉塔注視著她。他那雙杏仁般的眼睛盯著她，就像一個小孩在用放大鏡觀察一隻螞蟻之前，先用肉眼仔細研究著那隻螞蟻一樣。

「很奇怪。展示櫃裡有價值好幾萬的鑽石。但是，他們卻沒有拿走。這不是一般的入店行搶。他們很明確地走到保險箱，而且只鎖定了保險箱。」拉普拉塔說。他的目光一直沒有離開過羅艾倫。

「我猜，他們認為我們在店的後面藏了什麼好東西吧，我不知道。聽著，我無意冒犯，不過，我真的覺得很不舒服。我們可以擇日再談嗎？」她問。

拉普拉塔轉而看向比洛斯。過了幾秒鐘之後，比洛斯點了點頭。兩名警探隨即從椅子上起身。

「好吧，羅威爾女士，如果你想到任何事的話，請打電話給我。這件事，我們會追究到底的，我向你保證。」拉普拉塔說完，把一張名片遞給羅艾倫。名片上面以整齊的小字體印著他的名字。她收下名片，不過並沒有迎向他質疑的眼神。她可以感覺到他的目光鑽進了她的頭皮裡。

「好好休息，羅威爾女士。我們保持聯絡。」比洛斯說。語畢，兩名警探大踏步地離開了她的公寓。

當她聽到大門在他們身後關上時，她閉上眼睛，嘆息了一聲。她從她的家居褲口袋裡掏出一個棕色的塑膠藥瓶，沒有喝水就直接再吞下兩顆奧施康定止痛藥。止痛藥的苦味很快就被一種貫穿她全身的腫脹感所取代。她把躺椅放平，試著不要再去想任何關於警察和珠寶店的事，也不要去想她腿上的那股疼痛。

二十分鐘之後，她的手機響了。羅艾倫坐起身，感到自己的心臟跳得有如一台打樁機就在她的胸口。她從口袋裡掏出手機，看了一下螢幕。

螢幕上顯示來電者是約翰．十一之一。約翰福音第十一章第一節。聖經在這裡首次提到了拉撒路[8]。收到拉撒路「懶人」莫勒斯堡打來的電話向來都絕非好事。而在你讓他的一個陣營遭到搶劫之後接到他的來電，那就更恐怖了。

她大可忽視這通來電，但是，他會繼續再打，而那只會讓情況變得更糟而已，如果還能更糟的話。她把手指按在螢幕上，然後把手機拿到耳邊。

「哈囉？」

「哎呀，哎呀，哎呀，這不是安妮．奧克利[9]嗎？」一道高八度的尖銳嗓音傳來。你可以從他的話裡聽到林奇堡和羅阿諾克當地人那種粗俗的講話方式。因此，有些人就會根據那股濃厚的口音妄自假設他的出身背景。那些人實在太蠢了。

「嘿，懶人。」她說。

「嘿，羅。你怎麼樣了？我聽說子彈在你的下體裡繞了一圈。」他輕聲地笑道。

「沒有。子彈打到我的髖部，從我的屁股出來。」她聽到他深深吸了一口氣。痰的聲音很快地從電話那頭傳來。

「真是一團糟，羅。貪婪往往會讓人死得很難看的。」懶人說。羅沒有出聲。「你一直都很聽從我的指示，羅。所以，我才讓你在那家店裡工作。」

「我不知道發生了什麼事，懶人。那些人就那樣衝進來……我不知道。」她說。她真的不知道。她有些懷疑，但是，她還不能肯定。

電話那頭只是一陣沉默。她的前門響起了一陣重重的敲門聲，聽起來就像是有人要把門框拆掉一樣。

「你知道的。何瑞斯和疤面會去問你這件事，你得要告訴他們。我告訴你，羅，我真希望事情沒有演變成這樣。不過，如果希望都能成真的話，乞丐早就發財了。」說完，電話就掛斷了。

羅艾倫把頭轉向門的方向。他們還在用力敲門。羅閉上眼睛。「門沒鎖！」她大聲高喊。去他的。如果他們是要來殺她的話，他們完全可以自己開門進來，幹嘛還要敲門。隨著一陣重重的腳步聲，她很快就看到他們從走廊的隔屏後面走來。

---

❽ 拉撒路，耶穌的門徒與好友。在新約約翰福音第十一章中記載，他病死後埋葬在一個洞穴中，四天後，耶穌吩咐他從墓穴中出來，因而奇蹟式地復活。

❾ 安妮・奧克利，1860-1926，十九世紀聞名美國西部的女神槍手。

何瑞斯臉上的笑容讓他看起來活像一只巴金森病患雕刻成的南瓜燈。那頭灰白的頭髮彷彿一把破爛不堪的油拖把一樣地堆在他的頭頂上。他穿了一件德士古石油的舊T恤和棉布牛仔褲。兩隻手臂都蓋滿了北歐圖騰的刺青。維京人、戰斧和骷髏頭。比利「疤面」米爾斯站在他的旁邊。他比何瑞斯高一呎，也壯一呎。他身上的白色扣領衫在喉嚨的位置敞開，下半身則穿了一件發皺的卡其褲。那頭中分的黑色直髮裡夾雜了幾縷白髮。不過，那撇鋸齒狀的山羊鬍卻依然黑多於白。一雙綠色的眼睛彷彿堅硬的玉石一般。如果不是他左臉上的那道疤，他其實可以算得上是一個粗獷的美男子。一道燒傷的疤痕從他的下巴延伸到他的臉頰，一路盤據到他的眼睛，擴散到了他的耳朵。羅知道他之所以留長髮，就是為了盡可能地遮住那道疤痕。

「嘿，羅艾倫。你怎麼樣？」比利問道。

「我沒事，看起來似乎如此。」她說。她發現懶人打電話來，只是為了確認她在家，而不是在醫院。羅把手放到自己的右側。警察拿走了她的槍，不過，她還有一把幾乎隨時隨地都帶在身上的彈簧刀。

「是啊。中槍真是他媽的痛。就像有人把一張發燙的撲克牌貼在你身上，直接壓到了骨子裡一樣。」比利說著，在警察稍早從廚房裡拿出來的一張椅子上坐下，然後往前靠，讓雙手垂落在兩腿之間。

「你會覺得你這輩子從來沒有這麼痛過。」他說。何瑞斯聞言在一旁偷笑。

「是啊。」羅艾倫回答。她覺得自己的嘴乾得像沙漠一樣。

「不過，並非如此，總是還有更痛的。」比利說著，用手撥過頭髮，露出了頭髮底下的疤痕。

「比利……」

「噓。我只是要問你兩件事，羅。只是兩個問題而已。然後我們就會走人。」他說。

「警察剛剛來過。我什麼也沒有說。你知道我沒有說。」她說。她感覺到淚水在眼眶裡打轉，而她討厭自己這樣。

比利笑了笑。「喔，我知道的，姐妹。我們看到他們離開了。他們現在已經走遠了。不過，謝謝你回答我的第一個問題。」他說。那個笑容似乎讓他的疤痕看起來更讓人不舒服了，彷彿他那張舊臉的鬼魂從墳墓裡爬了出來一樣。比利把他的椅子滑近她的躺椅。

「現在，我的第二個問題是，是誰那麼厲害。你把鑽石的事告訴了誰？」他問。他又笑了，這讓他眼周的皮膚皺得宛如一張皺紋紙。

羅艾倫感覺到自己的舌頭在嘴裡不安地蠕動著。她可以說實話。只要說出來，然後希望一切就會沒事。或者，她可以說謊。只要假裝她不知道那些人怎麼會知道保險箱裡有價值將近兩百萬的鑽石就好。或者，她可以試著找到一個平衡點。

「我沒有告訴任何人。不過，店裡有個女孩。」她說。

比利往前靠近。「啊，姐姐。千萬別是另一個下體的味道嚐起來就像棉花糖和做夢一樣的女孩。」比利說。

「我什麼也沒有對她說。算不得是告訴她。我們只是有時候會在一起消磨時間而已。她也許自己發現了什麼。」羅艾倫說。

比利饒有智慧地點點頭。他用右手撫摸過羅的左大腿。「懶人有個朋友在醫院。她說，只要再偏左一點點，子彈可能就會正中你的股動脈了。」他的手停在了她的傷口上。

「是啊。」羅艾倫應聲。

他突然捏緊了她的大腿。他的手緊緊抓著她，拇指按進了她的傷口，彷彿一具捕熊夾一樣。那股痛苦好似某種生物般地攫住她的喉嚨，讓她幾乎無法呼吸。她本能地抽出她的刀子。不過，比利的左臂一揮，在她拿起刀子的時候抓住了她的手腕。

「省省吧，羅。」他說著，用力地扭了一下她的手腕，那把彈簧刀立刻掉到她的腿上。「她叫什麼名字？那個下體舔起來很神奇、像星光閃爍的女孩？」

「麗莎。」她喘息著說。

比利放開她的腿。把刀子從她的腿上撥開。

「麗莎是那個金髮的，對嗎？」比利問。

羅艾倫點點頭。

「那就表示是另外一個。那個紅頭髮的。珍妮。」他說著坐回椅子上。椅子瞬間發出了吱吱的尖叫聲。羅只能透過嘴巴重重地喘氣。「我不認為你會供出那個人的名字。你太不會撒謊了，羅艾倫。你對大屁股的女人永遠都沒有抵抗力。麗莎對你來說太瘦了。」比利說。

「不，比利，不要傷害她。求求你。」

「如果只是一間珠寶店的話，情況可能就不一樣了。可是，那些警察會開始到處調查。他們會看那些帳冊，會發現那些數字兜不起來。」比利說。

「我什麼都不會說的。」羅艾倫說。

比利皺皺眉頭。「我知道你是好人，羅。不過，警察會很需要你的。如果有人能讓情況有所不同的話，我告訴懶人說，那就是我了。因為我認識你最久。」他說著，走到躺椅後面。

「比利，你去告訴懶人說，我可以解釋。我可以補救。」羅艾倫說著，在躺椅上轉過身，這樣，她就可以看到他在她身後做什麼。這樣的姿勢讓她痛苦不堪，不過，她還是扭轉過上半身，企圖要看清椅背後面的狀況。她努力地想要看清楚，導致她的眼球都從眼眶裡鼓了出來。只見比利從他褲子後面的口袋裡掏出了一個捲起來的黑色塑膠袋。

「不，你不能，羅。有些東西一旦破裂了，你就再也不能把它們黏回去了。」

語畢，他把塑膠袋套在她的頭上，在她的脖子拉緊。羅艾倫從椅子上坐起來，一邊抓住袋子，一邊企圖要站起來。

「你可以抓住她該死的手嗎？」比利問。何瑞斯聞言跑過來，跨坐在她的腿上，抓住了她的手臂。何瑞斯覺得自己可以看得到她的鼻子在黑色塑膠袋裡的輪廓。一團空氣在塑膠袋裡上下起伏，他猜那是她嘴巴的位置。羅大聲地尖叫，然而，她的聲音卻被袋子悶住了。她的尖叫聲變成了絕望的嚎叫，然後又轉化成野獸般越趨絕望的呼嚕聲。慢慢地，她的手勢越來越微弱。她的呼嚕聲緩了下來，變成了幾乎聽不到的喘息。幾分鐘之後，她的雙腿也不再踢了。

又過了幾分鐘，她完全停止了動彈。

一股刺鼻的惡臭瀰漫在公寓裡。不過，比利或何瑞斯都沒有因為這個味道而感到不安。這不是第一次有人在他們面前失禁。比利把塑膠袋拿開，捲起來，重新放回他的口袋裡。羅的頭無力地垂向了右邊，她的舌頭從嘴裡探出，就像一隻烏龜的頭伸出龜殼一樣。

比利把手伸進口袋，拿出一條手帕。他擦了擦自己的額頭，然後把手帕再塞回口袋裡。接著又從另一個口袋掏出一只扁平的銀製酒瓶、一包香菸和一盒火柴。他用一根火柴點燃一根香菸，再把香菸丟在羅兩腳之間的地板上，而非把香菸放進自己的嘴裡。他捏住那根火柴的尾端，直到火柴燒成了一個小紅點。最後，他把酒瓶裡的液體倒在地板和窗簾上，再倒了一部分在羅艾倫的身體上。私酒的辛辣味瞬間蓋過了滿室的屎味。

比利嘆了一口氣，輕輕地揉了揉羅艾倫的臉頰。

「該死，姐姐。」他低聲地說。

語畢，他把另一根點燃的火柴丟在她的屍體上。起初，火焰燃燒得很緩慢，不過，不出一會兒，火勢很快地就延燒到了她的腿。他又往窗簾附近丟了一根火柴，窗簾就像石蠟一樣地燃燒了起來。比利看著火焰在布料上飛舞，宛如被聖靈充滿的狂熱分子一樣。火焰讓他想起他祖父教堂裡那些在粗糙的木頭地板上舞動著身體、祈求上帝的耍蛇人。

「我想，我們最好走了吧。」何瑞斯說。比利眨了眨眼。

「是啊。你去找那個紅頭髮的。我會去和麗莎談談。」

「我以為應該就是珍妮了。」

「是啊，不過，保護好自己總是沒錯。走吧，我們走了。我不想要看著她燒起來。」比利說完，把衣袖拉到手上蓋住手，打開前門。他和何瑞斯悠悠地晃向他們的凱迪拉克。等到他們離開停車場，駛上大街時，第一道濃煙正開始從羅的前門底下滾滾竄出。

15

柏雷加德坐在達斯特裡，手指輕敲著方向盤。天空中烏雲密佈，恐怕即將會下一場及時甘霖的暴雨。遠處，一座印有凱瑞鎮的水塔，宛如一個鋼鐵巨人般地俯視著他。一座廢棄的火車棧橋在他的左邊，把地平線分成了兩半。散落在他四周的舊工廠殘骸，就像磚瓦和鋼鐵製成的恐龍遺骨一樣。

他看了看手錶。四點五分了。羅尼應該要在兩點整的時候和他碰面。對於羅尼的遲到，他並不感到驚訝。他早該從他那個華盛頓特區的朋友手中拿到錢，但他卻已經晚了一個星期了。這一週的推遲讓柏雷加德原本就已經陷入絕望的情況更加地雪上加霜。修車廠的貸款三天內就要到期了，更別說艾莉兒大學註冊的期限就在眼前。療養院的員工正在興高采烈地幫他母親打包行李，期待她即將搬出療養院。

「天啊，羅尼，不要在這件事上搞我。如果你敢的話，我想，我會讓你變成紙鎮。」柏雷加德對著空氣自言自語。他再度看了看手錶。四點十分了。他閉上雙眼，揉了揉額頭。一陣大缸體引擎的轟隆聲傳來。他睜開眼睛，只見一輛福特野馬正朝著他的方向駛來。車上的駕駛輕鬆地駕馭著這輛新車，在佈滿裂縫和坑窪的道路上前進。

那輛野馬在達斯特的旁邊停了下來。羅尼·塞遜坐在方向盤後面，朝著柏雷加德咧嘴而笑。

在羅尼降下車窗之際，柏雷加德也把車窗搖了下來。

「這是什麼鬼？」柏雷加德問。

「什麼？車子啊，老兄。一輛老闆級的車。二〇〇四年的野馬。」

柏雷加德探出車窗。「你有看新聞嗎？新聞一直在報導說有人死了，還有兩個人在一宗光天化日下的珠寶店搶案裡中槍。警察現在在追查這個案子，就像一坨屎上揮之不去的臭味一樣，而你竟然還去買了一輛新車。」他說。每一個字他都說得極其緩慢、極為清楚，彷彿要將這些話吐在羅尼的臉上一樣。

「這不是新車。是我從韋恩・惠特曼那裡買來的二手車。」

「你付了多少？」

「我拿到優惠價。七千元。他甚至還送了我一套輪輞。」

「你覺得破產的羅尼・塞遜這種花錢的方式不會招人注意嗎？」

羅尼翻了翻白眼。「蟲子，你可以把那根六呎長的棍子從你的屁眼裡拔出來嗎？我們辦到了！警察沒有釋放出任何消息，因為他們根本得不到消息。他們只是在原地打轉而已。你就放輕鬆吧。」

羅尼傾身，從乘客座上抓起兩個麥片盒子，將它們遞給柏雷加德。

「去幫你自己買點好東西吧。帶你老婆到巴瑞特去。到歐米尼飯店去享受一下已婚夫妻的安靜時光，好好地滾個床單吧。」

「不要提到我老婆，羅尼。」

「嘿，我沒有惡意。我只是在說酥脆隊長和巨嘴鳥山姆正懷抱著你的八萬塊錢。好好享受吧。」

「八萬七千一百三十三元又三十三分。應該是八萬七千一百三十三元又三十三分。」

「沒錯，蟲子。天啊，我只是隨口說說而已。」

柏雷加德把兩個盒子放到後座。

「嘿，老兄，也許我們可以聊聊再合作的事。我們是一個好團隊。我可以找別人取代關。我知道你對他是什麼感覺。說句實話——」

柏雷加德打斷他。「不。我們到此為止。還有，不要提到我的名字，羅尼。」他把車窗搖上，發動達斯特。然後踩下油門，揚長而去。當他駛過水塔、開上納波街時，天空開始降雨了。他經過左手邊一塊寫著感謝造訪維吉尼亞州凱瑞鎮的牌子，開上了州際公路。他轉開收音機，展開了返回紅丘的兩小時之旅。原本像是被熊壓扁的一顆心，終於得以稍微放鬆。沒有人看到他出現在珠寶店。只有羅尼、雷吉和關知道他是這個案子的車手。如果他的名字遭到提及的話，他知道他應該要去找誰。

還有，誰就得要消失。

羅尼在六十四號公路上經過了一輛廂型卡車。他把珍妮的那一份錢放在了後座，後車廂裡還有一個過夜的行李袋。他不知道蟲子會怎麼做，不過，他打算要像湯尼．蒙塔納⑩一樣狂歡一整個週末。羅尼一邊啜飲著一口一品脫的傑克丹尼威士忌，一邊繞過了一輛搖搖欲墜的越野商旅車。他把酒瓶放回杯架上，然後播放了一張艾維斯的CD。貓王低沉的男中音立刻從喇叭裡轟然而出。

「這才像話嘛。」羅尼說著，又喝了一口。

蟲子一直都對他沒好氣，不過，他說得沒錯。塞遜家族向來都不以富有聞名。如果他在這個鎮上花了太多錢的話，人們會開始議論紛紛。還好，他並沒有打算要在這個鎮上待太久。他發現，他對珍妮所說的話是認真的。他們將會把維吉尼亞州的這些煤礦、玉米田和捕蟹籠拋在身後。他會到別的地方去，在白天的時候喝著雞尾酒，在夜晚的時候讓珍妮幫他口交，直到他的現金花光，或者直到下一次的生意上門為止。他不明白為什麼蟲子就不能稍微慶祝一下。沒錯，他是對蟲子和關隱瞞了一點點，不過，他們還是分到了足夠的錢，可以任他們在接下來的三年裡，到脫衣舞酒吧去撒錢。那個混蛋黑鬼甚至不知道要感激羅尼讓他參與了這筆生意。

他把酒瓶放到杯架裡，拿出他的新手機。

「打給珍妮。」他對著電話說道。這支手機是他在拿到這輛車的那一天買的。它的免提功能簡直就像科幻小說一樣，連飛天車都要相形見絀。

三天前，他從華盛頓特區回來了。他和雷吉在這個國家的首都度過了一段時間。他們在中國城見到了布蘭登．楊，然後去了一間為了滿足中國外交官和移民需求而開的酒吧，和布蘭登的老闆見面。羅尼是在監獄裡認識布蘭登的，就像他認識闞和溫斯頓一樣。布蘭登因為郵件詐欺而入獄一年。他告訴羅尼說，郵件詐騙罪算不得什麼。他幫一個傢伙工作，那個人在高檔貨的賊市裡做了很多買賣，並且把賺來的錢都存放在馬里蘭某個倉庫的六具棺材裡。布蘭登說，只要他什麼都不說，乖乖服刑一年，自然就會有人罩著他。

他沒有說謊。沒人在監獄裡找他的麻煩。他有自己的單獨牢房。他在監獄的洗衣房裡做著輕鬆的工作。監獄的守衛讓他享受每個月兩次的親密探監。他在裡面就像在度假一樣，而不是在服刑。他唯一無法做到的事，就是沒人陪他下棋。他對下棋很著迷。有一天，羅尼主動接近他，說要用下棋和他交換幾根香菸。雖然他輸了，不過這招對布蘭登生效了。他們一拍即合，當布蘭登離開冷水監獄時，他告訴羅尼說，如果羅尼以後有什麼也許會讓他老闆感興趣的生意，要羅尼記得去找他。

而羅尼也這麼做了。當他們去見布蘭登的老闆時，他學到了兩件事。第一，中國人抽菸抽得很兇。第二，他和珍妮都不知道任何關於鑽石的事。

「我會給你七十萬。」布蘭登的老闆當時曾經這麼說。更確切一點來說，是布蘭登幫那個老頭翻譯給他聽的，那老頭看起來就像功夫電影裡的壞人一樣。

⑩ 湯尼・蒙塔納，電影《疤面煞星》裡的男主角。該劇描述古巴難民湯尼在一九八〇年代到達了邁阿密，並成為大毒梟的故事。

羅尼扶住了他的座椅兩邊。七十萬。就算把他認識的所有人賺的錢加起來，也遠遠達不到這個數字。如果他們說要給他七十萬的話，那麼，盒子裡的鑽石一定價值三、四百萬。他完全說不出話來。他的舌頭動不了。

結果，他們以為他想要議價。

「七十五。這是底限了。」布蘭登說。有那麼一秒鐘的時間，他懷疑一間小店的保險箱裡怎麼會有價值那麼高的鑽石。不過，他們遞給他的那袋錢，讓那個想法像一隻受驚的兔子般地溜走了。不重要。有了他們給他的那些錢，他就可以還清積欠奇胡利的賭債，並且在分給每個人他們應得的那一份之後，還有足夠的餘錢可以讓他買一個鍍金的馬桶。

結束會面之後，他們進了城，在字母街上的各家酒吧喝酒。到位於屋頂的俱樂部，讓穿梭在客人之間的女服務生用劍幫他們開香檳。他們還到一些羅尼唸不出名字的餐廳吃飯。甚至還看中了幾個女人，結果後來發現那些女人原來都是娼妓。他、雷吉和布蘭登輪流上了三個女孩。羅尼終於實現了他的夢想之一，在最性感的那個妓女屁股上吸食古柯鹼。他們像搖滾明星一樣地狂歡。為什麼不呢？他現在發了。再也不用為了加油而數著一個一個的零錢硬幣了。他雖然沒有比爾·蓋茲那麼有錢，不過，他已經遠離了貧窮。即便冷氣是開著的，他依然打開了車窗。他大聲地歡呼了一聲。

「哈囉？」珍妮接起電話。

羅尼立刻把車窗搖上。「嘿，甜心。我現在正在去找你的路上。我覺得自己像聖誕老人一樣。我可以在你的絲襪裡放些什麼嗎？」

「你拿到錢了？」珍妮問。

羅尼對著手機皺了皺眉。她聽起來……怪怪的。就像一個在同一天裡把冰淇淋的蛋捲筒掉到地上、丟掉了小狗，又目睹自己的老爸被揍的小孩一樣。

「是啊，當然。我四十五分鐘內會到。也許還更快。這輛野馬真不是蓋的。」

「好吧。」她掛斷了電話。她甚至沒有問他關於車子的事。

「你他媽的哪裡有問題啊？」他說著，看了那支手機一眼。

16

柏雷加德在六點剛過不久的時候回到了紅丘。他在得來速窗口關閉之前趕到銀行。存了三千元的房屋貸款，又支付了五千元的其他帳單。離開銀行之後，他驅車前往療養院。到了療養院一停好車，他便直接走向行政辦公室。

塔波特太太正在把她的手提電腦收進一個手提箱裡。

「蒙塔奇先生，你好嗎？我正要下班。也許你可以明早再來？到時候，我可以幫忙你安排你母親的交通。我也會很樂意安排把她的供氧設備送到你家。」她說。當她咧嘴笑的時候，柏雷加德可以清楚地看到她嘴裡的每一顆假牙。

「沒有那個必要。」他說。他早已經在車裡數好了三萬元。他把六捆百元大鈔放在塔波特太太的辦公桌上。每一捆都有五十張一百元的鈔票。塔波特太太臉上的笑容彷彿廉價蠟燭般地融化了。

「蒙塔奇先生，這也太不尋常了。」

「不，沒有什麼不尋常的。我以前也曾經付現金給你。當我媽媽在這裡製造困擾的時候，我曾經特別付了你現金。所以，可以麻煩你給我收據嗎？剩下來的餘款，最遲我會在下週付清。我現在沒有零錢。」他說。

塔波特太太只好坐下來，重新拿出了她的手提電腦。

他母親靠在一顆枕頭上，她的頭幾乎陷進了枕頭裡。房間的角落堆疊了幾個紙箱。電視裡有一個主播的頭部特寫，正在播報著氣象。凱瑞鎮的那場及時大雨並沒有移往紅丘。她全身動也不動，讓他差點就要以為她死掉了。在她呼吸的時候，那單薄的胸口幾乎沒有起伏。他轉身就要離開。

「你要讓我睡在前廊嗎？」她問。她的聲音聽起來比他上次來的時候還要虛弱。他走到她的床邊。

「沒有。」

「喔，真令人高興，我可以待在那間大房子裡了，主人。」她說。

「我付過帳單了。呃，付掉了大部分。」

她瞪大了眼睛。「是你嗎？」

柏雷加德皺起眉頭。「是我什麼？」

「新聞說的那件事。那間珠寶店。當他們說搶匪開著一輛藍色別克飛過一條施工中的立交橋時，我就知道了。我就是知道。聽起來就像你老爸會做的事。」她開始猛烈地咳嗽。柏雷加德從她的床頭櫃上拿起水壺，幫她倒了一杯水。

「你不用擔心。」

「為了不讓我住進你家，你什麼都做得出來，是嗎？」

「媽媽，拜託你。不是那樣的。我只是試著要做對你最好的事。」

「對。對。」她又咳嗽了，他立刻讓她再喝一口水。不過，她並沒有道謝。柏雷加德撫平了她的頭巾。

「他們會找上你的。」

「我叫你不要擔心。」

「他們會找上你的，然後，你就得要像他那樣逃命。拋下你的孩子和你的老婆，讓他們自生自滅，就像你老爸對我那樣。」

「對我們。」柏雷加德說。

她無視於他的糾正。「你以為那天在太妃冰淇淋的時候，你是在救他。事實上，你所做的只是讓無可避免的事情延後發生而已。」

柏雷加德退縮了一下。「媽媽，別說了。」他說。

他母親轉過頭。低垂的日光燈讓她看起來面色灰白。

「『我會救你的，爸爸。我不會讓那些壞人傷害你。』結果他做了什麼？在他們把你丟進監獄的時候，他離開了這個城鎮。天知道我哪有錢聘請什麼好律師。你為他做了那一切，結果他卻跑了。」

柏雷加德開始頭痛。「你以為他是在逃離我或者警察嗎？他是在逃離你。他無法忍受聽你說話，一分鐘都無法忍受。」他說。這句話在他的嘴裡留下了一陣惡臭，但是，他控制不了自己。沒有人比他母親更了解要如何刺激他。如果有人敢像那樣對他說話的話，他們就等著數自己會有幾顆牙齒掉在掌心裡。而他能對他母親做出的反應，就是試著攻擊她最軟弱的地方。

「那就是你對你母親說話的方式嗎？」

「你就是那樣對我說話的。」

「等我死掉的時候，你不用坐在教堂裡假裝你想念我。你只要把我燒掉，扔進垃圾桶裡，就像你現在所做的一樣。」

柏雷加德翻了個白眼。這就是她反擊的風格。從正面攻擊你，然後原地旋轉，再出其不意地攻擊你的側腹。

「晚安，媽媽。」他轉身走向房門口。在他走出去以前，艾拉又咳嗽了。他走回去，給了她一些水，不過卻沒有幫助。他把手滑到她的背底下，驚訝地發現她竟然如此地孱弱。他把她扶起來，輕輕地在她的肩胛骨之間拍打。她點點頭，他才讓她重新躺回床上。

「我……我應該要幫你選一個比較好的父親。可是，安東尼的笑容是我見過最可愛的笑容了。」她說。隨著她的喘息，一絲唾液從她喉嚨的那個小孔滲了出來。

「你需要護士嗎？」

她搖搖頭。用只剩骨頭的手指抓住他的手腕。

「你原本可以比你現在要好的，可是，你花了太多時間在景仰一個鬼魂。」

柏雷加德感到胸口突然被拉扯了一下。

「再也不會了。」

「騙人。」

柏雷加德坐進達斯特裡，飛速駛離療養院。他還有一個地方要去，一個讓他擔心的地方。

柏雷加德把達斯特停在一幢兩層樓的白色農舍前，房子的狀況正在急速地衰敗中。黑色的百葉窗已經褪成了泛綠的顏色。前廊也已經開始傾靠在蠟菊上了。柏雷加德下了車，橫行過庭院，一片灰塵在他的腳下揚起。房子附近沒有草皮，也沒有矮樹。一輛沒有輪子、只用磚塊撐著的雪佛蘭卡米諾就停放在前門附近。一張覆蓋著防水布的棕色老舊沙發放在房子右邊的角落。空的啤酒瓶和菸蒂也四處散落在院子裡。

柏雷加德敲了敲紗門。他沒有用力敲，因為他深怕稍微用力，紗門就會從鉸鏈上掉下來。他可以聽到福斯新聞台的聲音在屋內的某個地方大聲作響。隨著一陣沙沙的腳步聲傳來，艾莉兒的外婆艾瑪出現在了門口。一名臉上堆疊著許多贅肉的矮胖女子。一根沒有濾嘴的威豪香菸緊緊地叼在她的嘴角。

「幹嘛？」

「你可以幫我叫一下艾莉兒嗎？我打了她的手機，可是她沒有接。」艾瑪吸了一口菸。香菸尾端亮了一下，彷彿一小塊融化的亞鐵。「手機關機了。如果你多打幾次，你就會知道了。」

「幫我叫她出來一下。」柏雷加德說。

「你要幹嘛？」

「我要和她說話。我是她爸爸。不管你多麼努力要假裝她的捲髮是全世界燙得最好的頭髮，而不是天生的。」

「你每隔一陣子就帶著你販毒賺來的錢到這裡來，那不代表你就是個父親。」

柏雷加德往前靠近，壓低了嗓子。「去叫我女兒。現在就去。我沒心情和你在這裡玩什麼把戲。今天沒這個心情。」

艾瑪從鼻孔裡噴出一縷白煙，才轉身從門口走開。他聽到她沿著走廊走去時，還在低聲罵著「王八蛋」。他走回達斯特，在引擎蓋上坐了下來。幾分鐘之後，艾莉兒出來了。她穿了一件背心和一條緊到不行的短褲，只要她打個噴嚏，那條褲子恐怕就要變成了丁字褲。

「嘿。」

「嘿。你的車呢？」

「里普開去工作了。因為我的手機關機，他沒有辦法打給我，讓我去接他，所以，我就把車子給他開。」

「他有駕照嗎？」

「有，他只是沒有車。」

「過來。」

她走過去，和他一起坐在引擎蓋上。「你要教訓我嗎？」

「不是。有別的事情比讓小里普開你的車還重要。」

說著，他從褲子後面的口袋掏出一個捲起來的棕色厚信封袋，就像用來郵寄文件的那種信封。

「維吉尼亞聯邦大學一年的學費是兩萬四千元。」

「對。加上教科書。」

他把信封遞給她。

「這是什麼？」

「兩萬四千元。我想，大學不收現金，所以，你要去開個帳戶。每次不要存超過一萬元。如果超過的話，政府會來問你問題的。」

艾莉兒張大了嘴。

「你從哪裡弄到他媽的這些錢？」

「嘴巴乾淨點，小妞。」

「對不起。你從哪裡弄到這筆鬼錢？」

柏雷加德笑了。

「聽著，不用擔心。你只要別讓你媽媽或你外婆知道你有這筆錢就好。我沒辦法向你保證，我能很快地再給你錢，不過，這是一個開始。」

艾莉兒皺著眉頭，雙手扭著信封。

「我收下這筆錢會惹上什麼麻煩嗎？」

「你為什麼這麼說？」

她把一撮捲髮塞到耳後。一陣微風吹來，又將她的頭髮吹散。

「媽媽說你在做一些事。非法的事。」

「她這麼說嗎？」

「對。」

柏雷加德雙手交叉在胸口，目光直視前方。

「你收下這筆錢，離開這棟房子。離開這個郡。你不會有麻煩的。離開，然後不要回頭。絕對不要再回來。這裡沒有什麼值得你留下來的。小里普。你媽媽。我。都不值得。你是一顆閃亮的星星，不適合待在這種地方。」他說。

「我不知道該說什麼才好。」

「你什麼都不用說。你是我女兒。」

他沒有說他愛她。他想說，但是，現在說出來似乎並不恰當。她可能會覺得自己有義務也得對他這麼說，而他並不想要她那麼做。他給了她這筆錢，並不代表他就已經值得她說「我愛你」。

艾莉兒發出一聲長長的嘆息。

「而你是我老爸。」她說。自從她學會自己綁鞋帶以來，她就沒有這麼叫過他了。

在那之後，他們似乎沒有什麼要再說的，因此，他們雙雙把腳踩在達斯特的前保險桿上，一起注視著前方。他們就那樣坐了一會兒，誰也沒有開口。他們只是看著夕陽，聽著艾瑪對著電視大吼大叫。不知道什麼時候，柏雷加德感到艾莉兒的手就在他自己的手裡。他捏了捏她的手，繼續在那裡又坐了好一會兒。

離開艾莉兒之後，柏雷加德決定去一趟沃爾瑪，買一些肋眼牛排、馬鈴薯和冰淇淋當甜點。他不打算買車，不過，羅尼說得沒錯，他應該要用點錢享受一下。通常，他會避免開車經過沃爾瑪，因為，經過沃爾瑪就意味著要經過普利遜，但是，他完全不想看到那些原本應該要停在他修車廠裡的車子，現在卻都停到了普利遜那片漆成黑色的鋁製籬笆裡。琪亞多半都自己去採購。有時候，當他陪著她去買東西時，他會帶她去提勒森的獅子食品超市，那是位在距離紅丘以北兩個郡以外的地方。

他轉到市場大道上，把車速減低到時速三十五哩。在距離沃爾瑪一哩之處，他聽到了警笛尖銳的嗚嗚聲。他抓緊方向盤，準備好加速。當他抬起頭看向後視鏡時，只見一輛消防車正朝著他衝過來。他很快地把車停到一邊，讓消防車通過。兩輛消防車尾隨而至，跟在了第一輛的後面，警笛和警示燈都開到了上限。柏雷加德重新開回高速公路，繼續駛向沃爾瑪。他懷疑那些消防車是否也在開往沃爾瑪。是不是什麼無聊的高中生謊報有炸彈威脅？

「可惡。」他說。

普利遜汽車籠罩在一片濃煙裡。竄升了五十呎高的火舌，讓整個天空彷彿都在燃燒。消防員志工正勇猛地在對抗著那一片煉獄，不過，看起來他們似乎沒有什麼進展。普利遜汽車修理的招牌在那根十五呎高的柱子上逐漸熔化。柏雷加德在經過現場時仔細看了看後視鏡。他身後那片熊熊燃燒的火海，讓他的車看起來彷彿是直接從地獄裡開出來的一樣。

等到他從沃爾瑪回到家的時候，琪亞正和達倫坐在沙發上。

「嘿，賈文呢？」他問。

「他問說他可不可以在特里．庫克家過夜。我想你應該不會反對。」

「我是不反對。我只是問問。」

「你買了什麼？」

「一些牛排。我要做爛馬鈴薯。」柏雷加德說著，用購物袋搓了搓達倫的頭。

「呀。」

「怎麼了，你不想吃爛馬鈴薯嗎？」

「不要，爹地，那太噁心了。」

「那我可以多吃點。」他說著走向廚房。琪亞從沙發上起身，跟在他後面也走進了廚房。

「你收到錢了？」她問。

柏雷加德把牛排放到流理台上。「嗯。」

「以後不會再幹了，對嗎？」

柏雷加德走向她，把她擁入懷裡。

「不會了。」在放開她之前，他吻了吻她的額頭。他割開牛排的袋子，把肉放到碗裡。然後倒了一些調味料在碗裡，加了點水，做成醃製醬料。

「我去沃爾瑪的時候，看到普利遜汽車修理廠失火了。」

「什麼？什麼時候發生的？」

「我剛告訴你了。大約一個小時以前。」

「喔，他媽的。」

達倫笑到樂不可支。

「怎麼了？」

「你知道的，他們會認為你和這件事有關，不是嗎？」

這個念頭確實在他的腦海裡閃過，然而，他和這件事並沒有任何關係，因此，他並未花任何心思去擔心這個問題。

「是啊，可是我和這事無關。」

「我知道和你無關，但是，他們會這麼說的。」

他走回起居室。

「那又如何？你要剝馬鈴薯皮嗎？」

晚餐之後，他們坐在沙發上看了一部電影，直到達倫睡著了。琪亞把他抱起來，達倫則依偎在她的脖子上。

「我要把他放到床上，然後，我就要去睡了。你要睡了嗎？」

「再等幾分鐘吧。我要看一下新聞。」琪亞把達倫抱到胸前。柏雷加德以為她就要開口問他什麼問題了。他等了一下，不過，她什麼也沒說。「和你爹地說晚安。」她只是小聲地對達倫說。

達倫只是懶洋洋地朝著他揮了揮手示意。

「晚安，小臭蟲。」

母子二人走向走廊，把柏雷加德獨自留在了起居室裡。新聞一如往常地將地方上的政治消息誇大到水門案的程度。人們總是對沒那麼有趣的事情感到興趣。一則新聞報導說紐波特紐斯有一處公寓建築群失火了。就在柏雷加德打算要關掉電視去睡覺時，電視畫面上的主播提到了卡特郡。

「十一點最新消息，當局已經公布了週一那宗珠寶店搶劫未遂案裡的死者姓名。十九歲的卡特郡居民艾瑞克・蓋亞在那宗大膽的搶劫案中遭到殺害，留下了妻子和一個小孩。我們的記者艾倫・威廉斯和蓋亞的遺孀凱特琳談過，她表示不知道將來要如何告訴她兒子他父親發生了什麼事。」主播表示。螢幕畫面從攝影棚跳到一間狹窄的貨櫃屋。一名年輕的白人女子一手拿著一張照片，另一手則抱著一個淡褐色皮膚的嬰兒。

「搶劫未遂？」柏雷加德大聲地叫了出來。

當鏡頭推近那張照片時，畫面上顯示的是一名穿著高中棒球制服、一臉笑容的年輕男子。照片中的男子正蹲在地上，一手拿著一顆棒球，一手放在地上。他沒有時間或金錢去拍任何可以被電視台引用的照片。當你在那個年紀時，你會認為你還有很多時間可以做所有的事。以後，你還有時間可以和你的妻子以及新生的兒子一起拍張專業的沙龍照。只是，所謂的以後卻被一顆子彈阻斷了。

「是的，法蘭克。凱特琳一邊哭，一邊告訴我說，她很痛苦地在掙扎思考，將來要怎麼告訴她的兒子安東尼他父親是怎麼死的。」

這段新聞又持續了五分鐘，不過，柏雷加德並沒有在看。他緊緊地抓住沙發扶手，以至於他的手開始發痛。他的眼前只有艾瑞克．蓋亞的那張笑臉。同樣的那張臉曾經帶著懇求的眼神在路邊向他求助。

他起身走到廚房，拿了一瓶稍早買回來的啤酒。他看了看水槽，試著找出開瓶器。當他沒找到時，他開始翻找抽屜。

新聞為什麼說那宗搶案是搶劫未遂？他明明看到了那個盒子。看到羅尼抱著那個箱子，就像在北大西洋當中抱著一個救生圈一樣。羅尼也許會在他們平分的金額上做手腳，但是，他還是分得了他的那一份。那麼，為什麼有人要對警方說謊？

柏雷加德翻遍了抽屜裡的叉子和湯匙，就是沒有開瓶器。

艾瑞克．蓋亞為什麼會在珠寶店裡？艾瑞克告訴他說他破產了。也許有人給了他一些錢。把五百元夾在一張賀卡裡送給了剛出生的嬰兒。也許艾瑞克去那裡是為了買禮物送給他的妻子，想要感謝她把他們的孩子帶到這個世界上。當珍妮絲生艾莉兒的時候，他也曾經想過要那麼做。當琪亞生賈文的時候，他也想過。等到達倫出生時，其他的事情似乎變得比新生兒的來到更為重要了。

他打開那個放置雜物的抽屜。裡面有幾卷布膠帶、一把尺、一個開罐器，還有多年的家庭生活所累積下來的其他物品。然而，就是沒有開瓶器。

艾瑞克和凱特琳把他們的孩子取名為安東尼。當珍妮絲懷了艾莉兒的時候，她曾經把一本嬰兒名字的書翻到書頁都捲起來了，書上說安東尼這個名字的含義是「值得讚許」。當他們發現珍妮絲懷的是女孩時，他們決定取名為艾莉兒，因為珍妮絲喜歡的一個卡通人物就叫做這個名字。當他和琪亞有了孩子時，孩子的名字都是琪亞選的。他曾經兩度建議把兒子取名為「安東尼」，算是對他父親的一個小小致敬。不過，兩次都被琪亞否絕了。

現在，有個男孩對自己的父親永遠都不會有回憶了。他會在沒有父親的情況下長大，一如柏雷加德一樣。

他沒有想到他們真的會那麼做。他們幹嘛要把孩子取名為安東尼？

柏雷加德把啤酒瓶用力扔到地上。啤酒瓶瞬間爆破，玻璃碎片在廚房裡四處飛濺。啤酒流過不平順的地板，在桌子底下形成了一灘水窪。

17

羅尼把車開進珍妮的公寓社區裡，車子裡的收音機還在震天價響，車底板上還有一個一品脫的傑克丹尼空瓶。越接近門口，他臉上的笑容就越是燦爛。他敲了三次門，停了一下，又敲了兩次。她把門打開一條縫。羅尼看到她並沒有把門鏈拉開。

「你把錢帶來了？」

他幾乎無法透過門縫看全她的臉。「你好啊。你要讓我進去嗎？」

「你不能把錢直接給我嗎？」

「不行，還真不行。我把它們放在這些盒子裡了。」他說著，從手臂下方拿出麥片盒。

「麥片盒？」

羅尼又笑了笑。「如果警察把我攔下來，發現我帶著十萬元現金的話，他們一定會盤問我的。如果他們看到我的後座都是麥片盒的話，他們只會以為我是個愛吃早餐的人而已。」

「隨便吧。把盒子從門縫裡塞給我。」

羅尼沉下了臉。

「有人在裡面？」

「羅尼，把錢給我。」

「嘿，我們並沒有結婚之類的，我只是問問。我是說，我希望可以在這裡過夜，不過，如果你有別的男人在這裡的話，那我就離開。我只能說我很失望。」

語畢，他把一個盒子塞給她，然後是另一個。珍妮以驚人的速度，很快地從他手中奪過盒子。

「你沒事吧？這不像平常的你。」

「我現在很忙。晚點再和你說。」

「如果我是你的話，我就會看管好這些錢。你不需要讓你的新朋友知道你手上抱了什麼神奇的美味。」

她不發一語地把門關上，還上了鎖。

「簡直是個婊子。」他悶哼著，低聲地吹著口哨走回他的車。也許是升級的時候了。反正，珍妮也已經開始對這段關係露出疲態了。

珍妮打開麥片盒。兩個盒子裡都塞滿了現金。她把盒子放在沙發上，隨即走向臥室。她隨手抓了幾件T恤和褲子，把衣服扔進一個旅行袋裡。接著回到廚房，從櫃子裡拿出她的糖碗。她在糖碗裡藏了二十顆左右的波克塞。那些類鴉片的止痛藥是羅尼送給她的禮物。她把所有的波克塞倒進手中，放進旅行袋側面的口袋裡。一撮濕髮掉在她的臉上，不過，她沒有心思把它撥開。一陣電吉他的哀號聲讓她跳了起來，彷彿一隻在堆滿搖椅的房間裡受到驚嚇的長尾貓。她低頭看了一眼廚房的地板。

那個男人終於不再出血了。一柄八吋的切肉刀刀柄固定在他的脖子上，就像一個掀開盒蓋就會有玩偶跳出來的那種玩偶盒上面的曲柄一樣。伴隨吉他聲而來的，是一陣從他牛仔褲口袋裡傳出的低微震動。這是自從三點鐘以來，他的手機第十次還是第十五次響了。珍妮跨過他，小心翼翼地避開圍繞在他屍體旁邊的血泊，然後打開冰箱。她抽出製冰盒，把三顆小冰塊放進一個小冰袋裡。冰袋貼在她右眼上的感覺讓她舒服多了。

她父親是一個惡劣的混蛋，不過，他曾經做過一件好事，那就是教會她如何打架。那個混蛋的嘴和拳頭從來都不留情。事實證明，那些艱苦的教訓對她來說是幸運的，但是，對於躺在地板上的那個傢伙而言，那可就不是什麼好事了。她再一次跨過他，回到起居室。那費了她不少勁，不過，至少那兩個盒子現在就在她的旅行袋裡。

珍妮走到窗邊，透過窗簾往外窺視。她沒有看到羅尼的蹤影。她從門邊的掛鉤上拿起鑰匙，再走回窗邊。她的公寓社區格局就像汽車旅館一樣。一批公寓式的小單位，每一間都有一扇正對著停車場的大窗和前門。她只看到了一輛陌生的車，而那輛車就停在她的車旁邊。那輛車裡看起來沒有人。不過，她決定再多等幾分鐘。她不想在路上遇到羅尼的車。因為他一定會跟在她後面，假裝他不在乎她的屋裡是不是有別的男人，然後企圖對她說一些甜言蜜語。她會受不了。也許就會把一切都告訴他。不，她得要逃走。逃跑也許會讓警察認為她有罪，但是，留下來卻會讓她沒命。她看到新聞了。羅艾倫說謊。不管那間珠寶店的老闆是誰，那個人都不想讓警方介入他們的生意。他們派了一些人，一些像死在她公寓地板上、有著一嘴爛牙的人，來幫他們處理這件事。只要她到了南方，她就會打電話給羅尼警告他。這是她欠他的。

珍妮檢查了自己的手機。那個傢伙在中午左右來敲了她的門。在十二點十五分的時候擊中了她的臉。到了十二點三十分的時候，他已經死了。現在已經快七點了。她和他急速冷卻的屍體在公寓裡待了六個小時，等著看誰會先出現。是羅尼還是那個傢伙的同夥。

彷彿算準了一般，他的手機又響了。

「該死。」她說。她抓起她的旅行袋，離開了公寓。跳上車，發動引擎。

「呼吸。只管呼吸和開車就好。你只要這麼做就可以了。」她大聲地對自己說。然後把旅行袋丟到乘客座。

她看了看後視鏡。什麼都沒有。當她倒車離開停車場時，油表的指示燈開始閃爍。沒關係。她有的是錢可以加油。她會在北卡羅萊納的某處停車，買一點醫師處方藥阿德拉，或者含有安非他命異構物的其他止痛藥，然後徹夜開車到佛羅里達去。在那之後，前往巴哈馬應該就不難了。有錢能使鬼推磨。她駛出停車場，轉向貝索街。天空開始落下毛毛細雨。珍妮覺得那具有某種象徵意義。這雨彷彿是在幫她洗禮一樣。她會蛻變成一個新的人。她的車子沒有冷氣，因此，她打算讓車窗一直開著，直到雨開始下大為止。

當她朝著最近的加油站駛去時，一輛黑色的凱迪拉克塞維利亞在雙線道的高速公路上經過了她的車。那是路上唯一的一輛車。路上沒有警察。沒有牙齒泛黃的黑幫。沒有羅尼。只有朝著新生活前進的那個舊珍妮。

就在她幾乎到達州際公路時，她注意到那輛凱迪拉克不知何時已經調過頭，跟在了她的後面。

18

「醒醒，瞌睡蟲。」琪亞的聲音在柏雷加德的耳邊響起，讓他睜開了眼睛。「今天傍晚，你可以去接達倫和賈文嗎？我今晚要再去打掃別的辦公室。」

「喔。庫克家在哪裡？」

「在法茅斯路。」

柏雷加德從床上坐起來。

「法茅斯？」

「對。他們住在那裡。」琪亞說著，把一對耳環夾在耳朵上，然後蓋上她那個羅威納犬形狀的珠寶盒。柏雷加德覺得那是世界上最醜的東西之一。你得要把它的頭拿起來，才能從它的喉嚨處打開盒子。基本上，每次你想要拿什麼飾品時，就得要讓它的頭斷一次。

「好。」他說。

「我們不會有事的，對嗎？」她問。

柏雷加德翻身坐起來，直到他感覺到自己的腳碰到了地板。他抓起她的手，把她的手拉到他的唇上，輕輕啄了一下。「是啊。」

她轉過身抱住他，讓他貼在她的肚子上。他可以感覺到她的手就在他的脖子後面。他呼吸著她的氣息，把她身上那股香水和殘留的烘衣紙味道都吸進了肺裡。就算他們會有事，他也絕對不會讓她知道。

當柏雷加德到達修車廠的時候，凱文已經在了。有兩輛車已經被升降機抬高在半空中。凱文在其中的一輛黑色皮卡底下，正在調整濾油器。

「嘿。」

「嘿。你來得真是時候。我正在換機油，這輛車一直發出一種可笑的聲音，既不是碰碰聲，也不是錚錚聲、噹噹聲，或者砰砰聲。」凱文說。

「那不是什麼可笑的聲音，那只是引擎的聲音。」柏雷加德說。

凱文笑了。「我只是把那位女士的原話傳達給你而已。還有，雪松廢水處理廠打電話來。他們想要知道，我們今天能不能幫他們看一下他們的一輛卡車。我告訴他們我們不收廢水。」

柏雷加德聞言皺皺眉頭。

「去你的，這很好笑。我想，我們這星期應該會很忙。」凱文說。

「是啊。普利遜昨天晚上發生了火災。」柏雷加德說。

「喔，我不知道你已經知道了。對他們來說很糟糕，不過，對我們而言大有好處。」

「我想是吧。」柏雷加德回答。

他們換了十二次的機油，八個煞車片，然後開始檢查污水處理廠的卡車。到了四點的時候，他們兩個都已經渾身汗濕了，不過卻很享受每一分鐘的忙碌。

「忙起來很好，對嗎？」凱文說。他才剛調整完一輛雙人跑車的燃料噴射器，並且把車開到了後面的空地。柏雷加德正在用一把氣動扳手拆掉一輛老雪佛蘭隨想曲的後輪。在他來得及回答以前，他們聽到了兩輛車停車的聲音，隨即是好幾聲車門用力關上的砰砰聲。柏雷加德停下正在鬆開車輪螺母的手，轉頭望向來者。不會是警察。如果是警察上門來找他的話，他們早就在一下車的時候就先報出身分了。

派崔克．湯普森和他父親布奇穿過第一道拉起的捲門，走進了修車廠。派崔克身材精瘦，留著一頭像衝浪男孩般蓬鬆的亮眼金髮。布奇是一個壯漢，有著寬闊的肩膀和有稜有角的身形。他雖然頂上無毛，不過卻有一嘴金色和灰色交雜的濃密鬍子。

「派特。」柏雷加德和他打招呼。在派崔克變成競爭對手之前，他就已經認識他了。他在丹尼酒吧見過派崔克幾次。派崔克有一輛六九年的科邁羅，他偶爾會在一些偏僻的道路上飛車。他們從來都沒有正面對決過，但柏雷加德知道，那輛科邁羅身手不凡。他父親曾經在一家位於里奇蒙外的長途運輸公司當卡車司機。一年半以前，布奇．湯普森在一間加油站停車，補充他的裝備。他在排隊支付油錢時，一如既往地順便買了一張一塊錢的刮刮樂。這麼多年以來，他至少已經買過一百次了。最好的一次讓他刮中了七百元。那天，他的投資得到了巨大的回報。他中了四十萬。他當場就打電話給他的老闆，叫他派人來把他的卡車開回去，因為他剛剛辭職了。幾個月之後，他和派崔克就開了他們的修車廠。

「柏雷。你聽說我那裡發生的事了？」派崔克問。那雙藍眼睛彷彿要把柏雷加德穿出一個洞。

「是啊。」

「你只有這句話可說嗎？啊？」布奇問。他的手一縮一張地，看起來彷彿捕熊夾一樣。

「你希望我說什麼，布奇？」

「有人說，他們看到有一個黑人從現場跑走了，柏雷。我想，也許你可能知道些什麼。」派崔克說。

凱文默默地拾起一把扭力扳手。

「你為什麼認為我知道些什麼？」柏雷加德說。

「因為你是這裡唯一一個開修車廠的黑人，而你的修車廠生意一直很慘澹。」布奇說著，往前踏出一步。

「你認為是我放火燒了你的地方？」柏雷加德問。

「我想，你可能知道是誰幹的。警察說那是蓄意縱火。我爸爸叫他們來找你談一談，但是，我猜他們根本不把我們當一回事。」派崔克說。

「派特，我和你修車廠發生的事毫無關係。我為你們感到遺憾，不過，我什麼都不知道。」

「你這個說謊的混蛋黑鬼。」布奇說道。他鬍子上的皮膚夾雜了一些明顯可見的紅色斑點。

「你說什麼？」柏雷加德問。他放開手中的氣動扳手，只抓住了連在扳手上的空氣軟管，讓扳手懸垂在他的身側。

「你聽到我說什麼了。你知道是誰幹的。是你指使他們的。你再也沒有辦法和我們競爭。加上我們又拿到了那份合約。不出三個月，你的大門就會掛上停業的牌子，這點我們都很清楚。」布奇說。

「警察說他們需要證據才能逮捕你。我只是想要當面問你。」派崔克說。他的雙眼泛紅。他可能徹夜未眠。柏雷加德知道如果是他自己的話，一定也會無法睡覺。

「我告訴他這是在浪費時間。你們這種人就只會說謊和偷竊，還會生一堆你們養不起的孩子，一堆他媽的黑——」

柏雷加德一把拉起氣動扳手，順著空氣軟管直接甩了出去。只見扳手飛竄而出，砸中了布奇的嘴。那個大塊頭往後踉蹌了幾步，用手掩住了臉的下半部。那坨金色和灰色的鬍子立刻沾上了幾道鮮紅的血跡。

柏雷加德收回扳手，在半空中把扳手抓住。隨即又衝向布奇，直接用扳手敲向他的額頭。布奇一屁股跌倒在地。不過，他卻伸出雙手，揪住柏雷加德的襯衫。柏雷加德二話不說地再度朝著他的頭頂一擊。氣動扳手瞬間讓布奇的頭皮彷彿橘子皮一般地裂開了。柏雷加德繼續把扳手舉過布奇的頭頂。

派崔克立刻抓住他，兩人雙雙滾到地上。派崔克細瘦的手臂像蛇一般地纏繞在柏雷加德的脖子上，宛如一條蟒蛇緊緊地掐住他。凱文衝上前來，將手裡那把四呎長的扭力扳手像高爾夫球桿似地揮了出去。扳手的尾端重重擊在了派崔克的背上。柏雷加德聽到他大叫一聲，彷彿一隻受傷的狐狸。柏雷加德甩開他，從地上站起來。然後朝著派崔克的肚子踢了一腳。接著又踢了一腳。

「求求你……」派崔克不停地在喘息。

柏雷加德蹲下來，把氣動扳手的插孔塞進派崔克的嘴裡。

「我應該要打斷你的牙齒，讓你接下來的一年都只能喝湯，讓你有時間可以好好想一想。如果我想讓你們做不成生意的話，我只需要找一個晚上，在丹尼酒吧外面攔住你，把你的手打斷就可以了。不需要燒了你的修車廠。」他說。

派崔克的眼裡充滿恐慌，口水也流到了下巴。柏雷加德把扳手從他嘴裡抽出來，然後站起身。

「滾出這裡。」他說。派崔克翻滾著跪起身。他用一隻手臂抱住自己的肚子，爬向他的父親。布奇依然躺在地上，持續在低聲啜泣。派崔克掙扎著站起來，抓住他父親的手臂，幫他父親從地上起身。布奇撕裂的頭皮還在冒血，讓他的臉看似戴上了一個赤紅色的面具。他的鬍子幾乎已經被鮮血浸透。父子兩人於是一瘸一拐地走出了大門。凱文這才把扭力扳手扔到地上，扳手撞擊到地面的聲音頓時迴盪在車庫裡。他也還在大口地呼吸。

「很好。你覺得我們需要多少保釋金？」凱文問。

「他們不會說出去的。至少不會告訴警察。」

「你覺得不會嗎？」

柏雷加德把氣動扳手放到工具櫃頂端。扳手的插孔上還覆蓋著血跡和唾液。

「他們到這裡來算是非法入侵。他們說，警察告訴他們讓警察來處理就好，所以，警察不會同情他們的。還有，他們這種人只有在打贏的時候才會到處誇耀。」

柏雷加德從法茅斯路轉到一條死巷。這裡被稱為法茅斯莊園並不足以為奇。他經過修剪整齊的草坪，開進了這些有錢人的腹地範圍之內，這裡也是法院地區外圍唯一有人行道的地方。這裡就是紅丘郡的財富集中地。他的舊皮卡在一堆豪華車和休旅車之間顯得十分突兀。

庫克家的房子位於死巷底，座落在一株巨大的榆樹陰影底下。柏雷加德絕對不會把自己的房子蓋在這個位置。一場強烈的暴風雨就可能讓一根樹枝像棲息在樹上的火箭一樣，搗毀一間臥室。金錢會讓人把審美凌駕於安全之上。他把車停在路邊，走過一根磚砌的柱子，柱子上嵌有一塊牌匾，昭示著庫克家建於二〇〇五年。

白色的門鈴按鈕被安置在一片漩渦般的蔓藤花紋中央。他按了一下，他所看過的最恐怖的老電影主題曲，立刻就在屋裡響起。門打開了，一名苗條蒼白的白人女子迎上前來。一頭短髮加上剃刀修剪的瀏海襯托著她狹窄的臉龐。儘管天氣很熱，她卻穿了一件黑色的長袖襯衫和黑色緊身褲。當她開門的時候，柏雷加德感覺到了一陣沁涼的氣流。一台中央空調正努力地在工作，好讓整棟屋子保持在舒適的溫度。

「你一定是賈文的父親。我是米蘭達。」

「我是。很高興見到你。」

「進來吧。」不過，柏雷加德並沒有挪動腳步。

「其實，我有點趕時間，你可以幫我叫賈文嗎？麻煩你了。」

米蘭達微微一笑。

「沒問題。我得說我丈夫和我對你兒子感到很佩服。他是一個完美的年輕紳士。」她說。語畢，她走回屋裡，穿過一個寬大的門廳。幾分鐘之後，賈文走下了樓。

「謝謝你讓我在這裡過夜，庫克太太。」賈文在庫克太太幫他把背包揹上的時候說道。

「不客氣。特里很感謝你能陪他。他很高興能有人可以和他聊克勞德・莫內。」她笑著說。

「那好，你保重。」柏雷加德說著，把手放在賈文肩膀上，半引導、半拖拉地把賈文帶出了門口。他們不發一語地走向卡車。柏雷加德把車開出法茅斯莊園，右轉，往紅丘郡內開去。

「我們要去哪裡？」賈文問。柏雷加德沒有回答。他轉到索輪路，然後是常春藤路。道路在舊的黑水河公共靠泊處來到了盡頭。等到他們開到船用斜坡道時，柏雷加德停下了卡車，熄掉引擎。

「我們需要談一談。」他說。

「談什麼？」

柏雷加德抓著方向盤。隨即鬆開手，轉頭看著賈文。「我要問你一個問題，我希望你老實回答我。你聽到了嗎？」

「嗯。」

「不要給我你認為是我想聽到的答案。我希望你告訴我最誠實的實話。」

「好。」賈文說。他的頭低垂，下巴幾乎就要碰到胸口了。

柏雷加德閉上雙眼，一手撫摸過自己的臉。他把手蓋在眼睛上面。「你去普利遜縱火了嗎？」

賈文沒有回答。柏雷加德睜開眼睛，看了一眼河水。陽光在水面上跳躍著，彷彿石頭一樣。透過沒有搖上的車窗，他可以聽到河水輕拍在河岸的聲音。他的外公曾經帶他到這裡來釣鯰魚和鯉魚。他並不擅長釣魚，不過那不重要。他的外公詹姆士，也就是他母親的父親，是一個富有耐心的老師。如果他沒有被送進少年感化院的話，他也許會練就出一身出色的釣魚技術。等到他出獄的時候，他外公已經去世了。

「我以前從來沒有聽你提過這個叫特里．庫克的孩子。不過，他家就位於普利遜汽車廠走路可以抵達的距離範圍內。所以，我要再問你一次。是你幹的嗎？」

賈文用手撫摸過自己的臉，一如他父親幾分鐘前才做過的那樣。他轉過頭，望向窗外。當他開口時，他的聲音並沒有崩潰，也沒有顫抖。

「我只是企圖要幫忙而已。媽媽告訴珍珍阿姨說，我們可能會失去那間修車廠。」

柏雷加德一拳落在了方向盤上。方向盤上的舊皮革頓時出現了一道裂縫，就像布奇．湯普森的頭皮一樣。賈文畏縮了一下，緊靠在卡車的車門上。柏雷加德抓住他的手臂搖晃他。

「我跟你說過什麼？我不是告訴過你不要擔心嗎？天哪，賈文，你知不知道自己可能會惹上什麼麻煩？他們可以把你送進少年感化院，相信我，你不會想要被關進去的！如果當時有人在那裡面工作的話呢？該死，孩子，你在想什麼？」

柏雷加德從來沒有打過他的兒子們。他也從來沒有打過艾莉兒。他母親曾經賞過他幾次巴掌，那讓他父親大為光火。但是，他也沒有讓他的孩子騎到他頭上。他要求他們要尊敬他，當他們沒有做到時，他就會適切地讓他們知道。當他們踰矩時，他會想要懲罰他們，但是，那樣的想法，從來都沒有強過他想要向他們保證自己是愛他們的念頭。

直到今天。此刻，他內心裡的某一部分（也許是熱愛飆車疾速快感的那個部分？）想要給賈文一個巴掌。

「我只是希望媽媽不要再哭了！」賈文喊道。

「什麼？」

「你不知道，因為你總是不在家。她不會在你面前哭。她在電話裡告訴珍珍阿姨說，你每次出門，她就害怕她下一次看到你的時候，你已經躺在棺材裡了。她總是告訴珍珍阿姨說她不希望你去做一些會讓你惹上麻煩的事！」賈文說。他在哭泣。他眼裡流出的淚水和他口中說出來的話一樣多。

柏雷加德放開了他的手臂。

「我以為，如果另一家店不見了，你就不用去做不好的事了。我以為情況會變好。我不希望你死掉，爸爸。」他說著，抓起T恤的下襬擦了擦鼻子。

柏雷加德握緊了拳頭。他轉了轉頭，彷彿首度在打量周遭的環境一樣。一股噁心的酸味企圖要湧上他的食道。

「賈文，我不會死掉。不會那麼快就死掉。就算會的話，也不代表你就要試著接手我的責任。你不是一家之主。你只是一個十二歲的孩子。你也只需要當個十二歲的孩子就好。一家之主的擔待會讓你受傷。相信我。」他最終說道。

「媽媽說，當你爸爸離開的時候，你就變成了一家之主。她說，你做了你必須要做的事。」賈文說。他的眼淚已經變成了一道涓涓細流。他吸了吸鼻子，然後卡著痰咳了幾聲。

「不要像我以前那樣，賈文。我不是什麼你應該要試著學習的榜樣。我犯了很多錯誤。很可怕的錯誤。我唯一做對的一件事就是娶了你媽媽，生了你、達倫和你姊姊。我必須做的那些事所造成的傷害，比它們帶來的幫助還大。我企圖要成為一個我還沒準備好要成為的人。就像你所做的那樣。」柏雷加德對他說。

他可以看到自己坐在達斯特的駕駛座上。十三歲的他，腳踩在油門上。也看到了三張寫滿恐懼的臉孔，那三個曾經和他老爸說話的男子的臉。

「你打算舉報我嗎？」賈文問。

柏雷加德很快地把頭轉向右邊。「不。不會的，我不會舉報你。那個叫做特里的孩子也和你一起嗎？」

「沒有，我……是我自己幹的。我告訴他說，我要去見一個女孩。」

「知道這件事的只有我和你。以後也會是這樣。不過，你得要向我保證一件事，我的意思是你要對我發誓，孩子。」

「好。」

柏雷加德審視著方向盤正中央的喇叭。

「我不會告訴你這是錯的，因為你自己知道這是錯的。你得要保證，無論你認為情況有多糟，你也絕對不會再做出這種事。當你開始走上這樣的路時，在你意識到之前，你就已經無法回頭了。你會迷失自己。哪一天你醒來時，你已然變成一個做著狗屁倒灶的事、而且對這些事完全無感的人。到了那個時候，你就真的沒救了。我不能讓這種事發生在你身上。我是你爸爸，保護你是我的職責。即便那意味著保護你不受到你自己的傷害。你要向我保證，你絕對不會再做這種事。」柏雷加德說。

「我保證。」

柏雷加德摟住賈文，一把將他拉近。

「我愛你，孩子。只要我還有一口氣，我就會一直在你身邊。我老爸並沒有一直在我身邊。我不會那樣對你的。」他緊緊地抱住了他，隨即放開。

「我也愛你。」賈文說。

柏雷加德發動卡車，不過，在他踩下油門之前，賈文問了他一個問題，讓他突然停了下來。那是一個他預期賈文總有一天會問的問題。就某些角度來看，在賈文體內的蒙塔奇血液以驚人的方式表露出來之後，他在這個時間點提出這個問題也很合理。

「你爸爸發生了什麼事？」賈文問。

柏雷加德往後靠坐，發出一聲悲傷的輕笑。

「我爸爸？我爸爸就像微風徐拂的世界裡，橫掃而過的一場雷雨。那就是他闖蕩生活的方式。也是他養育我的方式。」柏雷加德說。

賈文開張嘴，彷彿就要再問一個問題，不過，他最終只是再度闔上嘴，望向窗外。

那晚稍後，柏雷加德坐在前廊喝著啤酒。蟋蟀和蟈蟈正在比賽誰的聲音比較大。沒有月亮的天空，漆黑得有如柏油一樣。氣溫已經從早上的九十七度（攝氏三十六度）降低了一度。一群飛蛾圍繞在前廊的黃色燈光下，也同樣死在了牠們所嚮往的燈光下。

琪亞走出來，在他旁邊另一張塑膠折疊椅上坐了下來。

「賈文比平常更安靜。他戴著那些耳塞睡著了。我們吃完飯之後，他就一直待在自己的房間裡。」

「喔喔。」柏雷加德啜了一口啤酒後回應。

「有什麼我需要知道的事嗎？」她問。她碰了一下他的手臂，他轉而把手中的啤酒瓶遞給她。她喝了一大口，又把啤酒還給他。柏雷加德用問題來回答她的問題。

「你告訴珍，說我打算幹一票？」他問。

琪亞皺了皺眉頭。「沒有，你為什麼這麼問？」

「賈文說，他不小心聽到你告訴珍，說我可能會做什麼不好的事來挽救這間修車廠。」

琪亞咬咬下唇。「我可能說了什麼類似的話，但是，我沒有說你要大幹一票。現在，我已經回答了你的問題。你要回答我的問題了嗎？」

柏雷加德又喝了一口。「派特・湯普森今天來找我了。就像你說的那樣，他指控我燒了他的地方。我們起了衝突。」

「你傷到他了？」

「不是什麼碘酒和繃帶解決不了的傷。」

琪亞往後靠到椅子上。

「你覺得他們會控告你嗎？」

「不會。錯在他們。不過，我知道他們不會善罷甘休的。」

「那和賈文又有什麼關係呢？你知道他為什麼這麼安靜，是嗎？」

柏雷加德凝視著眼前的一片漆黑。高速公路上的燈光閃爍得有如球狀的閃電一樣。

「是賈文去普利遜放的火。」他說。

琪亞二話不說地走向門口。柏雷加德伸出手，一把抓住她的手腕。他盡可能輕柔地將她拉回來。

「他以為他是在幫忙。他聽到我們說我們現在很缺錢。所以，把對手燒掉似乎就變成了一個解決方法。」他說。

「老天，蟲子，我們要怎麼辦？」

「我們要保護他，那就是我們要做的。你知道嗎，我曾經以為我是一個比我老爸好的人。我努力想要當一個好一點的父親。然而，我似乎把某種病症遺傳給了我兒子。少年感化院的諮商師把這種現象叫做『用暴力解決問題的傾向』。說的就是這種情況吧。」柏雷加德說。

他把剩下的啤酒一飲而盡，站起身，把空瓶扔進樹叢裡。只聽到瓶子掉落在樹叢裡的某個地方，發出了一道聲響。

「那是他媽的一個詛咒，不然會是什麼？」他說。「那不是金錢可以矯正的，也不是愛可以馴服的。如果你把它壓到內心深處，它就會從內心裡往外腐爛。如果你向它屈服了，下場就是被關進去五年。我曾經看到我老爸在一間酒吧裡，為了一個男人的老婆，把他打到半死。賈文那麼做並不完全是他的錯。暴力是蒙塔奇家的傳統。」

紅丘郡
一九九一年八月

「暴風雨要來了，蟲子。看到那裡的那些烏雲了嗎？暴風雨會來得又猛又快。你可以聞到它的味道嗎？」安東尼說。

蟲子探出車窗，讓風打在他的臉上。他老爸說得沒錯，他可以聞到空氣中有雨的味道。那是瀰漫在大氣層裡的一股濃濃的甜味。遠處，一大片烏雲正在集結。看起來就像過熟的李子，隨時準備要炸開來。

「等我們買完奶昔以後，也許我應該要去買一些頸肉。然後帶你回家，幫你和你媽媽煮一些湯。」安東尼說。

蟲子知道那代表什麼。他老爸正在計畫要如何度過今晚。那意味著一個小時的笑聲和兩個小時的爭執，然後是兩個小時在他媽媽臥房裡的低聲談話。那也表示他可以有更多的時間和他老爸在一起。

他們把車開到太妃冰淇淋，他老爸將車子打到空檔。他把手煞車拉起來，無聲地跳下車，那種靈敏的程度完全不合乎他的體型。他關上車門，把頭探進開著的車窗裡。

「兩杯奶昔，外加幾個油漬漬的起司漢堡。你還想要什麼嗎？」

「沒有。我可以要巧克力奶昔，不要草莓的嗎？」

「當然可以。你可以和我交換。」安東尼笑著說。他慢跑到點餐的那扇窗口去下單。建築物的右邊還停了幾輛其他顧客的車。冰淇淋店的服務員來來回回地穿梭著，把食物和飲料送到等在迷你廂型車和旅行車裡的家庭。蟲子聽到接單的那個女孩發出高八度的笑聲。只見他父親把頭探進那個窗口，裡面的女孩笑得咯咯作響，像瘋子一樣。幾滴雨點開始掉落在擋風玻璃上。

他真希望日子可以永遠像這樣。他和他老爸飛馳在路上，彷彿開了一輛裝了輪子的火箭一樣。看著綿延的山丘在他們疾駛而過時變得模糊。汽油和燒焦的橡膠味鑽入他們的衣服纖維裡。柏油路上只有他和他老爸馳騁其上。沒有目的地，只是單純地享受著駕駛。不過，他知道那是個白日夢。這種事不可能發生，而他也正在學習接受現實。事實上，在他的白日夢裡，他老爸永遠都是一個比現實生活裡要好的父親。然而，那並沒有讓他不再愛他的父親，那是一種與生俱來的感覺，就像他的膚色一樣。

刺耳的輪胎聲讓他轉過頭。一輛白色的IROC-Z滑進了停車場，在達斯特的後保險桿幾吋之外停了下來。當他老爸拿著奶昔和漢堡朝著達斯特走來的時候，蟲子看到三個白人下車走向他的老爸。在那些人經過車窗時，蟲子聞到了一股酒精的味道。那種難聞的苦味就像他祖母用來擦拭膝蓋的綠色消毒酒精。當那些人包圍住他老爸的時候，蟲子在乘客座上坐直了身體。個頭最大的那名男子穿了一件淺藍色的背心，露出他身上的好幾個刺青。刺青邊緣模糊的線條和褪色成淺綠色的黑墨，讓那些刺青看起來彷彿小孩的塗鴉。一道鮮明的酒紅色胎記和男子脖子上蒼白的皮膚形成了強烈的對比。那頭稀薄的黑髮光滑地梳在了腦後。

「安特。」男子叫了他老爸一聲。

蟲子看到他老爸草草地掃了男子一眼。

「阿紅。」他打了聲招呼。

「上車，安特。」阿紅說道。

「這是幹嘛，阿紅？事情已經結束了。我們不幹了。」安東尼說。他老爸的聲音裡有一種讓蟲子感到不安的語氣。他聽起來好像變了一個人。那種單調、機械式的說話方式，似乎和他平日的歡快大相逕庭。

「我們還沒結束，你這個混蛋。離結束還早得很。我弟弟週二那天被抓了。」阿紅說。他的語氣裡流露出壓抑著的兇狠，讓人感到害怕。蟲子覺得他聽起來就像一隻在籬笆裡咆哮的瘋狗。

「那和我有什麼關係？在我們行動結束之後一個星期，阿白就去買了一輛雪佛蘭科爾維特，還在丹尼酒吧裡大撒鈔票。警察難道不會去搞清楚怎麼回事嗎？」安東尼說。

「你是唯一一個能讓我們被抓的人。昨天晚上，他打電話給我說，警察告訴他，他們有一個證人舉報他涉及那宗薪資搶案。我知道那不是我。也不是阿藍。那麼，你覺得還會有誰？現在，給我上車。」阿紅說。

蟲子看到那個人拉起背心，同時瞄到了背心底下那個木頭的把柄。他有槍。那個人有一把槍，而且正在叫他老爸跟他們走。

「阿紅。我們可以就這件事談談，但不是現在。不能在我兒子面前。」安東尼說。蟲子看到他的眼睛瞇成了一條細縫。他知道那是什麼意思。他老爸昨晚在酒吧裡就露出過這樣的神情。一個男人叫他老爸離他的老婆遠一點，不然的話，他會讓他吃上一顆子彈。他老爸喝完他的啤酒，然後拾起酒吧凳，把那個男人打到半死。在那之後，他們很快就離開了沙基酒吧。他老爸要他保證，不會把他們去酒吧的事告訴他媽媽，而蟲子也同意那是他媽媽絕對不需要知道的事情。

一道閃電從東邊滑過。雨滴開始迅速地落下。

「為什麼不能？他需要看看告密者的下場是什麼。現在，我不會再說第二遍了，安特。給我滾進該死的車裡。」

蟲子在完全了解自己在做什麼之前，他的一條腿已經跨過了排檔桿。

「我不會把我兒子留在這裡，阿紅。你打算在眾人面前對我開槍嗎？」安東尼問。

「那你就試看看吧，安特。我弟弟被判了二十五年。你看看我敢不敢開槍。」

蟲子滑進了駕駛座。

「我不是什麼他媽的告密者，阿紅。你要我和你走，可以。但是你讓我先把兒子送回家，你可以跟在我後面。」

蟲子握住了排檔桿上的那顆八號球。

「你一定以為我是笨蛋吧。我不會讓你坐到任何一輛車的方向盤後面的。我最不想看到的就是你那個該死的車尾燈。」

蟲子踩下離合器，把達斯特打到一檔。引擎立刻空轉了起來，彷彿一個安靜的人正在清喉嚨一樣。

「阿紅。拜託你。不要在這裡。」安東尼說。

蟲子注視著他父親。他父親捕捉到了他的目光，也回視著他，隨即輕輕地點了點頭，輕微到那個點頭必然只是一個無意識的動作而已。蟲子立刻放開了手煞車。

「滾進車子裡。我不會再說一遍。這是最後一次，安特。」阿紅咆哮著。他的臉完全應和了他的綽號。安東尼的眼神挪向了達斯特。

「隨便你吧，阿紅。」安東尼說。

蟲子把左腳從離合器上挪開，右腳重重地踩下油門。被皮革包裹著的方向盤在他的手中已經沾上了厚厚的一層汗水。當達斯特往前衝出的時候，他緊緊地抓住了方向盤。安東尼把手中的飲料紙盒扔向阿紅的臉，然後往左邊縱身一跳。在引擎的怒吼聲中，後輪滾起的白煙，將整輛達斯特都包裹了起來。

達斯特和那三個與他父親發生衝突的人之間距離不到二十呎。當達斯特往前衝的時候，它的時速從〇跳到了五十。空氣中響起的尖叫聲聽起來像是女人的聲音，然而，那卻是來自於他面前那三個人當中的兩個。

這是一場可怕的衝撞。當他撞上他們的時候，整輛車子都在震動。其中一人被撞飛到了空中。阿紅和另一個人則消失在了達斯特的前保險桿底下。蟲子繼續把油門踩到底，輾過了他們。他聽到他們的身體彈撞到底盤的聲音。那讓他想起有一次他母親開著她那輛老舊的福特LDT撞到一隻浣熊的事。一陣恐怖的撞擊震撼了整個車身。他以時速六十哩的車速開過太妃的點餐窗口，只見窗口裡的那個女孩嘴巴張大成了一個圓圈。當他把方向盤左轉的時候，也同時踩下了離合器和煞車。達斯特在失去速度之下猛然往前滑動，直到整輛車停下來為止。

安東尼從水泥地上起身，衝向躺平在地上的三個人。他們的五官似乎都在出血。阿藍的前臂和胸口都有輪胎輾過的痕跡。他的頭扭曲成一個和骨盆方向完全相反的怪異角度。被撞飛到空中的提米．克勞威斯在落地時，頭顱直接撞擊到了地面。一坨紅色和粉紅色的纖維狀物體正在從他的後腦流出來。柏雷加德估計那應該是他的腦漿。

阿紅．納維利正在呻吟。

安東尼蹲在他身邊。只見他的雙腿從膝蓋處往後彎曲，就像一隻鳥一樣。阿紅的右胸被撞出了一個凹陷。鮮血正在從他的耳朵和嘴巴湧出。他的頭側面有一長條的皮膚脫落了，暴露出一個鮮紅色的傷口。他的每一口呼吸都帶出更多的鮮血，飛濺過他的下巴。他的大腿上也有輪胎壓過的軌跡。

「我告訴你不要在我兒子面前。」安東尼說著，把他的大手蓋在阿紅的鼻子和嘴巴上。

「他……他沒事吧？」一個細小的聲音尖叫著。那個收銀台的女孩已經從櫃檯後面走出來了。安東尼俯視著阿紅的軀體。

「打給九一一！快！」他頭也不回地大喊。那個女孩跑開的時候，他聽到人行道上揚起了震耳的腳步聲。阿紅試著要把手挪到他的槍上，不過看起來似乎沒有什麼作用。他顫抖了一次，兩次，然後就再也沒有動彈了。他眼裡的生命跡象流失殆盡，彷彿一顆逐漸變暗的燈泡。

柏雷加德用力地抓緊方向盤，用力到他的前臂都在發痛。他可以看到一縷微弱的白色蒸汽從引擎蓋底下冒出來。引擎蓋的中央已經凹陷了。他的胸口就像有一隻大象踩踏在上面一樣。

「下車，蟲子。等警察到場的時候，不需要給他們任何理由把槍指向你。」安東尼說完，打開車門，協助柏雷加德下了車。柏雷加德彎下腰，把雙手放在膝蓋之間。他以為自己會吐出來，不過卻完全沒有。安東尼見狀，用他那隻大手揉了揉他的背。

「沒事的，蟲子。必要的話，你就吐出來吧。你不是注定要過這種生活的。這樣很好。」安東尼說。

「他們打算殺你。」柏雷加德在一陣乾嘔之間說道。

「是啊，我想他們是打算這麼做，蟲子。不用擔心，我會告訴警察這是意外。不會有事的。」

四個星期之後，蟲子因過失殺人而被判至少年感化院服刑五年。

那時，他老爸早已不知了去向。

19

「醒醒，羅尼。」

「不要吵我，雷吉。我的頭痛得像有隻地精用它的湯匙在鑽路一樣。」羅尼說。他的嘴裡有一股油桶底部的味道。如果他沒記錯的話，昨晚他們喝了整整三瓶的愛爾蘭樽美醇威士忌。他和雷吉喝了絕大部分，不過，另外兩個墨西哥女孩也喝了不少。她們叫什麼名字來著？古達露佩和伊斯梅露達。聽起來好像是這樣沒錯。也許吧。

「羅尼，拜託你醒醒。」

他們是在里奇蒙的拉利多酒館和她們搭訕的。然後把她們帶回了雷吉的貨櫃屋，過了一個連花花公子創辦人休．海夫納也會臉紅的不羈之夜。羅尼記得的最後一件事是其中一個女孩像中毒般地吸吮著他的下體，彷彿解藥就在他的蛋蛋裡一樣。

「羅尼，他媽的快點起來！」

那個行動已經結束兩個星期了，在這段期間裡，他一丁點也沒閒著。他一直掛在嘴邊的那些白色沙灘和藍色天空，現在已經不急著讓他離開維吉尼亞了。珍妮棄他而去了，不過，那也不是什麼太糟糕的事。她拋棄他的那天，他們發現那個蕾絲邊被燒得比老奶奶的炸雞還要焦脆。從新聞報導聽起來，警方認為她和珍妮都涉及了那宗搶案，不過倒是沒有提及她們可能的同夥。這件事的熱度雖然還沒熄滅，不過卻已經從燒烤降低成了慢燉。

「你應該聽你弟弟的話。」

羅尼的眼睛刷地睜開，同時間也把手伸到藏著槍的枕頭底下。那是他稍早拿錢讓雷吉去合法購買的。一把伯萊塔9毫米的半自動手槍。

「啊，它不在那裡，老兄。你也許會想要坐起來。」

羅尼極其緩慢地轉過身，彷彿在示範板塊構造一樣。

兩名男子正在他的床尾，一左一右地站在雷吉的兩邊。其中一個的臉頰邊緣有一道醜陋的疤痕。他穿了一件敞開到胸口的白色正式襯衫，襯衫的下襬垂落在褲腰外面。另一個身材宛如冰箱一樣魁梧的男子則穿了一件藍色的西裝外套，裡面搭了一件幾乎蓋不住肚子的黑色T恤。他手上的那把.357的槍管正抵在羅尼的肋骨上。

「早啊，陽光。」那個髮型像肯德基爺爺桑德斯上校一樣、臉上有疤的男子說道。

「你們是奇胡利的人？我把錢給了斯坎克。我全還清了，還加了利息。」羅尼說。那名帶疤的男子顫抖了一下，隨即大笑。

「不，我們不是奇胡利的人。我們也沒有斯坎克．米歇爾那麼壞。真的。」男子說道。

羅尼坐起身，任由毯子滑落到他的腰際。雷吉的眼睛瞪得像餐盤一樣大。羅尼絞盡腦汁在思考。過去幾個星期，他曾經得罪過什麼人，以至於有人會派手下來揍他嗎？他的腦子裡一片空白。

「聽著，我不知道這是怎麼回事，你何不給我一點提示，老闆。」羅尼說。他是對著那個臉上有疤的傢伙說的。那個人似乎是這個突擊行動的主腦。有疤的男子笑了笑。

「好吧，我看看要怎麼說。你搞砸了，羅尼。情況糟糕到你可能會想要找你媽媽，爬回她的肚子，重新再來一次。不過，既然這是不可能的事，你就得起床，穿上你的衣服，跟我們走。動作快點。我還想要吃早餐呢。你們的櫃子裡除了一個塞滿錢的麥片盒之外，啥都沒有。那又不能吃，能嗎？」疤面男說道。

羅尼以前曾經聽過「心驚膽寒」這句話，但這話從來都對他沒起過什麼作用。他向來都認為這聽起來像是某個好萊塢劇作家自認為很酷的台詞。然而現在，一股寒意沁入了他的血管，他才體會到了這句經得起時間考驗的句子。他們知道錢的事。那可能代表了兩件事。A：這只是一宗隨機擅闖民宅、卻走運到真的發現錢的竊盜事件。不過，這似乎不太可能。一個生鏽的單體貨櫃屋通常不會是宵小闖空門的目標。這幾個人看起來不像是想要輕鬆得手什麼財物的嗑毒犯。那就剩下B了。他們是刻意來找他和那筆錢的專業好手。這個猜測讓他冷到了骨子裡。因為這個猜測可以推到各種不同的結論。他決定裝傻，看看他們會不會讓他參與他們正在玩的什麼遊戲。

「等一下，我是說，怎麼回事，老兄？我不明白發生了什麼事。你得要告訴我。你們為什麼像懷特．厄普[11]那樣闖了進來。」羅尼說。他的語氣很輕柔，刻意讓這些話聽起來很中聽。

[11] 懷特．厄普，1948年3月19日-1929年1月13日，美國西部的傳奇警長。電影《執法悍將》和許多美國西部片、傳記、小說等，都以厄普和他的傳奇警長生涯為題材。

疤面男皺了皺眉頭。

「你真是不聽話。」說著，他掏出自己的槍，朝著雷吉的右腳開了一槍。狹小的臥室裡立刻就迴盪著槍聲，讓人幾乎震耳欲聾。羅尼往後跳開，遮住了自己的耳朵。雷吉則抱住自己的右腿，倒在地上。穿過窗戶的陽光讓他那張冒汗的臉看起來更加蒼白。

「可惡！」羅尼尖叫著。雷吉已經倒下，像胎兒般地躺在地上，發出了孱弱的呻吟。疤面男把槍指向羅尼。那是一把木柄的.38。在他那雙大手下，看起來就像玩具一樣。

「你要把衣服穿上嗎？早餐的事我可是很認真的。」

20

柏雷加德已經好幾年沒有跳舞了。並不是因為他不喜歡，而是因為他的時間似乎永遠都不夠用。他得忙著處理修車廠、兒子、艾莉兒以及他媽媽的事，要找到空閒的時間簡直比發現母雞的牙齒還要稀奇。當他還沉溺在那種行走江湖的生活時，他和琪亞會毫不猶豫地開車到里奇蒙。他們會盛裝打扮，瘋狂作樂，盡情跳舞跳到夜店裡那些醜陋的燈光亮起。當他們離開夜店時，他們打翻的酒所花掉的錢，甚至比大部分的人一星期賺的還要多。

由於太久沒有跳舞，柏雷加德不免擔心自己會跟不上節奏。然而，此刻，他就在丹尼酒吧的中央，性感地搖擺著身體，隨著節奏和琪亞翩翩起舞。他的一隻手臂摟著她的腰，另一隻手臂則放在她結實的臀部上。牆壁上的喇叭轟然流瀉而出的音樂，讓酒吧裡瀰漫著一股原始的情色感。當琪亞讓自己抵在他的胯間時，柏雷加德可以感覺得到自己的生理反應。即便過了這麼多年，她依然讓他兩腿之間那股野蠻的力量為之著迷。她是沾了焦糖的希臘性愛女神阿芙蘿黛蒂，而他則是被巧克力包裹著的希臘牧神潘。

樂曲已經結束了，不過，魔咒卻未被打破。他把她拉近，在她的脖子上廝磨。香水蓋住了她肌膚的味道，然而，她肌膚的味道卻比今天早上花掉她五百元的那瓶香水還要迷人。除了香水，她也買了一些新衣服，也做了頭髮。

「現在，蒙塔奇先生，你要帶我出去跳舞和喝酒，如果你夠幸運的話，今晚，你就可以擁抱最高等級的美臀。」她在盡情購物之後對他說。他相信她所說的話。珠寶店的案子帶給他們的錢，讓他們擁有了一些呼吸的空間。也許，他們也可以稍微享樂一下。羅尼是隻黃鼠狼，但他在這點上說得沒錯。

不過，艾瑞克、凱特琳和小安東尼這陣子以來並沒有過得太好，不是嗎？柏雷加德心想。

他曾經認真考慮過要寄點錢給凱特琳。不多，但卻足以幫她支付帳單，或者幫小寶寶買個玩具。他反覆思考了很久，最終還是打消了這個念頭。現在，一切都還在風口浪尖上。他不可能接近凱特琳和安東尼。不過，那並沒有讓他就此不再想起他們。特別是那個男嬰。他和柏雷加德同屬一個兄弟會，他們都是沒有父親的孩子，而他也會在那樣的現實下長大。

只是，如果你沒有扮演那個角色讓他加入這個兄弟會的話，那麼，他現在還會是這個兄弟會的一員嗎？他這麼問他自己。

琪亞摩擦著他的大腿。

「根據你和我跳舞的樣子，我猜這是你想要的。」琪亞在他的耳邊低語。柏雷加德苦笑了一下。

「我一直都想要，週日還想要兩次。」柏雷加德低聲地回覆她。她咯咯地笑著吻了他。口香糖味道的唇蜜混合了威士忌的味道，頓時在他口中擴散開來。

「喂，我們來點酒吧。」凱文說。他的一隻手臂摟在一名女子的腰上，柏雷加德從來沒有見過那個女人，也不認為以後還會再見到。凱文現在也有了一些可支配的收入。修車廠的生意現在就如同一個參加踢屁股比賽的單腿參賽者一樣忙碌。雖然，柏雷加德絕對不會承認，不過，賈文是對的。燒掉普利遜確實帶來了幫助。這讓他感到一股強烈的悲哀。

「好吧，你們要喝什麼？」他問。

「不要太烈的。我想要藍色摩托車之類的雞尾酒，」凱文的朋友說。她那頭棕髮裡夾雜了幾縷醒目的金髮，那一身來之不易的天然棕褐色肌膚和高挑的身材，讓她看起來著實也算是個美女。當他們走進酒吧的時候，幾名常客對她行了注目禮，不過倒是沒有什麼過分的惡意。他們只是將她視為又一個迷失在黑人世界裡的白人女子。

「紅髮蕩婦如何？」琪亞提議。

「那我倒是認識幾個。」凱文說著，他的朋友不禁用手肘戳了戳他。

「我去點幾杯同花大順好了。」柏雷加德說完走向吧檯，其他人則回到座位上。柏雷加德靠在圍繞吧檯上半部那座傷痕累累的欄杆上，舉起了一隻手。

「要點什麼？」酒保問他。

「四杯同花大順。」

「馬上來。」

「同花大順是撲克裡最難拿到的牌，幾乎從來沒人拿到過。」一名坐在柏雷加德右邊的男子突然開口。柏雷加德轉過身，朝他點點頭。

「是啊，據說是這樣的。」他回答道。他不確定是不是真的如此，他只是出於禮貌地回應而已。

「是啊，死者之手就比較普遍。」那名男子說著，把頭髮從臉頰上撥開。柏雷加德發現男子臉上的疤痕比吧檯的上半部還要糟糕。

「什麼？」

男子對柏雷加德笑了笑。

「黑桃A和黑桃八。死者之手。野牛比爾・希考克[12]被人從身後悄悄接近並且轟掉腦袋時，他手上拿的正好就是這幾張牌。」男子說。

「喔，是啊，沒錯。」柏雷加德說。酒保在這個時候回來了。他把幾杯酒放在柏雷加德面前，隨即就閃開了。柏雷加德端起四杯酒，準備要離開。

「就我個人而言，我絕對不會從別人後面偷偷摸摸地接近。如果我打算殺了你的話，我就會直接拔槍，給你的臉送上兩顆子彈。他們在伊拉克就是這樣教我們的。雙連擊。」男子說。

柏雷加德停下腳步，注視著男子那張幾乎毀了的臉。男子依然在笑。「喔喔。好吧，祝你有個愉快的夜晚。」柏雷加德說完，拿起雞尾酒，回到自己的座位。點唱機裡揚起新的歌曲，讓一些情侶紛紛回到舞池。柏雷加德把雞尾酒遞給其他人。

「哇。我連腳趾頭都醉了。」凱文說。他的朋友聞言，笑著靠到他身上。

「可惡，你想要把我灌醉，然後佔我便宜嗎，蟲子？」琪亞問。她的肌膚在汗水和化妝品的光澤下閃閃發亮。柏雷加德搔了搔她的下巴。

「如果你自己想要的話，就不能說是我佔便宜了。」他的話讓凱文聽了爆出笑聲。

「王八蛋。」琪亞口裡這麼說，不過卻靠上去，再度給了他一個吻。柏雷加德回吻她，然後暗中從她的肩膀上方望出去。只見那個疤面男正在看著他。

柏雷加德垂下目光。他抱了抱他的妻子，很快地掃視了酒吧一圈。大部分的顧客他都認得，或者至少知道他們是誰，除了吧檯的那個男人和另外兩名圍坐在遠處一張桌邊的男子之外，那張桌子就擺放在右手邊那面牆壁的前面。他們兩個都和柏雷加德同高，不過似乎更壯。他們都穿著藍色的西裝和黑色的T恤。兩人的面前都擺了一杯啤酒，只不過他們連碰都沒有碰過酒杯。

柏雷加德審視著他們的臉。兩人看起來都異常地不起眼。鬆軟的臉上斜掛著一張不算寬大的嘴。唯一讓他們顯得異於常人的是那雙死氣沉沉的眼睛，彷彿被埋藏在泥土裡的花生一樣。

紅丘郡不是一個陌生人會經常來訪的地方。它並沒有位於任何主要高速公路的交叉口。州際公路的匝道只是本地人逃離此地的路徑而已。不熟悉的臉孔在這裡很少見。柏雷加德望著坐在桌邊的那兩名男子。他們要不就是目視前方，要不就是偶爾瞪著天花板，從來沒有把頭轉向吧檯過，從來都沒有看向疤面男的方向。

⑫ 比爾．希考克原名詹姆斯．巴特勒．希考克，1837年5月27日-1876年8月2日，是美國舊西部時代的民間英雄，以邊境士兵、偵察員、法律家、賭徒、表演家的身分和參與許多知名槍戰而聞名，又被稱為野牛比爾．希考克。

「聽從你的直覺。哪一天你不聽從直覺了，情況就會慘不忍睹。」

他曾經不下數十次偷聽到他父親這麼說。這種說法很殘酷，卻也很正確。他的直覺正在和他說話，正在低聲地告訴他，那三張陌生臉孔的出現一定有什麼不尋常。

柏雷加德掏出手機，發了一則簡訊給凱文。

把女孩們帶出去。

凱文拿起自己的手機，看了一下簡訊，然後回覆他。

怎麼了？

柏雷加德的手指在螢幕上飛快地舞動。

坐在桌邊和吧檯的那些人。我需要了解一下他們的身分。

凱文回了一則很長的訊息給他。

你要我送她們回家？

我不會把你丟在這裡的。

二對三總比一對三好。

「你在發簡訊給誰？」琪亞問著，伸手就要拿他的手機。柏雷加德抓住她的手腕，把她的手拉到自己的嘴邊親吻。她翻了個白眼，把手抽開。「你認識的每個人都在這裡。」她說。她笑得像個瘋狂的小丑一樣。

「賈瑪爾送了一輛車到修車廠去了。我得過去開門。」

琪亞從椅子上滑下來，坐上柏雷加德的大腿。然後把手臂繞過他的脖子。

「不可以，你不能走。我們才剛開始呢。」她吻著柏雷加德的脖子，不過，他覺得她瞄準的應該是他的臉頰。

「你也喝醉了。我要讓凱文送你們回家。現在已經午夜了，我們得去接孩子。凱文，你不介意送她們回去，然後去接達倫和賈文吧？」柏雷加德問。

「你確定嗎？」凱文問。他語氣裡稍早的那絲詼諧已經消失無蹤了。

「是啊，我確定。我明天再打電話給你。」

「蟲子，我要和你一起去。」琪亞說。

「寶貝，你得回家。你明天還要上班，跟凱文他們走吧。我稍後就會回去。」他說。

「發生了什麼事？」琪亞問。

「沒什麼。我只是得去幫賈瑪爾開門而已。以後我會有自己的救援車，到時候，我們就不會有這種問題了。」他說著，再一次搔搔她的下巴，不過，她的臉已經垮下來了。

「不，一定有什麼事。」她口齒不清地說。最後一杯酒開始對她起了作用，但顯然也讓她測謊的技術變靈敏了。

「沒事，寶貝，沒事的。我很快就回家。」柏雷加德說。他把她從他的腿上輕推下來，然後站起身。琪亞搖搖晃晃地站起來，柏雷加德立刻抓住她的左手肘，把她扶穩。凱文和他的朋友也跟著起身。柏雷加德親了親琪亞的臉頰。

「待會兒見，寶貝。」他小聲地說。

「你確定？」凱文問。

「我確定。我們明早修車廠見。」柏雷加德說。

「你回家的時候，幫我帶個甜甜圈回來。」琪亞說。

「好，寶貝。我愛你。」

「最好如此。」說完，她和凱文以及他的朋友一起走向門口。凱文回頭看了一下，見柏雷加德沒有再多說什麼，他才跟著女士們走了出去。

柏雷加德轉過身，朝著吧檯走去。當他行經那兩個坐在桌邊的鄉巴佬流氓時，他更仔細地看了一下。左邊那個的皮帶右側鼓了起來。對於他們能夠把槍帶進丹尼酒吧，柏雷加德並未太感驚訝。這間酒吧沒有保鏢。大部分的顧客只把門口那個禁止攜帶武器的標誌視為建議而已。柏雷加德走過坐在吧檯的那個疤面男。他那件白襯衫的背後也同樣有一個隆起之處。

柏雷加德走到酒吧後面的洗手間。他打開水龍頭，讓水流到洗手槽裡，洗了洗臉。三個他從來沒有見過的人持械出現在他家鄉的一間酒吧裡。湯普森家雇用了什麼外來的打手嗎？這似乎不可能。派崔克和他父親是那種親自動手型的人。如果他們打算回擊的話，他們一定會自己來。柏雷加德用一張紙巾把臉擦乾。

自從看到艾瑞克的新聞之後，他一直斷斷續續地都在留意新聞報導。珠寶店的經理被發現陳屍在她的公寓裡，燒成了焦炭。羅尼的女友也離開了鎮上，不過家裡卻留下了一具屍體。警方表示，他們即將逮捕搶匪，但柏雷加德認為那只是聽起來高級一點的屁話而已。

「有人想要把事情做個了結。」他對著鏡子裡的自己說。

這就是過這種生活所要冒的風險。無論你有多聰明，無論你的計畫有多完善，都還是有可能會有一些該死的討厭鬼會出現在你最喜歡的酒吧，想要在你的屁股上轟兩槍。這就是你每幹一票時，那把你自願放到頭頂上的達摩克利斯之劍[13]。

他深深地吸了一口氣，隨即走出洗手間。他從某一張桌子旁邊抓來一張空椅，拉到穿著廉價西裝的那兩名武裝男子的桌邊，然後在左邊的那名男子旁邊坐了下來。

「有什麼事嗎？」左邊那個人說。

「看狀況。」柏雷加德說著，左手抓住了左邊男的槍，右手同時抓住男子的左手手腕，動作迅速地宛如一隻貓一樣。伯尼向來都說他遺傳了他父親的手。他把槍管抵在左邊男厚實的肚子上。

「也許，你可以告訴我，你和你坐在吧檯的兄弟為什麼整晚都在盯著我看。」右邊那名男子

⓭ 達摩克利斯是公元前四世紀義大利敘拉古的僭主狄奧尼修斯二世的朝臣，他非常喜歡奉承狄奧尼修斯，並且表示，迪奧尼修斯很幸運能作為一個擁有權力與威信的偉人。於是，狄奧尼修斯提議和他交換一天的身分，讓他嘗試國王的生活。在當天的晚宴裡，達摩克利斯非常享受當國王的感覺，但在晚餐即將結束之前卻發現到王位上方有一把僅用馬鬃懸掛著的利劍，讓他立刻失去了享受的興致，並表示他再也不想得到這樣的幸運。狄奧尼修斯表示，那把劍一直懸吊在他的頭上，隨時有可能會有敵人或者反對者斬斷那條細線。因此，如果想要當統治者，就必須承擔各種風險。後來，達摩克利斯之劍就被用來表示時刻存在的危險，中文又稱為「懸頂之劍」。

把手伸向桌子底下，不過，柏雷加德卻搖了搖頭。「別。把你的手放回到桌上，掌心向下。現在就做，不然我就會開始扣扳機，而且我不會停下來，直到扳機發出喀噠一聲為止。」

右邊男的臉立刻漲得像馬戲團的氣球一樣紅，不過，他按照吩咐地做了。

柏雷加德感到脖子一陣刺痛。有人正朝著他的後面走來。不過，他並沒有把目光從那兩個持槍男身上挪開。疤面男拿著一杯黑色的酒，拉了一張椅子坐下。

「你很機靈，對嗎？雖然，老實說，就算是一隻獨臂的猴子，也能在這裡把卡爾制伏。我無意冒犯，卡爾。」疤面男說。卡爾似乎並沒有覺得自己被冒犯，即便有一把槍正抵在他的肚子上。

「誰派你們來的？」柏雷加德問。他並沒有轉過去看著疤面男，只是繼續把槍壓在卡爾的肚子上。有人在自動點歌機上播放了一首藍調的情歌。情侶們又開始在鑲木地板上緩緩起舞。雙雙對對的男女配合著喇叭裡傳出的憂傷曲調，以橢圓形的軌跡在舞池裡旋轉。

「直接命中要點。不過，這不是你問問題的時候。是你用眼睛和耳朵的時候。」疤面男說完，把手伸向口袋。柏雷加德立刻把槍管往卡爾的肚子上按壓得更深。

「疤面……」卡爾發出低沉的咕噥聲。

「別擔心，卡爾，柏雷加德是個聰明人。他不會不明就裡地在這裡轟掉你的肚子。我只是手機裡有些東西得讓他看看。」比利說道。他把他的手機放到桌上，觸碰了一下手機螢幕。柏雷加德把目光往下挪到螢幕上。

桌面上的手機正在播放一段視頻。視頻裡顯示著一輛車子的車尾燈，那是一輛正在駛離丹尼酒吧停車場的車。柏雷加德瞇起眼睛。雪佛蘭諾瓦的車尾燈。那是凱文的諾瓦。

「我們原本打算在你離開的時候包夾你，不過，你逼得我們不得不這樣做。我們有五個人。三個在一輛車，其餘兩個在另一輛。大家都說你是個狂放不羈而且脾氣暴躁的人。但是，當你讓卡爾陷在這裡時，我就對自己說，好吧，我們得留下來跳舞了。所以，我就叫另一輛車裡的人跟著你那群小朋友。現在，我已經見識到你的動作有多快了。你確實快到難以預測。你可能在想，你也許可以對我、卡爾和吉姆．鮑伯開槍。」比利說。

卡爾畏縮了一下。

「不過，」他繼續說道。「如果我的人在，喔，我不知道，就說五分鐘內吧，如果他們在五分鐘之內沒有我的消息，那麼，他們就會讓那輛車燒得像白宮的聖誕樹一樣亮。」

柏雷加德收回了施加在卡爾那把槍上的力道。

「如果我不相信你呢？如果我對你們三個開槍，然後打電話給我朋友，叫他加速呢？那輛諾瓦可是很有勁的。」

比利笑了笑。

「我相信它是很有勁。不過，你說了太多的『如果』了，柏雷加德，不是嗎？算了吧，就像我說的，你是個聰明人。把卡爾的槍還給他，我們上路吧。有人要和你談一談，而他可不喜歡等人。」

柏雷加德把槍往前捅，讓槍管陷入卡爾的肉裡。他可以殺了卡爾，這很顯然是他可以做到的。他也可以殺了右邊那個人和卡爾口中這個叫做疤面的傢伙嗎?就算他把他們三個都制伏了,凱文逃得過那輛尾隨在他後面的車嗎?就像疤面說的,有太多的「如果」了。

「時間有限啊。」比利說。

柏雷加德想起伯尼說過的話。伯尼說過像他這樣的人會有什麼樣的死法。他不想讓琪亞和他一起死。那份榮耀是要保留給這三個和他同桌而坐的傢伙,以及像他們這樣的人,還有他們的老闆,不管他們的老闆是誰。於是,柏雷加德把槍插回卡爾的腰上。

「走吧。」他說。

比利仰頭喝光他的飲料,然後扭曲著臉,把杯子放到桌上。他拿起他的手機,讓手指滑過螢幕,再把手機放回他的口袋裡。

「你看,現在聖誕節就不用提前來臨了。」

21

他們沒有蒙住他的眼睛。這可不是什麼好預兆。因為那代表他們不在乎他是否看見他們要去哪裡。那可能意味著，一旦他們到達他們要去的地方，他可能就永遠也離開不了了。他們也沒有綁住他的雙手。沒有必要這樣做。畢竟，他們都有自己的保險。

柏雷加德坐在吉姆．鮑伯和疤面之間。他們開的是一輛二〇一〇年的凱迪拉克CTS。這是一輛具有強力三升引擎的中型轎車。車子的內部籠罩在一片鬼魅般的慘白燈光下。LED燈沿著車門內側一路延伸到車的底板，只擔負著微弱的補強照明功能，不至於太過高調。柏雷加德注意到兒童安全鎖被鎖上了。他曾經考慮過用手肘撞擊吉姆．鮑伯，然後打開車門，把他的槍奪下後將他推出車外。然後再用槍管揮向疤面的眼睛，叫他聯繫他的同夥，取消他們的行動。不過，他可以想見這個計畫會在兒童安全鎖這種善意的消費者權益設計下宣告失敗。

他們開上州際公路之後便一路朝西而行。凱迪拉克在夜色中穿梭前進。當車子開始爬上將維吉尼亞切割成奇怪比例的藍嶺山脈時，柏雷加德感覺到了一陣耳鳴。

終於，他們在靠近林區堡的地方下了州際公路。出口匝道將他們引向了橡樹林立的主要大街，那是一座靠近奧特山山峰的偏僻小村莊。深綠色的街燈和紫藤樹沿街一路玩著躲貓貓的遊戲。一棟有著圓柱的宏偉花崗岩建築正面掛了一幅招牌，宣告著金寶鎮的園遊會將在一週後舉行。車子轉離主要大街，開到一條同樣燈火通明的小路，最後在人行道盡頭的一間香菸店門口停了下來。那是短短一排商店中的最後一間。正面的磚牆上有一扇大型的景觀窗。前門上方那幅發光的招牌昭告著商店的名字熱辣之家。商店窗戶上的霓虹燈招牌顯示商店已經打烊了。吉姆．鮑伯把他的槍管抵在柏雷加德的肋骨上。

「試試看，我要你試試看。這樣，我就可以扣扳機，直到發出一聲喀噠聲為止。」吉姆．鮑伯說。他斜視著柏雷加德，露出一口歪七扭八的牙齒。

「好了，吉姆．鮑伯，你知道懶人要和這傢伙聊聊。」比利說著，打開了車門。吉姆．鮑伯一把將柏雷加德推向那扇車門。他們都從同一扇車門下了車。卡爾也下了車，在柏雷加德來得及反應之前，他的一拳已經落在了柏雷加德的右臂。柏雷加德一個踉蹌地摔倒在車身上。他深吸了一口氣，咳了一下，隨即直挺挺地站了起來。

「可惡，你們這些傢伙是怎麼搞的？不要再做那些小動作了。懶人要和他談談，如果他吐血就不能講話了。」比利說。柏雷加德並沒有從他的話裡感受到一絲真心的關切。疤面在乎的只是不要讓懶人失望。不管那個所謂的懶人是哪一號人物。

「抱歉，比利。」卡爾咕噥著。柏雷加德估計，疤面必定就是這個比利的綽號了。那樣的綽號讓他感到一種異樣的殘酷，不過，話說回來，你哪有機會選擇你的綽號。如果有的話，就沒有人會叫他蟲子了。

又名疤面的比利敲了敲那間香菸店的門。一個棕髮削瘦的白人男孩帶著一臉惺忪打開了門。

「你們這麼快就回來了。」男孩說。

「他沒怎麼反抗。他在嗎?」比利問。

男孩搖搖頭。「還沒來。」

「好吧。」比利說著,朝著店裡比了個手勢。「你走前面。」他對柏雷加德說。

柏雷加德踏進店裡。頭頂上的燈並沒有打開,不過,那些裝飾的霓虹招牌和牆上的鐘,就足以照亮他眼前的路。那些招牌和時鐘上都畫著老電影的場景。有些是柏雷加德認得的,有些則不是。一塊紅色的布幕前,擺了一幅里克和山姆在北非諜影裡彈鋼琴的畫面。遠處一座放滿雪茄的櫥櫃上方,有一只時鐘掛在牆壁上,時鐘上畫著理查.威麥在死亡之吻中所扮演的湯米.烏度,露出瘋狂笑容的湯米外圍還有一圈藍色的火焰。

前來開門的那個孩子跳過柏雷加德身邊,敲了敲櫃檯後面的一扇門。一名野獸般的大塊頭開了門。吉姆.鮑伯把柏雷加德推了進去。房間裡沒有什麼裝飾,只有一張廉價的橡木桌,以及擺在桌子邊緣那座過時的轉盤撥號電話。房間的牆壁是灰色的水泥毛胚。桌子後面有一張木頭椅,另外還有三張鐵椅放在桌子前面。這間赤裸裸的斯巴達式小房間和香菸店其他部分的花哨裝飾形成了強烈的對比。

「坐下。」比利說。那三張椅子只有一張是空著的。羅尼坐在第一張椅子上,闕則坐在第二張。柏雷加德只能在闕的旁邊坐下來。

「蟲子,我——」羅尼正準備說話,但柏雷加德打斷了他。

「閉上你的嘴。」他說。羅尼聞言垂下了頭。柏雷加德兀自交叉著雙臂。關則把頭埋在雙手裡，他的呼吸聽起來既痛苦又沉重。他的右腳在地上輕拍著，彷彿想要跟上世界上最快的節奏一樣。角落裡有一只箱型的風扇，負責運轉小房間裡令人窒息的空氣。一顆吊在鐵絲籠裡的燈泡，從天花板上灑下了燈光。房間遠處的左邊角落裡堆積了幾個塑膠的牛奶空箱。柏雷加德猜測，這裡曾經是一間儲藏室，現在則變成了偽裝成辦公室且破爛不堪的刑求室。

關和羅尼都被痛揍過了。關的嘴還在大量地出血。他的白色籃球衣上覆蓋著斑斑的血跡。羅尼腫脹的左眼下方有一大圈的瘀青。他的鼻子不僅腫了，也歪了。他們兩人也都沒有被綁起來。顯然無此必要。他們沒有反擊的能力，這點柏雷加德一踏進房間就看出來了。他們佝僂的肩膀和低垂的眼神說明他們已經屈服了。總之，他們不可能幫得上什麼忙。

柏雷加德聽到門上的鉸鏈傳來咯吱的聲音。

「好了，這幫人都在這裡了。」一道尖銳顫抖的聲音說道。柏雷加德感覺到關畏縮了一下。

一名高瘦的男子走進房間。他穿了一件熨燙整齊的卡其褲，黑色燈芯絨背心底下是一件黑色的扣領襯衫。狹窄的髖部和手臂之間形成了一種鋸齒狀的角度。那張紅潤狹窄的臉連接著鋒利尖銳的下巴。參雜著白髮的濃密棕髮高高地豎立在他的頭頂上，彷彿他在戴一頂糟糕的假髮時，不慎把手指伸進了電燈的插座一樣。他站在房間的正中央，剛好就在唯一的光源底下。他對著他們咧嘴而笑。那抹吊兒郎當的笑容宛如濺開的牛奶，綻放在他的臉上，露出了白到不真實的滿嘴大牙。

「這就是歡樂天使⓮裡的三小福了，是嗎？」男子說道。他的笑話讓他自己笑了。過了半秒之後，他的手下也跟著大笑。他對著桌子後面的那張椅子做了個手勢。卡爾立刻抓起那張椅子，男子也走到關的面前。他蹺腿而坐。一絲冷笑取代了原先的笑容。

「我很愛看電影。不管是哪一類的電影。恐怖片、犯罪片、老電影、新電影。天啊，我甚至也喜歡浪漫喜劇。我很喜歡約翰．休斯的片子。還有莫利．林沃德？哎喲。」男子說。

「我們很抱歉——」羅尼試著要說話，然而，剛才打開辦公室房門的那個大塊頭立刻就在他的後腦摑了一掌。羅尼往前衝出去，摔倒在了地上。吉姆．鮑伯和卡爾抓住他的手臂，把他拉回椅子上。

「不過，我最愛的電影裡有些是搶劫片。天啊，我好喜歡那種劇情。搶劫有一種快感，比每次花二十塊錢找來的妓女更能讓我感到痛快。」男子說著站起身，把椅子轉過來，再重新坐下，然後把手臂靠在椅背上，再用雙手撐著下巴。

「你得要告訴我。你們是怎麼做的？你們把馬表縫在手套裡了嗎？那輛車用的是什麼樣的引擎？是誰想到要衝下那座該死的立交橋的？我告訴你，那可真是膽大包天。」男子繼續說道。

⓮ 歡樂天使（The Apple Dumpling Game），是迪士尼在1970年代難得一見的喜劇佳作。劇情描述三個孤兒在賭徒監護人的撫養下意外發現金礦，因此帶來一連串的麻煩，並被迫和一個從事非法活動的搞笑雙人組合作。本片於1975年在美國上映，由於成績不錯，因而在1979年再度推出續集。

沒有人吭聲。

「來吧，沒關係。你們現在可以說話了。」男子又說。

依然沒有人開口。

「那是改裝過的V8硝基引擎。」柏雷加德終於回答他。

那名男子對他眨了眨眼。「很好，很好。瞧，這就是我說的。搶匪電影的劇情。」他說。

「你是懶人嗎？」柏雷加德問。他聽到身後傳來腳步聲，因而準備好要接受一記重擊，不過，他面前的那名男子卻舉起了手。

「等等，韋伯特，這個傢伙剛提醒了我，我忘了禮貌了。我在出生時死過一次，但是，在他們把纏住我脖子的臍帶解開之後，我又活了過來。因此，我媽媽幫我取名為拉撒路．莫勒斯堡，以紀念這個死而復生的經歷。不過，這裡的每個人都叫我懶人。我想，那是因為他們懶得唸完我的全名。」懶人說。除了比利之外，他的其他手下都在傻笑。比利只是兩眼放空地看著前方。

「現在，回到眼前的問題吧。如果你們搶的是其他的珠寶店，你們現在愛怎麼坐就怎麼坐。可是，你們搶的是我的店。那就表示你們有大麻煩了。」懶人說。

他笑了笑，不過，這次的笑容看起來似乎很勉強。柏雷加德認為那是演員的笑容，只是另一種的表演。

「你們有人聽說過我嗎？」懶人說。關舉起手。「拜託，你這傢伙又不是在上英文課。」懶人的話讓卡爾笑了出來。

「你們搶了那家店，真的惹毛我了。那是我用來當作出帳的地方。我在一筆交易中獲取了一批鑽石，不過，那不是我們現在要討論的事。簡而言之，我在一個非常有趣的開發項目中擔任匿名合夥人。說真的，鑽石比現金好多了。容易攜帶，又無法追蹤。當你要付錢給兩三個來自西部的墨西哥年輕姑娘的時候，這就很好用了。是啊，我在那家店做了一點小小的設置和安排，結果你們這些人卻把它搞砸了。現在，警察正四處在調查。我的一些交易都泡湯了。」懶人說。他不耐煩地點了點頭。「不過，你們搶劫成功的方式，我不得不佩服。好了，那個女孩，她叫什麼名字，疤面？」

「珍妮。」

「對，珍妮。她說你是主腦，羅尼。你是組織這件事的人。」懶人說。他把一根長長的手指指向羅尼。羅尼的臉色立刻變得灰白。「不過，柏雷加德，你才是那個方向盤後面的人。他媽的，那真是高級的駕駛技術。」懶人依然指著羅尼，但目光卻在柏雷加德身上。「那不是你第一次表演這種特技吧？」他問。

柏雷加德什麼也沒說。

「回答他。」疤面說道。

「不是。」他說。

懶人站起來，走到柏雷加德後面。彎下身，把嘴湊近他的耳邊。

「我打聽過你的事，據說你可以在高速公路上完勝魔鬼。」懶人說完，站直了身體。「不過，無論我有多喜歡你們的風格，各位，天知道你們真的很有風格，但我不能讓這種事就這樣算了。我的意思是，你們從我這裡偷了東西，現在，我得要得到補償。」懶人以一種唱歌的方式說著。他聽起來彷彿一名正在舉行帳篷集會的浸信會牧師。

他指著韋伯特。那個大塊頭立刻離開了房間。幾分鐘之後，他帶了五個麥片盒回來了。他把盒子裡的東西全都倒在桌子上。只見一疊疊的鈔票滾過桌面，彷彿豐收的秋穫一樣。

「你們一定賣得了很好的價錢。把你們分得的那些加上羅尼剩下的，你們應該從三百萬裡拿到了大約七十萬元。這個報酬很優渥。」懶人說。

柏雷加德和關立刻看向羅尼。懶人見狀爆笑。

「天啊，他少給你們了？真是可恥。」他說著從他們身邊走到前面面對他們。「現在，我們拿到了羅尼和珍妮的部分。關那一份已經所剩無幾，不過，我們還是拿走了。柏雷加德，算你走運。我不會叫人去你家搜。我猜，你也不會笨到把那些錢留在身邊。不過，在這個節骨眼上，那也不重要了。就算我們拿到你的那一份，全款也還是不足。如果是平常的話，你們現在就死定了，死得就像我早餐吃的培根肉一樣。」懶人說。

語畢，他坐回他的椅子上。柏雷加德估計，他所說的一切必然會有個「但書」。如果他打算殺了他們的話，他就無須把他們都弄到這裡來開全員大會了。懶人想要某個東西。一個他很想很想弄到手的東西。

「不過，老天今天在對你們微笑。沒錯，在我需要一些懷有特殊技能的人手時，你們這些傢伙遇上了我。」懶人說。柏雷加德聽出這句話是幾年前某一部愚蠢動作片裡的台詞。「像我這麼有魅力的人，竟然和一個北卡羅萊納的傢伙有點過節，我知道這似乎不太可能。對於這片地盤上，哪些東西應該由誰來掌管的問題，我們的看法不同。我得要給那傢伙一點顏色瞧瞧，因為他在那裡讓我吃盡了苦頭。不過，我會贏的。因為他擁有的是士兵，而我擁有的是家人。」懶人說著，朝他的人點點頭。他們也附和地紛紛點頭。

「他的一個士兵染上很嚴重的安非他命毒癮。命中注定，那個人欠款的對象剛好是我的人。為了還債，那個士兵告訴了我一個小秘密。他的老闆有一批貨要運送到卡羅萊納。一卡車的白金，那甚至不應該出現在這個國家的這一頭。」懶人說著，展開雙手，彷彿在祈求一樣。

「這就是我需要你們的地方。你們得去幫我把那批貨弄到手。這不是一件容易的事。這傢伙有很多的火力，而且他也不在乎別人知道。如果那個士兵給的情報無誤，這批貨對他來說會是一件大事，如果弄丟的話將會讓他傷得很重。所以，他一定會全力護送，就像狗咬住骨頭不放一樣。不過，如果你們弄到手的話，那麼，我們之間就扯平了。」懶人說。

這根本是在騙人，柏雷加德心想。

「聽起來怎麼樣，各位？我猜，你們現在是這個家庭的一分子了。」懶人說。

「你有路線和時間嗎？你知道他有多少輛車會護送那輛卡車嗎？你說他有火力，那我估計他應該有裝載機關槍的車子。」柏雷加德說。他有心理準備會挨揍，果不其然，這次並沒有人阻止。他的肩胛之間遭到了一道重擊。他抓緊椅子的兩邊，一道閃電從他的背後竄往他的左大腿，不過，他並沒有從椅子上摔下來。

「說實在的，那是一個好問題，柏雷加德。真的。但是，我們這個家庭就像一個真的家庭一樣。我現在是你老爸。除非我叫你說話，否則你就不准開口。」懶人對他說。

他靠坐在椅背上往後傾，直到椅子的兩支腳離開了地面。他就那樣平衡了一秒鐘，然後才把四支椅腳都落到地面上。

「在這個家庭裡，還有一件事是我們不會做的，那就是話說得太多。我們同甘共苦，同生共死。而且，我們絕對不會出賣家庭的成員。永遠都不會。」懶人說著，一手掠過鼠窩般的頭髮。「柏雷加德，你要猜猜你的同夥裡是誰出賣你嗎？珍妮告訴我們關於羅尼和關的事，不過，她不知道任何關於你的事。如果不是他們兩人之中有人多話的話，我們是絕對不會知道你的。我來給你一點暗示吧。那個人在脫衣舞俱樂部裡不斷地告訴別人，他是怎麼在一樁搶案裡和某個傻瓜撕破臉的。」懶人告訴他。

柏雷加德沒有反應。他不需要什麼暗示。羅尼也許並不誠實，不過，他也不是抓耙仔。

「喔，天哪。」關呻吟著。

「我猜，你應該不會想要再看到他。」懶人說。

語畢，比利掏出他的槍。那是一把小型的黑色.38手槍。他朝著關的臉開了三槍。每一槍聽起來都像是在一間小房間裡發射了火砲一樣。柏雷加德感覺到自己的右臉上有溫熱的水滴正在流下來。隨即，關就從椅子上滑了下來，側身摔倒在地上。他的頭剛好就跌撞在柏雷加德的腳邊。

闞全身都在顫抖，很快地就在一聲喘息下不再動彈了。

「該死，天啊！」羅尼尖叫。一顆鐵鎚大小的拳頭立刻落在他的頭側，讓他瞬間飛了出去，撞到了桌子。這回，沒有人前去把他拉起來。

「那傢伙就像個壞掉的冰盒，什麼也保不住。像那樣的人除了當槍靶之外，一無是處。」懶人說道。

柏雷加德沒有低頭看向闞的屍體，也沒有看向俯臥在地板上的羅尼。他只是盯著桌子後面那道牆上的某一個點。

「你們不會把他拉起來嗎？」懶人說。卡爾這才抓住羅尼，讓他重新坐回椅子上。懶人把自己座下的椅子往前拉，直到椅腳抵住闞的大腿為止。

「這樣吧，各位。你們欠我。所以，你們得把這件事做好。因為，如果你們不做的話，我會殺掉你們所愛的每一個人。我會在你們面前動手，而且會慢慢地殺掉他們。也許我會讓疤面放火燒了他們。也許，我會讓其他人用鐵鎚把他們打到死。用什麼方式不重要，只要知道他們最後都難逃一死就好。而你們也一樣逃不過。這點我可以向你們保證。我說到就一定會做到。」懶人說完，站起身把手放在膝蓋上。他把目光鎖定在蟲子身上，然後轉而看向羅尼，又重新注視著蟲子。

「我可以看到你們眼裡的恨意，兩位。沒關係。你們要怎麼恨我都行。如果你們想破腦子，想要找出扳倒我的方法，那你們就放棄吧。如果老天在我出生的時候沒能奪走我的命，你們兩個現在也辦不到。如果你們膽敢輕舉妄動的話，我會讓你們自己選擇，要讓你們所愛的哪一個人的喉嚨先被割斷。」他小聲地說。然後往後退開，拍了拍比利的肩膀。

「疤面會把路線、日期和時間的資料給你們。你們會拿到一支拋棄式手機，上面有一個號碼。等到事情完成之後，我是說，只要行動一結束，你們就打那個號碼。除此之外，我想，我們沒什麼好說的了。」懶人說。

「起來。」比利說。柏雷加德和羅尼一起身，吉姆・鮑伯就把他們兩人推向門口。

「快走。」比利催促道。

羅尼眨了眨眼。淚水開始泛上他的眼睛，不過，至少他還可以走得動。柏雷加德回頭看了懶人一眼，然後跟著羅尼走出了房間。

等他們離開之後，韋伯特和那個孩子從那些箱子後面拿出一塊防水布，把關的屍體包裹起來。卡爾也加入他們的行列。在他們把屍體裹好之後，韋伯特轉向那個孩子。「去把廂型車開過來。」

那個孩子立刻從前門跑了出去。韋伯特開始把一捆一捆的現金收拾起來。卡爾則把那三張椅子挪回靠近那些箱子的角落。

「我們可以奪下那輛卡車的。」卡爾說。

「是啊，我們是可以，不過，那樣一來，影子就會知道我們有內應。讓那兩個傢伙去幹吧。他要是看到一個混血的傢伙，他就不會聯想到我們。他認為我們全是一幫深山裡的種族主義者。」懶人說。

「我們不是嗎？」

懶人笑了笑。「那不是重點。」

那個孩子回到了香菸店。他和韋伯特把關的屍體抬到了廂型車上。懶人蹺起雙腿。卡爾則靠在牆上，他知道懶人即將大放厥詞了。

「那輛卡車將會載運超過一千磅的白金線圈。我們這樣做是一石多鳥。我們可以保住內線，還可以讓影子大失血。我們得到的回報會是那些傢伙偷走的三倍。而當他們把卡車交給我們的時候，我會讓疤面把他們都變成蠟燭。」懶人說。

「你向來都計畫好了，不是嗎？」卡爾說。

懶人用那雙大手順了順身上的背心。「就像我老爸說的。別人在摘蘋果的時候，我正在播種。」

22

他們在出口匝道被放了下來。

「這是手機、時間和路線。你們有一個星期的時間。」比利說著，從車窗裡把一支掀蓋手機和一張撕下來的紙遞給羅尼。吉姆．鮑伯加速踩下油門，瞬間把車開走。輪胎捲起的石礫差點就打中他們。時間已經很晚了。柏雷加德看了一下手錶，幾乎快清晨五點了。天空依然昏暗，不過，太陽就要出來了。

「蟲子，我不知道，」羅尼說。柏雷加德開始往前走。羅尼從他身後快步趕上。「我發誓，我真的不知道。我怎麼會知道呢？蟲子，我們要怎麼辦？」

他趕上柏雷加德，把手放在後者的肩膀上。柏雷加德一個轉身，兩手鉗住羅尼的喉嚨。他把羅尼一路拖下路肩，按倒在一道溝床裡。羅尼抓住柏雷加德的手臂。他也許曾經徒手折彎過鋼筋。柏雷加德的二頭肌在他的襯衫衣袖底下明顯地凸起。他把全身的重量壓在羅尼身上，雙手緊緊地掐著羅尼，彷彿要把他的命都掐出來一樣。羅尼企圖要抓他的眼睛，然而，柏雷加德的手臂實在太長了。

「你……需要……我……。」羅尼尖叫道。雖然他的話含糊不清，不過，柏雷加德聽得出他在說什麼。羅尼的眼睛開始在眼眶裡顫抖。柏雷加德放開他，讓自己往後靠在溝渠的邊上。羅尼立刻用左肘把自己支撐起來，右手不停地搓揉著喉嚨，然後咳出一口痰吐到地上。「只剩下你和我了，蟲子。如果我們想要脫身的話，我們就需要彼此。」

「閉嘴。閉上你的嘴，好好聽我說。你知道他不會放過我們的，對嗎？即便我們辦到了，他也會殺了我們。就像他殺掉關一樣。就像他殺了珍妮一樣。就像他殺了那個珠寶店的經理一樣。你聽到他是怎麼說警察的了。他在清理善後。我們之所以還活著的唯一原因就是他要那輛卡車，而他卻很怕他所提到的那個傢伙。那就是我們的王牌，卡車和他的恐懼。」柏雷加德說。

「你已經有計畫了？」羅尼問。

「從他殺了關之後，我就一直在計畫。」柏雷加德說。

他爬回溝渠上方，重新往前走。羅尼等了幾分鐘才跟在他身後。在羅尼試著問柏雷加德問題的同時，一輛聯結車從他們身邊駛過，朝著鎮外而去。

「什麼？」柏雷加德問。

「我說，你真的認為珍妮死了嗎？」羅尼問。

柏雷加德沒有停下腳步，只是繼續往前走。「對。」他說。

「當我們還在念書的時候，我原本應該要和她一起去參加畢業舞會的。在舞會前一個星期，我被退學了。舞會結束之後，我在停車場等她。當她從學校走出來時，走廊上的燈光從她身後把她照亮了。她看起來就像天使一樣。我猜，她現在真的變成天使了。」羅尼說。

柏雷加德沒有回應。他們走在路肩碎石上的腳步聲充斥在兩人之間的空氣裡。

「你的這個計畫，包括要殺了那個王八蛋嗎？」羅尼問。

柏雷加德把手放在口袋裡。「對。」

「他們很壞，不是嗎，蟲子？他們是一群很壞的混蛋，不是嗎？」羅尼問。

「他們認為他們是。不過，他們和其他人一樣也會流血。」

他們在八點左右回到丹尼酒吧。柏雷加德讓羅尼搭了便車，把他載回他的貨櫃屋。

「把路線的資料給我。」柏雷加德說。

他把他的卡車停在雷吉的車後面。羅尼在口袋裡掏了半天，拿出了那張紙。

「我明天會打電話給你。我們至少需要四個人。雷吉可以和我們一起行動嗎？」柏雷加德問。羅尼聳聳肩，撥了一下頭髮。

「我不知道。他可以開車。不過，他對槍不在行。他甚至在搶食物的時候都不敢把葡萄捏碎。」他說。

「如果事情按照我所預期的發展，那他要做的也就只是開車而已。我明天再打給你。」柏雷加德說。

羅尼下了卡車，靠在車門上。乘客座的窗戶一路上都是搖下來的。「蟲子，我發誓，如果我知道那間店屬於那種人的話，我絕對不會把你們都拖下水的。」他說。

柏雷加德看著他的神色，讓羅尼噗一聲地閉上了嘴。他讓自己站直，往後退開。然後看著柏雷加德以35哩的時速倒車退離車道。當卡車接觸到路面時，他立刻迴轉調頭，加速朝著地平線而去。

羅尼走進貨櫃屋裡。雷吉正躺在沙發上，一隻腳蹺在沙發的扶手。那隻腳上捆著布膠帶和看起來像一件舊T恤的一坨布。羅尼重重地把門關上。雷吉瞬間坐起來，右手還握著羅尼的槍。他把槍管對準了大門。

「我的天啊，你這個豬頭，把槍放下。」羅尼哀號著。

雷吉眨了好幾次眼。「羅尼！天啊，對不起。我以為是那些人又回來了。」他說。

羅尼把手伸向雷吉。雷吉只是呆坐在沙發上，動也沒動。

「喔，對。給你，我甚至不知道要怎麼用。」他說著，把槍給了羅尼。

「扣扳機就好了，笨蛋。」羅尼說。

雷吉轉過身，掙扎著從沙發上站起來，然後跨著搖晃的步履走向他哥哥。他展開雙臂，以出乎預料的力氣緊緊地抱住羅尼。

「我以為你再也不會回來了。」他低聲地在羅尼的耳邊說。

「什麼，拋棄掉這些嗎？」羅尼說。

雷吉放開他，在羅尼的幫助下走回沙發。雷吉一屁股坐到沙發上，羅尼也跟著在他旁邊坐下。他們以同樣詭異的姿勢，雙雙把頭靠向椅背。

「羅尼，那些人是誰？」雷吉問。

「非常非常麻煩的人。」羅尼說。他緊緊地閉上雙眼。睡意彷彿刺客一樣地向他襲來。

「你的腳怎麼樣了？」羅尼問。

「子彈穿過去了。子彈應該沒有打中神經或什麼重要的部分，因為我的腳趾頭還可以動。我用雙氧水清過傷口了，然後用膠帶把它綁起來。」

「我知道那一定痛到不行。」羅尼說。

「我還有一點止痛劑。所以，你知道的。我的腳暫時沒事了。」雷吉說。

羅尼揉了揉前額。「雷吉。」

「嗯。」

「他們怎麼會知道錢在麥片盒裡？」

「他們進來揮著槍，羅尼。我……就脫口而出了。對不起。不過，那就是他們要的吧？那些錢？」

羅尼哼了一聲。

「不是。他們什麼都要，雷吉。他們要我們得到的一切。」

柏雷加德把車子停在琪亞的車旁邊。太陽已經升起了，草地上的露水在陽光底下閃爍。他下了卡車，走進屋子，在一片靜謐中走向臥室。

他悄悄地走進房間，沒有開燈。就在他脫下褲子之際，床頭櫃上的燈突然亮了。

「你他媽的去哪裡了？」琪亞問。她身上除了一件他的T恤以外，什麼也沒有。

「發生了一點事。」他說。

「所以你就不能打電話回來嗎？」

「對。」他說。

她眉頭緊鎖地打量著他。

「蟲子，你的臉上有血。」她說。她的聲音聽起來很遙遠，彷彿是透過穿著一根線的鐵罐在說話一樣。

「那不是我的血。」他說著脫掉襯衫，從掉落在地上的褲子裡跨出一步，走出房間，直接去洗澡。他脫掉內褲和襪子，任由蓮蓬頭的水往下流，等待水溫變暖。然後站到浴缸邊緣，讓水直接沖在他的臉上。

就在他要塗抹肥皂的時候，浴簾突然被用力拉開，以至於上面的幾只扣環都被扯掉了。

「蟲子，到底發生了什麼事？」琪亞問。蓮蓬頭的水飛濺在她的臉上和胸口，浸濕了她的T恤。

「沒什麼你需要擔心的事。」

「那和那個案子有關，對嗎？我告訴過你！我他媽的告訴過你，叫你不要去碰。叫你賣掉那輛該死的車，可是，你就是不聽。現在，你在消失了一整夜之後回到家，臉上還沾了別人的血。」她幾乎是用氣聲在說話。

結果，氣聲轉成了啜泣。柏雷加德抓住她，緊緊地將她擁入懷裡。

「我會處理的。我保證。」他說。她一把將他推開。他看著她的臉。她依然在哭泣，只不過，眼淚卻消失在了不斷沖刷在他們身上的水流裡。

「你總是說你會處理。可是，昨天晚上，我一直在這裡等著有人打電話來說你死了。如果我變成了寡婦，你就再也不能處理了。」她說。「我知道我對珍說的那些話讓你很不高興，不過，那都是真話。你知道我在腦子裡計畫過你的葬禮多少次嗎？你會處理。你怎麼有辦法站在那裡，面無表情地對我說這句話？」

柏雷加德把蓮蓬頭關上，跨出浴缸。琪亞往後退開一步。他伸手從她背後拿了一條浴巾，擦乾自己的臉和胸口，然後把浴巾掛回桿子上。

「因為我向來都可以處理得了。」他最終開口說道。

23

凱文舉起手吸引女服務生的注意。穿著過緊牛仔褲和過短T恤的女服務生立刻昂首闊步地走過來。

「你要什麼，寶貝？」她問。

「兩瓶啤酒。」凱文回答。

「沒問題，甜心。」

女服務生很快地帶著兩瓶室溫啤酒回來了。凱文抓起他的那一瓶，喝了一大口。

「你真的覺得這行得通嗎？」凱文問。

「我別無選擇。」柏雷加德說。他也喝了一口啤酒。

「那我們什麼時候要去北卡羅萊納？」凱文問。

「我不能要求你那麼做，凱文。」柏雷加德說。女服務生正在從點唱機裡播放一首藍調歌曲。丹尼酒吧的音響系統也透過喇叭，努力地在調適歌曲深沉的低音。整間酒吧裡只有另外兩名客人坐在角落裡。他和凱文剛剛結束今天的營業。凱文提議兩人一起到酒吧來喝杯啤酒。他們一坐下來，柏雷加德就把過去三十六個小時裡發生的事全都說了出來。他沒辦法告訴琪亞，也不想告訴伯尼。凱文是他唯一能透露的對象。他並沒有要求凱文幫忙，他只是需要發洩。

「不，少說廢話。如果你認為我會讓你和那個低級版的傑西．詹姆士[15]以及他的弱智老弟再去幹一起什麼案子的話，你一定是瘋了。他就是你為什麼會蹚入這池渾水的原因。」凱文說。

「那是我的渾水，我得要清理乾淨。」

「柏雷加德，別讓我說出來。」

「說什麼？」

凱文壓低了聲音。

「我欠你。不只是因為你給了我工作。凱登的事也讓我欠你。讓我幫忙。我需要幫你。」他說。

「你沒有因為那件事而欠我什麼。」柏雷加德說。

「我不是這麼想的。讓我來吧。」凱文說。

柏雷加德喝光他的啤酒。他舉起兩根手指，女服務生立刻從酒吧另一頭對他眨了眨眼。在酒吧裡響起一首嘟哇調曲風[16]的歌曲時，幾個客人陸續走了進來。

「我們有六天的時間準備。」

「我們會遇到什麼樣的阻力？」凱文問。

女服務生送來啤酒。柏雷加德等她走了，才繼續往下說。

「很多，我想。我打聽過這個傢伙。他和懶人之間的不和似乎已經有一陣子了。你記得科特．麥考林嗎？在瑞里開汽車銷贓店的那個？他說卡羅萊納和維吉尼亞大部分的幫派分子和兄弟都按這個傢伙的規矩行事。懶人是唯一一個反對他的人，所以就不是太吃香。科特告訴我說，懶人派了幾個手下到這傢伙用來製毒的地方。結果，他把那幾個人裝在了一個五加侖的桶子裡送回給了懶人。」柏雷加德告訴凱文。

凱文做了個鬼臉。「他們都叫他什麼？」

「科特說，他只聽過別人稱呼他為影子。我問科特說，他真的那麼壞嗎？科特的回答是，他比壞還要壞。」柏雷加德回答他。

「為什麼我們以前都沒有聽說過他？還有這個懶人？」凱文問。

柏雷加德聳聳肩。「我猜，他們做的那類狗屁倒灶的事不需要車手。」他說。

「例如？」凱文又問。

「我和我認識的一個來自紐波特紐斯的步兵聊過。我幫他跑過一趟亞特蘭大。他告訴我說，基本上，懶人掌管了隆諾克山谷西邊的一切。他在那裡擁有一堆香菸店，還有一些專做發薪日貸款的地方。」柏雷加德說。

「合法地放高利貸。」凱文回應道。柏雷加德點點頭。

---

⑮ 傑西．詹姆士，1847年9月5日-1882年4月3日，曾經是美國搶匪，也是「詹氏—楊格」集團中最有名的成員。自從他去世後，就被刻畫成美國西部傳奇的亡命之徒。

⑯ 嘟哇（doo-wop）是一種音樂類型，於1940年代發源於紐約、茨城、芝加哥、巴爾的摩等美國大城市的非裔美國人社區，於1950年代和1960年代初期成為了主流風格，是當時最流行化的節奏藍調風格。其特徵為多人和聲歌手、無意義的填充音節、簡單的節拍和歌詞。

「我認識的那個人說，他真正的財源來自於把女孩往北送到華盛頓特區和馬里蘭州之間的走廊，到那裡去服務一群政府和軍方的傢伙。聽說他原本是個大學生，主修化學還是什麼的。他掌控了從西維吉尼亞來的安非他命、海洛因和其他毒品，而且還釀造私酒。」柏雷加德說。

凱文聞言笑道，「你認識的那個人一定是看在老朋友的份上才告訴你的。可惡。他們一個是想要效法巴布羅．艾斯科巴[17]，把一些混蛋剁碎放進了油桶裡；一個則是低級版本的沃特．懷特[18]，看來，你是夾在了這兩個人之間。當你搞砸他們倆的時候，就是做對的時候。」

柏雷加德翻了個白眼。「如果你不想蹚入這——」

「我沒有這麼說。我加入了。此外，我的兩個女朋友這個週末都不會在鎮上，所以，我也沒事可做。」凱文說完，喝了一大口啤酒。「你真的企圖要耍他們，讓他們互鬥嗎，就像下棋一樣，蛤？」

「不是下棋。這更像是玩具火車。我們要把他們放在同一條鐵軌上，讓他們彼此對撞。」柏雷加德說。

「你覺得那傢伙會上鉤嗎？」

「我想，影子正在把他生吞活剝。他想要重創影子，但是，他也需要卡車裡的東西。在我們搶劫他的珠寶店之前，他就已經無路可退了。」

「那你要怎麼在他們雙邊交火時不被抓到？」

「我會和影子取得聯繫，告訴他我打算在什麼時候、在什麼地點，開著他的卡車去和懶人碰頭。然後，我會提早一個小時把車開到那裡。而他們兩人則會同時間出現在那裡。」

「聽起來很簡單。不過，那就表示會有什麼不好的事情發生。」凱文說。「等等，如果懶人制伏了影子呢？」

「我有一把裝了望遠瞄準器的步槍。」柏雷加德回答他的問題。

「該死。我猜就會是這樣。」凱文說。

柏雷加德又喝了一口啤酒。「是啊，就是這樣。不過首要之務是，我們得拿下那輛卡車。」

「是啊，這個部分會很有意思的。」凱文回應道。

羅尼坐在沙發上，讓貨櫃車的門大開。車裡的冷氣終於掛掉了。冷氣裡的水和氟氯烷都用盡了，彷彿罹患了機器肺結核一樣。雷吉躺在他的房間裡，蹺高了腳。透過打開的車門，羅尼可以看到太陽正在下山。橘色和紅色的線條劃過天空。陽光在他那輛野馬上了蠟的表面跳舞。自從他看到關的臉被轟爛之後，他一直沒有開過那輛野馬。那輛車油槽裡的油現在只剩下四分之一了。這些油足夠讓他開到丹尼酒吧，但是，然後呢？他沒有足夠的錢付一杯酒，更遑論還要從酒吧開回這裡了。

⓱ 巴布羅・艾斯科巴，1949年12月1日-1993年12月2日。哥倫比亞毒梟、毒品恐怖分子。在極盛時期壟斷了美國古柯鹼走私量的80%。同時也積極滲透和腐蝕哥倫比亞的政界和司法系統，曾經一度成為哥倫比亞國會的候補議員。在一系列血腥的謀殺案後遭到通緝被捕入獄，不過在美國政府試圖引渡他時卻逃之夭夭，最後遭到特種部隊圍剿擊斃。

⓲ 沃特・懷特：美國電視頻道AMC於2008至2013年期間播放的犯罪影集《絕命毒師》主角。在劇情中被描述為一名住在美國新墨西哥州阿奎基一帶的中年化學教師，在得知自己罹患肺癌之後，為了家人日後的生計，開始暗中製作冰毒來獲取暴利。

「喔，強者也隕落了。」他說著。他啜飲著從冰箱裡拿出來的最後一罐啤酒，這句話聽起來也不是那麼健康。一個星期以前，他還在某個時髦小妞的豐胸上吸食古柯鹼，然而現在，他卻在分配一罐啤酒應該要分幾口來喝。他的手機傳來一陣震動，打斷了失去美好生活所帶給他的悲傷。羅尼把手機掏出來，看了一下螢幕。

「嘿，蟲子。」

「我們要啟動了。你弟弟可以開車嗎？」

「還可以吧。他們來抓我的時候，在他的左腳上開了一槍。他用紗布和布膠帶包紮起來了。現在在這裡只能用跳的，就像獨腿貝茨[19]一樣，不過，應該沒有問題吧。」羅尼說。

電話那頭陷入了一陣沉默。

「我們別無選擇了。週五晚上，我們就出發去北卡羅萊納。」柏雷加德說。

「蟲子，你還沒有告訴我你的這個計畫。我們要怎麼把我們的錢拿回來？」羅尼說。

又是一陣沉默。

「羅尼，我們不會把你的錢拿回來的。如果這按照我的預期進行的話，我們就能保住我們的命。你應該把你一部分的錢放在其他安全的地方，而不是放在麥片盒裡。」柏雷加德說。

語畢，電話就掛斷了。

「去你的，蟲子。那是個好主意。」羅尼對著已經斷線的電話說著。

[19] 獨腿克萊頓．貝茨，1907年10月11日-1998年12月6日，美國南卡羅萊納州的單腿踢踏舞者，是最偉大的踢踏舞者之一。

24

柏雷加德調整了覆蓋在鼻子和嘴上的頭巾。頭巾上印有一個骷髏圖。他曾經在達倫和賈文玩的一些電玩遊戲裡，看到有些角色也戴著類似的面具。他把頭上的棒球帽往下拉緊。自從凱文傳簡訊說他已經就定位了之後，他至少已經把他的偽裝調整過六次了。

這讓他意識到自己真的很緊張。對他來說，這樣的感覺很陌生，因此，發現自己居然感到緊張讓他覺得有點心煩。通常，當他要執行一個案子時，他都會感到一股寧靜。知道自己已經估算過所有可能的結果，加上對任何的可能性都做好了準備，這種認知向來都會帶給他一股平靜感。

今晚，他並沒有感覺到那種平靜。今晚，他覺得自己像個業餘者，像一個朝著狂喜或痛苦一路跌撞而去的處男。六天。只有該死的六天做計畫，他得在六天內弄到必要的裝備，包括南下到北卡羅萊納去執行這個該死的案子。柏雷加德調整了一下陷入肩膀的小背包，然後深深吸了一口氣。幾隻蚊子正在他的臉上飛來飛去，顯然受到了他溫暖的呼吸所吸引，並且期待著吸入一大口美味的鮮血。他揮開蚊子，確認手錶上的時間。錶上的指針在黑暗中發出微弱的光暈。十點了。懶人的內應發誓說，車隊會在十點到十點半之間穿過松焦路。還對著聖經發誓說，他們之所以走這條路，是為了要避開州際公路和躲在超速監視區的警察。雖然，柏雷加德不確定一個癮君子的話能不能被相信。

蚱蜢的叫聲從他身後那片沼澤森林裡傳來。一道汗水從他的額頭往下流，滴進了他的右眼。他用戴著手套的手背揉了揉眼睛，然後像螃蟹般地橫行過乾涸的淺溝，稍微往上探向路面。太陽在兩個小時前就下山了，然而，柏油路面上依然輻射著熱氣。柏雷加德再次看了看手錶。

「來吧。來吧。」他低聲地說。

柏雷加德摸了一下他的.45手槍。那把槍就塞在他的背後。他知道槍就在那裡，不過，觸摸到它讓他感到了安心。他沒有時間從瘋子那裡弄到任何槍械。這再次顯示出在這個特別的案子上，他的標準究竟被迫降低了多少。不過，這不是一個正常值，不是嗎？他的絕境和羅尼的貪婪，讓他們掉入了一個被毒蛇包圍的蜂窩裡。然而，儘管準備並不充分，儘管他的運氣在搶劫完珠寶店之後經歷了巨變，他依然打算要從這個事件裡活著脫身。懶人在他身上犯下了很多人都犯過的錯誤，包括他自己的母親，或者普利遜那幫人，還有銀行的人以及艾莉兒她媽媽的家人。有時候，甚至他自己的妻子也是。他們都低估了他。

他老爸曾經說過，蟲子只要在某件事情上下定決心，他就會像是從山邊滾下來的巨石一樣。任何擋住他去路的人，都只能自求多福。

他口袋裡的拋棄式手機震動了。

柏雷加德抽出手機，看了一下螢幕。是凱文發來的訊息。

他們來了。還有五分鐘就到你那裡。

柏雷加德站直了身體，把背包從肩膀上滑下來。他拉開背包，拿出一個訊號彈，然後點燃，朝著一輛殘破生鏽的一九七四年灰色林肯大陸小跑而去。當他對伯尼說明了情況之後，老伯尼就堅持要幫柏雷加德弄到他計畫中所需要的車輛。那是在伯尼把羅尼．塞遜和他的祖宗八代都謾罵了十分鐘之後的事了。他試著不要讓伯尼扯入這件事，然而，就像最近發生的很多事情一樣，他的希望又再一次地事與願違。

那輛林肯散發出一陣令人作嘔的辛辣汽油味。柏雷加德將火把丟進林肯駕駛座開著的車窗裡，然後立刻往後跳開。在轟的一聲巨響下，車子瞬間燃起了熊熊烈火。柏雷加德事先稍微稀釋過汽油，這樣，車子才不至於爆炸，並且得以穩定地燃燒。他溜回樹林裡，從背包裡拿出一副夜視望遠鏡，回到他的蹲伏姿勢。稍早，他把林肯橫停在了那條狹窄的便道上。那是一條標準的雙線道非州際公路，路面的寬度約在十到十二呎之間。而一輛林肯從車頭到車尾大概有十九呎長。即便在林肯處於最佳狀態之下，往松焦路疾駛而來的車子也無法繞過它，何況它現在還陷入了火海、擋住了整條路，他們勢必得要停車。

至少，那是柏雷加德希望會發生的事。他發了簡訊給羅尼和雷吉。

就位。十分鐘。

他把手機放回口袋裡。正在吞噬林肯的火焰在柏油路上投下了詭異的陰影。燃燒的皮革和塑膠所釋放出的濃密黑煙，不斷地飛向藍黑色的天空以及天空裡的那輪弦月。柏雷加德可以理解他們為什麼選擇這條路線。在過去一個小時裡，他沒有看到任何一輛車經過。松焦路穿過了好幾個郡，這些郡加起來的人口甚至比不上曼哈頓的一個區。換成是他，也同樣會選擇這條路線。

兩輛車接近的聲音打斷了他的思緒。一對強力的LED頭燈驅散了原本的黑暗。一輛白色的Econoline廂型車往前逼近，後面尾隨著一輛黑色的四門SUV。廂型車的駕駛可能並沒有預料到會在週四晚上十點鐘，看到路中間有一輛車子著火。柏雷加德看到駕駛把煞車踩到底的時候，車子開始擺尾搖晃。車子的重量讓它失去了控制。柏雷加德把這個現象記在腦子裡。那輛黑色的SUV也一樣踩了煞車。有一秒鐘的時候，柏雷加德以為那輛SUV就要撞上廂型車的車尾了，不過，SUV的駕駛顯然具有比較好的煞車系統以及比較優異的操控技術，因此，SUV在距離廂型車後門幾乎不到三吋的地方停了下來。

懶人的內應原本在這點上完全搞錯了。幫影子載送違禁品的車子並非卡車，而是一輛廂型車。在他們目睹疤面解決掉關的隔天，疤面打來電話，把這個小插曲告訴了他們，說他們的內應慌張地打過電話來澄清。柏雷加德不禁懷疑，那個內應是更害怕影子，還說更擔心給錯情報。當柏雷加德問及廂型車的品牌和車型時，疤面簡直不敢相信他會問這樣的問題。

「那有什麼差別？」疤面問道。

「我還需要車牌號碼。」蟲子無視於他的問題又說。

「我真希望我能知道你在打什麼主意。」疤面發出一聲輕笑。柏雷加德忍著不讓自己把那支廉價的手機壓得粉碎。雖然，懶人的內應提供了這些訊息給他們，不過，一直到此刻，柏雷加德才真的相信他的訊息無誤。那輛廂型車正如同他所描述的那樣。一輛二〇〇五年的福特Econoline，只有駕駛座和旁邊的乘客座有車窗。這是你每天都會在路上看到、卻不會多加留意的車，因為這種車款實在太普遍了。

SUV的駕駛熄掉頭燈，不過，卻讓停車燈亮著。柏雷加德透過望遠鏡看過去。有三個人下了車。他們走到車頭燈依然大亮的廂型車前面。即便氣溫高於七十度（攝氏二十一度），其中兩人卻還穿著輕便、寬鬆的連帽衫。在頭燈的照明和火光下，柏雷加德可以清楚地看到在寬鬆的連帽衫下，兩人腰間各有一塊隆起。第三個人，也就是車子的駕駛，顯然無意遮掩他的武器。他那雙寬大的手裡，握了一把AR-15自動步槍。三個人同時看著眼前燃燒中的林肯，然後彼此對望了一眼，又轉頭再度看向擋住他們去路的那堆正在熔化中的金屬和破碎的玻璃。透過望遠鏡看出去，一切都罩上了一層翠綠的顏色。即便林肯的火焰似乎都在散發著黃綠色的光芒。

「我們應該要打電話嗎？」穿著連帽衫的一名男子問道。

「我們要打給誰？他媽的斯莫基熊[20]嗎？」那個駕駛回應道。他穿著一件華盛頓巫師隊的球衣，垂在背後的雷鬼頭髒辮上纏繞著一堆複雜的線圈。在那個問了天真問題的連帽衫男子來得及回應之前，一輛皮卡開過來，停在了SUV的後面。原本的三個人全都轉過身，面對著皮卡。那名駕駛把握著AR-15的手垂到身側，閃到陰影底下。皮卡的司機打開車門，只見凱文從駕駛座跳了

[20] 斯莫基熊是美國森林局的防火標誌，其形象是一隻戴著森林局工作人員帽子的熊。某些州的高速公路警察所戴的帽子也和斯莫基熊類似，因此，高速公路上的交通警察也有斯莫基熊的別稱。

下來。他穿著他平日的工作襯衫，不過，上面的名牌已經拆掉了。

「嘿，發生了什麼事？」他一邊走向那些人和已經完全包覆在火焰中的林肯，一邊問道。此時，那個雷鬼頭駕駛揮舞著他手中的AR-15，從陰影裡走了出來。他沒有把槍指向凱文，不過，也沒有讓槍垂在身側，而是以某一個角度把槍橫握在腹部上面。柏雷加德做了個深呼吸。他告訴過凱文得要演得夠逼真，讓自己的語氣聽起來既急躁又困惑。不過，這得要拿捏得很好。如果他表現得太冷靜的話，他們可能會起疑。如果他表現得太強勢的話，他們可能會依照平時的原則，直接開槍解決掉他。

「你是誰啊？」雷鬼頭問。凱文佯裝自己注意到了槍，立刻往後退開，舉起雙手。

「嘿，老兄，我不想惹麻煩。我只是想要回家而已。」凱文說。他讓謹慎和恐懼取代了他聲音裡原本的虛張聲勢和不耐煩。柏雷加德覺得這種演技可以為他贏得一座奧斯卡了。

「那就迴轉走別的路。」雷鬼頭說。現在，他的槍已經指向了凱文。

該死。柏雷加德心想。

他放下望遠鏡，握住了他的.45手槍，瞄準雷鬼頭。沒有人開口，柏雷加德可以聽到火焰吞噬豪華林肯的破裂聲、一隻貓頭鷹孤寂的嘯嘯聲、廂型車和SUV引擎空轉的聲音，以及他自己怦怦的心跳聲。樹林裡的蟋蟀也把牠們演奏的小夜曲音量，降低到幾乎聽不見的程度。

柏雷加德覺得自己的胃緊縮到彷彿有一條巨蟒在他的肚子裡。如果事情失控的話，他的背包裡還有兩個多餘的彈匣。他把左手放在右手腕上，穩住他握槍的手。他應該現在就解決掉雷鬼頭。然後再解決連帽衫二人組。那團火焰給了他足夠的照明，他相信他絕對可以瞄準雷鬼頭。連帽衫二人組也許會比較棘手，因為他們站在了陰影裡。

他等得越久，凱文吃到一顆子彈的可能性就越大。他瞇起眼睛，但仍然無法看清雷鬼頭的扳機已經扣下了多少。他只知道自己這把.45五磅重的扳機，此刻正承受著他施加在上面的三磅壓力。

「聽著，老兄，這是我唯一能走的路。我不知道發生了什麼事，我也沒有興趣知道，不過，我的卡車裡有一個滅火器。如果我們可以把火撲滅的話，我們就可以把車推開，這樣，我們全都可以繼續去做我們要做的事。而我的事也和你們的事沒有瓜葛。」凱文說。

空氣裡一陣沉默。

「我們得在兩點前趕到溫斯頓—撒冷。」連帽衫二人組的其中一人開口說。凱文聳了聳肩。

雷鬼頭前臂的肌肉上下起伏得宛若帆船上的索具一樣。

他不打算吃這一套，柏雷加德一邊想，一邊開始從路邊的乳草和石南花叢裡探出來。

「聽著，我老婆已經打算要把我的頭咬掉了，因為她認為我偷腥了。我們就彼此幫忙吧，兄弟。」凱文又說。

「你有嗎？」連帽衫二人組之一又問。

「我有什麼？」凱文問。

「偷腥啊？」

雷鬼頭用他的AR-15比劃了一下。

「去拿滅火器。」他咆哮道。凱文點點頭，小跑步回到他的皮卡。

他從長凳椅後面取出一支細瘦的紅色滅火器，回到火堆前面，拉開銷栓，向林肯噴去。一片CO_2的白色雲霧瞬間將車子包圍，抑制了火勢。在火勢完全撲滅之前，凱文又往車子噴了三次。

「我來看看我能不能推動排檔桿。這樣我們就可以把它推開。不過，小心點，它還很燙。」凱文說著，小心翼翼地把手伸進車窗，亦步亦趨地避免讓自己的手臂接觸到還在冒煙的車門。柏雷加德稍早已經把車子打到了空檔，凱文現在的動作只是演戲的一部分而已。

「嘿，我已經打到空檔了。」他說。他往後退開一步，把襯衫從頭上拉起。然後走向車子尾端。他把襯衫纏繞在自己的雙手上，變成了臨時的烤箱手套。

「我們得要一起推。這是一輛林肯，一輛舊款老車，重得像什麼一樣。」凱文說。連帽衫二人組把他們的手放在連帽衫的口袋裡，分別站在凱文的左右兩邊。柏雷加德看到廂型車的車門打開，琥珀色的車頂燈瞬間亮起。一名戴著一頂帽緣破掉的棒球帽、肌肉發達、體型魁梧的男子開始下車。

「給我坐回去。」雷鬼頭說。

廂型車司機退回車裡，不過並沒有把車門關緊。車頂燈最終慢慢地暗掉了。

「嘿，老兄，這得要我們全上才推得動。」凱文說。

「你們可以的。我對你們有信心。」雷鬼頭說。他站在廂型車和林肯之間，槍口依然對準著凱文。

「特里，這輛車重得跟鬼一樣。快點，老兄，我們一起把車推開，好趕快動身。」連帽衫二人組其中一個對雷鬼頭說道。在此同時，柏雷加德也往路邊更靠近了一點。

特里這才把槍放到路面上，走到凱文左邊那個連帽衫二人組其中之一的旁邊就了定位。

「我不要弄髒我的球衣。」特里說著，把他的喬登球衣放到車尾的行李廂上。

「嘿，我了解。好了，數到三。」凱文說。

「一。」

柏雷加德把望遠鏡放回背包裡，偷偷逼近乾涸的溝渠邊緣。他蹲下身，直到可以再度橫著走為止。然後一吋一吋地靠近廂型車駕駛座那邊的車門。他的膠底鞋彷彿嘆息般地滑過碎石和柏油路。

「二。」

柏雷加德把背貼在廂型車的車側。

「三。」隨著凱文的喊叫聲，一行四人用力推著林肯。當煞車和旋轉器碰撞在一起時，金屬和金屬刺耳的摩擦聲充斥在夜空中。

柏雷加德站起身，把他的.45瞄準了司機。那名男子有一張寬大的臉和淺棕色的皮膚。他盯著柏雷加德的槍，彷彿盯著一條蛇的小鳥一樣。司機的手伸向喇叭的按鈕上，柏雷加德立刻搖了搖頭。他用空著的另一隻手從口袋裡掏出一張白色的紙，然後把紙壓在玻璃上。

「把頂燈關掉。不要發出任何聲音。到後座去，面朝下躺著。如果你不照做的話，我就殺了你。」紙上寫著。

司機稍早並沒有把車門完全關上，因此，柏雷加德抓住門把，緩緩地打開車門。他示意司機到後座去。男子巨大的身軀滑過中控板，躺倒在廂型車後座的椅子上。柏雷加德把紙揉成一團，放進口袋裡，爬進了廂型車。他看到男子小心翼翼地按照他的指示行動，就像一個順從的孩子一樣。他輕輕地把車門關上，卸下背包，手裡依舊握著槍。隨即用空著的那隻手從背包裡取出兩副手銬。再把手銬遞給司機。

「把一副手銬的一頭銬在固定棧板的其中一條綁帶上，再把另一頭銬住第二副手銬中間的鏈子。然後把第二副手銬銬在你自己的手上。快點。」柏雷加德小聲地說。

「你要對我開槍嗎？」司機小聲地問。他的聲音明顯地在顫抖。

「如果你把手銬銬上，我就不會開槍。」柏雷加德說。他看了一下手錶。控制這輛廂型車花了一分半的時間。一切都按照預定的時間。

「這樣應該可以了，各位。」凱文說。那輛悶燒中的林肯以一種傷感的對角線角度，躺在了松焦路北上的車道上。原本被擋死的路面空出了僅僅足以讓他們每一輛車都通過的寬度。

「是啊。」特里說著，從地上拾起他的AR-15，重新對準凱文。凱文立刻把雙手舉在身前。他把他的工作襯衫丟在地上，往後退了一步。

柏雷加德透過擋風玻璃看著這一幕。他嘴裡的唾液瞬間都乾了。他的呼吸也加重了起來。

「你敢。」他喃喃自語著。

「嘿，老兄，別這樣。」凱文說。特里走上前，把槍管抵在凱文的臉頰上。他把槍管往前壓，直到凱文的臉被壓出了一個凹陷。

柏雷加德坐在駕駛座上。他的.45就在他的腰際，但是，隔著擋風玻璃開槍，會讓他的子彈回彈。如果必要的話，這輛廂型車會是一個六千磅重的致命武器。看著特里更用力地把他的槍管壓在凱文的臉頰上，柏雷加德全身都畏縮了。

「不，不，不，你得說服這個王八蛋。」柏雷加德說著，他不在乎司機是否聽得到他在自言自語。他看到車頭燈明亮的藍光照射在凱文的臉上。眼前的畫面是那麼地栩栩如生。他的眼睛瞪得像盤子一樣大。對話的片段聽起來彷彿一坨一坨被悶住的聲音。他們在說什麼雖然聽不清楚，但是，那把AR-15卻清楚地昭示著雷鬼頭的威脅。

柏雷加德把排檔桿換到駕駛狀態。他可以在三秒之內讓廂型車撞上特里。然而，那發揮不了什麼作用，因為，如果特里扣下扳機的話，凱文會在特里倒地之前就先死了。

柏雷加德緊緊地抓住了方向盤。

「如果我是你的話，我會忘掉今晚的事。如果我在任何地方再見到你的話，你老婆就會變成寡婦。你聽到了嗎？」特里說。

「忘了什麼？」凱文說。

「算了，特里，我們得走了。」連帽衫二人組其中之一說。

「滾吧，回家去。」特里說。凱文這才放下雙手，撿起他的襯衫。他抓起用罄的滅火器，繞過那三個人。當他走回皮卡的時候，他往廂型車瞄了一眼。他爬上車，把車門關上。柏雷加德這才重重地吐出一大口氣，臉上的頭巾也因而發出了颯颯的聲音。

「上車。」特里說完，另外兩人趕緊奔回了SUV。當他走向車子時，他拍了拍廂型車的引擎蓋。廂型車的車窗和擋風玻璃都貼上了深灰色的隔熱紙。在北卡羅萊納昏暗的夜色以及令人眼盲的LED車頭燈照耀下，特里並沒有注意到柏雷加德正坐在駕駛座上。

「我們走吧，羅斯。」特里在拍過引擎蓋之後，很快地爬進了SUV裡。柏雷加德把廂型車掛上檔，踩下油門。車隊再度上了路。凱文在數到五十之後，才跟著離開。等他開到下一個坡道時，SUV的車尾燈已經剩下一個小紅點了。

柏雷加德讓廂型車的車速保持在六十哩，行駛在北卡羅萊納蜿蜒起伏的山路上。那輛SUV的近光燈反射在他的側後視鏡裡，他可以看到SUV和他保持了一輛車的距離，就跟在他的後面。他用右手把槍放到背包裡，左手則掌控著方向盤。然後交換雙手，讓右手握著方向盤，左手伸到靠近車門的儀表板底下。他靈巧的手指找到了廂型車的保險絲盒，隨即開始想像著保險絲盒的規格。他早已從齊爾頓修車手冊裡記住了這些細節。他可以在腦子裡看到那個黑色的方盒裡，整齊地排列著三小排不同顏色的雙插片保險絲。柏雷加德一邊讓手指滑過那只方形的塑膠硬盒，一邊在心裡數著。

一、二、三、四，往下第四個。一、二、三，右邊數來第三個，他在心裡算著。他把廂型車煞車燈的保險絲從凹槽裡拉出來，讓保險絲從指縫之間掉落下去，然後將油門踩到底。廂型車在引擎的尖叫聲中往前衝。前方出現一道急彎，不過，柏雷加德並未鬆開油門。他以七十哩的時速開向彎道，並且感覺到後輪在他開上彎道時往右滑行。他把方向盤轉向左邊，輕輕地踩了一下煞車。當他瞄向側後視鏡時，看到了SUV就在他車後大約六個車身的距離。他做了個鬼臉，不過，當他把視線投向後視鏡時，他顯然無法看到自己在頭巾下的表情。他再次踩下油門。廂型車的引擎發出了尖銳的抗議聲，不過，柏雷加德卻毫不留情。車速表的上限是一百二十五哩，而他打算在接下來的兩分鐘內到達那個數字。前方的道路銜接到了另一段髮夾彎，讓他不得不用左腳踩下煞車，右腳持續穩穩地踩在油門上。廂型車漂移過那個彎道，彷彿一個大塊頭以出人意料的輕盈舞姿滑過舞池一樣。幾秒鐘之後，那輛SUV的頭燈又出現在了他的側後視鏡裡。

柏雷加德聽到斷斷續續的槍聲從他後方響起。他挪開踩在煞車上的腳，用盡全身的力量將油門踩到底。然後再度看了看側後視鏡。儘管SUV的頭燈看似遠去，不過，他的後方卻傳來另一陣槍聲。SUV很快地消失了。看來，SUV裡的那夥人可能認為廂型車的司機決定要反叛他們，打算載著他們老闆的贓物潛逃。

柏雷加德就是希望他們會這麼想。

一條長長的直線道路在他面前展開，彷如一條黑色的緞帶。他看了一下車速表。時速九十哩。

柏雷加德從口袋裡掏出手機。在左手掌握方向盤之下，他一手滑動手機聯繫人的名單，同時很快地往下瞄了手機螢幕一眼。當R1的名字出現時，他按下了綠色的「通話」鍵。然而，就在他的視線重新回到前方的路面時，卻看到一隻栗色的母鹿優雅地走進了道路中間。

「該死！」他咕噥了一聲。柏雷加德飛速地把方向盤轉向右邊，放緩油門，但卻沒有踩煞車。他聽到後車廂的棧板在重力之下發出了呻吟，彷彿有雙看不見的手正在拉扯它一樣。柏雷加德把廂型車開到狹窄的路肩上，繞過那頭看起來渾然不覺的鹿。右邊的前輪企圖要滑進溝渠裡，不過，柏雷加德拒絕讓它逃脫。在這次的行動上，他已經走了這麼遠了，而且還有很長的一段路要繼續走。他踩下油門，用力將方向盤打向左邊。在廂型車的擺尾和劇烈震動之下，右前輪立刻又回到了柏油路面上。整個過程之中，柏雷加德都只用了左手，右手則一直將手機握在右耳邊。

「怎麼了？」羅尼大喊。

「沒什麼。準備好了。兩分鐘。」柏雷加德說完掛斷電話，把手機扔進杯架裡。一百呎之後又將是一連串的坡路。打從他們昨天早上抵達之後，他已經在這條路上試開過兩次了。他注意到了每一塊草皮、坑窪、轉彎和彎道。這條路的細節都烙印在了他的腦子裡，就像牛身上的掛牌一樣。他看了一下側後視鏡，完全不見SUV的車頭燈。那幫人確實有一輛速度比較快的車，不過，他卻擁有比較好的技術。

柏雷加德看到一輛白色的箱式貨車在第二段坡路的最頂端，從它原本停車的路肩上開了出來。他稍微鬆開油門，抓起電話，再次打給了羅尼。

「你得要把車速保持在時速六十哩。我馬上就要衝過來了。」柏雷加德說。他的語氣十分急促。

「我知道了。你要我現在把門放下來嗎？」

「對。」他再度把手機扔到一旁。

伯尼幫柏雷加德的計畫準備了那輛皮卡和另外兩輛車。至於這輛箱式貨車，他得要從其他地方弄到手。他和凱文偷偷跑到紐波特紐斯，在傑佛遜大道上的一間管路供應店偷到了這輛車。他們需要攔截的這輛廂型車有十五呎長、六呎寬、六呎七吋高。而這輛白色的箱式貨車剛好夠寬也夠深，頂部的空間也正好適合他們執行這次的行動。它原本有一道捲門，可以往上滑動，捲入兩根固定在車頂上的鐵條。柏雷加德拆掉了那扇捲門，並且做了幾項調整。

羅尼原本想要以槍戰的方式來搶劫廂型車，不過，蟲子知道那只會讓他們白費力氣。他可以很正確地推測，保護廂型車的那些傢伙一定會裝配一些重型武器。而他們既沒有時間、也沒有錢可以和那幫人進行武器的競賽。

柏雷加德一吋吋地向貨車逼近。

箱式貨車的門並沒有往上捲起，而是開始從頂端向外打開，如同一具棺材蓋一樣。它緩緩地、彷彿備受折磨般地打開，直到幾乎就要和路面平行。在一次令人屏息的暫停之後，它又繼續打開，直到它的最前端接觸到了路面。柏雷加德安裝在車門頂端的橡膠防水墊條在摩擦力的侵蝕下開始冒煙。在橡膠墊條磨損殆盡、火花開始照亮夜色之前，他只有短短幾分鐘的時間了。車門本身是由螺紋杆以十字形的方式焊接而成，就像一張兔籠的網子一樣。為了加強車門的結構，他又把門夾在厚達四分之一吋的鋼板之間。最後再加上幾根兩吋寬的支柱，從門的底部一路延伸到最頂端，直到距離橡膠墊條末端邊緣三吋的位置。凱文也幫他裝上了開關這道車門的液壓系統。控制這整個設備的切換開關，就在卡車的方向盤底下。

當門關上的時候，它看起來就和其他箱式貨車的門沒有兩樣。

當門打開的時候，它就變成了一個坡道。

柏雷加德全神貫注在那個坡道上。他們又來到了另一個平坦的直線道。這條直線道只有不到三哩的長度。羅尼現在的時速是六十哩。他的廂型車至少要到達六十五哩的時速，才能開進貨車裡，並且要在進入貨車車廂之後，將煞車踩到底，才能避免廂型車在車廂裡撞爛。這是他們最好的機會了。因為，大約在三分鐘之後，這條路的起伏狀況就會變成雲霄飛車了，而且將會持續綿延五哩，直到經過一座荒涼的加油站為止。

他把廂型車加速到六十五哩，車頭對準了坡道。就在此時，他感覺到了。這是他今晚第一次有這樣的感覺。那股興奮、快感，以及人和機器之間共存共生的關係。一股震動伴隨著低聲的轟鳴，彷彿血液竄流過血管一般地從柏油路面穿過輪胎和懸吊系統，傳到了他的雙手。引擎正在以馬力和每分鐘的轉速對他說話。告訴他，它渴望奔馳。

那股撼動終於來了。

「我們起飛吧。」柏雷加德輕聲說道。

他以時速七十哩衝上坡道。廂型車震動得宛如海面上的一艘小艇。柏雷加德聽到廂型車的司機在後車廂發出了呻吟。他咕噥著，以小到不能再小的幅度鬆開了油門。他曾經調整過那個坡道，讓坡道和車廂底部之間的接縫減縮到最小，不過，如果他衝進去的速度太快，就可能導致前輪爆胎。在毫無預警之下，箱式貨車突然往前加速。柏雷加德可以感覺到坡道從他的車輪底下滑走了。

「他媽的！」柏雷加德咆哮著。當坡道完全消失在廂型車底下時，他放鬆了油門。剎那之間，兩顆前輪重重地落到柏油路面上，彷彿胖子和小男孩[21]一樣。廂型車立刻從左邊向右傾斜，柏雷加德只能使勁地控制住方向盤。當廂型車重新獲得掌控時，他摸出電話，用右手拇指按下「通話」鍵，左手依舊緊握在方向盤上。

「搞什麼？」柏雷加德在羅尼接起電話時說。

「對不起，我的腳打滑了。該死，蟲子，對不起，我——」

柏雷加德打斷他。

「保持在六十。我要重來一次。」他說。他們已經在這條直線道路上錯過了最好的時機。現在，等待在他們前方的是更多的陡坡。當廂型車拖著他、那個司機和白金棧板的重量開始奮力爬坡時，柏雷加德咬緊了牙關。

羅尼試著要保持箱式貨車的平穩，然而，貨車卻不斷地在搖晃，每到下坡路段車速就變快，

[21] 二次世界大戰期間，美國在廣島和長崎投下的原子彈名稱。首枚落在廣島的叫做「小男孩」，三天之後投擲在長崎上空的叫做「胖子」。

上坡則又變慢。完全無法在這些上下起伏的坡路之間算準時間。

後視鏡裡沒有任何的頭燈出現。還沒有。他做了幾個深呼吸。他們還有一次機會。眼前的情況雖然不理想，然而，他們其實並沒有選擇了。在這段最後的坡路之後，道路會再開始變得平坦。只不過，平坦的道路這回只有短短的幾呎，不會像之前一樣綿延好幾哩。

在柏雷加德開下坡路時，他看到了貨車的坡道爆出了明亮的橘色火花。那些橡皮墊條已經燒掉了，金屬的門板正在摩擦著柏油路。那些火花看起來彷彿來自地獄的螢火蟲。兩百呎。還有兩百呎，這條路就到了盡頭，然後，他們就會回到主要的高速公路上。他們要在兩百呎內做到。主要的高速公路是一條綿延四十哩的四線道平坦柏油路。只要他們上到高速公路，那輛SUV就會趕上他們。他沒有辦法在那樣的直線道上勝過他們。柏雷加德把注意力集中在眼前的坡道上。廂型車強力的車頭燈照亮了貨車車廂裡面，車廂內部也將光線反射到他身上。透過那片宛如冰雹的火花，他看到了他事先裝在車廂裡、擔負著阻力功能的四個沙袋。一座荒涼的加油站在鎢弧燈閃爍的燈光下，從他的車窗迅速地往後退去。暗黃的燈光在他的眼角留下了一道道黃色的線條。

只剩下一百六十呎了。

柏雷加德瞥了後視鏡一眼。他看到了頭燈的光暈在他們剛才經過的最後那段坡路上方升起。那輛SUV還沒有開上那段坡路頂端，不過，那只是幾秒鐘的事情而已。他要不就現在行動，要不就等著子彈直接轟到他的臉上。

一百呎。

柏雷加德咕噥著踩下油門。車速表上的指針衝過七十，奔向了八十。他經過了一道綠色的長方形路牌，上面宣告著松焦路即將抵達終點。

你得要開得像被警察窮追不捨的偷車賊一樣，不是嗎？柏雷加德心想。

他把油門踩到底。當車速表到達九十哩時，火花噴濺在廂型車上，彷彿一場流星雨。

「那裡！在那裡，可惡！」特里大聲喊道。

他把SUV轉向右邊，在一間燈光黯淡、荒蕪的加油站停了下來。加油站距離松焦路的盡頭大約一哩。特里用力踩下煞車，拿著他的AR-15跳下了車。連帽衫二人組跟在他身後。他們把槍藏在各自的衣服底下，和特里保持了一定的距離。

加油機上方的鈉弧燈灑下一片蠟黃的燈光，那輛廂型車就靜靜地停在那片燈光底下。一群飛蛾在加油機上方的頂篷盤旋衝撞，在廂型車的表面投下了閃爍不定的詭譎剪影。特里緩步地靠近車尾。他把步槍的槍托抵住右手的二頭肌，左手則握住了槍門。車門在一聲可怕的吱嘎聲響下很快地打開了。

「王八蛋。」特里說。

廂型車裡是空的。沒有司機，沒有白金，什麼也沒有。特里抓住後車廂的門，用力甩上。然後再度打開，又關上。他就這樣又開開關關了五次。直到第七次，也是最後一次的時候，車門終於再也無法承受，瞬間爆破成了碎片。只見一堆中灰色的安全玻璃碎片彷彿雨滴般地掉落在水泥地上。

特里仰天發出了一聲長嘯。

「王八蛋！」

加油站的商店裡，收銀員正在幫他唯一的顧客把一罐四十盎司的啤酒裝進一只棕色的紙袋。當停車場裡的那名男子一次又一次地開關著廂型車的車門時，他們兩人的臉上都露出了擔憂的神情。那名男子在車後門爆破時發出的一陣怒吼，讓兩人雙雙都跳了起來。收銀員從商店前門的大片玻璃窗偷窺出去。

「聽起來不太妙，看起來也是。我想，那個人有槍。你覺得我應該打電話報警嗎？」收銀員把棕色紙袋遞給他的客人時問道。

雷吉抓過紙袋和收銀員找給他的零錢。

「不關我的事，老兄。」他的聲音有點顫抖，不過，由於收銀員和他素不相識，因此也沒有多想。雷吉打開啤酒的瓶蓋，一邊走出商店，一邊喝了一大口。一股不知來自何處的暖風吹來，讓散落在停車場裡的紙巾、透明塑膠蓋和香菸屁股都飛了起來。他走向高速公路，朝著廂型車和SUV對角線的方向漫步而去。他試著要再喝一口啤酒，不過，他顫抖的手卻把啤酒灑在了自己的T恤上。

「嘿，白皮膚的小子，你看到開這輛廂型車的人嗎？」一道聲音從他背後響起。雷吉停下腳步。他覺得自己的喉嚨彷彿自動在縮緊一樣。他緊緊地抓住他的啤酒瓶，很快地吐出一口氣，轉過身面對站在廂型車附近的三人幫。

「沒有。」他說。特里往前踏了一步。雷吉盯著他手裡的槍，胃裡的啤酒開始企圖要爬出他的喉嚨。

「你沒有看到什麼嗎？」特里問。

「沒有，完全沒有。」雷吉說。他受傷的腳開始抽動。他輕輕地拍著自己的腳，彷彿正在追趕只有他自己才聽得到的節拍一樣。特里又往前一步。他們之間只剩下一呎的距離。

「你確定嗎？」他問。

「是啊。」雷吉說，他的聲音低到幾乎聽不見。

特里瞪著他。

一陣手機聲響起。連帽衫二人組的其中一個接起了電話。

「嘿，特，是影子。他聯絡不上羅斯。他要和你說話。」

特里握緊了他的步槍。開始再度往前走，不過卻停了下來。他緊緊地注視著雷吉，幾秒鐘之後，才用力地嚥了嚥口水，伸出他的左手。

「把手機給我。」特里說。他的聲音已經失去了些許的威脅。

雷吉突然點了點頭，開始走開。在他走了大約兩百碼之後，一對車頭燈在他身後出現，照亮了他眼前的整個世界。雷吉停下腳步，轉過身，用他空著的那隻手遮在眼睛上方。

一輛破舊的皮卡在路邊停了下來。乘客座的門像地窖一樣地打開。雷吉一瘸一拐地走過去，爬進了車裡。

「一切都還好嗎？」凱文問。

「是啊。我就按照蟲子吩咐的做了。我一看到那輛貨車和廂型車開過，就立刻把車開到加油站了。在我走進店裡大概兩秒鐘以後，那幫人就到了。」雷吉說著，喝了一口啤酒。

「你沒有幫我買一瓶啤酒？」凱文問。雷吉聞言，把瓶子緊緊地抓在胸口。

「我不知道你要喝。」

凱文笑了。

「冷靜點，哈哈，我只是在和你開玩笑而已。」凱文說著，把車子重新開上路。

25

蟲子坐在黑暗中的廂型車裡，等著羅尼轉彎。那會是一個左轉，然後，貨車會經過一間有百葉窗的飼料種子商店，再開進一條長滿野草的舊泥土小路。那條泥土小路在爬上一個陡坡之後，會在坡頂連接到一片平坦的草地。柏雷加德猜想，草地上曾經有過一間房子，不過現在早已消失了。大自然尚未完全收回這片草地。昨天，當羅尼和雷吉窩在汽車旅館裡時，他和凱文開著那輛林肯在複勘路線時發現了這個地方。他並不是太相信命運或運氣，不過，發現這個地方真的是偶然。這裡前不著村後不著店，距離高速公路幾乎有一哩的距離，並且有足夠的空間容納得下那輛貨車、廂型車和凱文所駕駛的皮卡。在半夜這種時間點，沒有人會注意到他們，除非是刻意前來尋找他們的人。

柏雷加德希望沒有人會來找他們。他不喜歡殺人。不過，殺人也不會引發他的焦慮。殺人是很不堪的。謀殺向來都很不堪。如果必須殺人的話，你就得準備好會被弄髒，然後盡你所能地收拾善後。當他們找到那些殺害凱登的傢伙時，大嘴怪就曾經幫他們把一切都處理得乾乾淨淨。

貨車停了下來。在後車廂門再次化身為坡道時，液壓的幫浦發出了喘息和震動。柏雷加德發動廂型車，慢慢地倒車駛下坡道。到達地面之後，他右轉方向盤，把排檔桿打到開車檔，將車子開到了箱式貨車旁邊。他關掉引擎，跳下車，靠在駕駛座的車門上。箱式貨車的頭燈在熄滅之前投射在草地上，讓草地散發出一種詭異的光芒。一片松樹林圍繞著草地。柏雷加德聽到貨車的車門打開，砰地一聲又關上。幾秒鐘之後，羅尼緩緩地繞到了廂型車後面。

「我們他媽的辦到了！」他說著，舉起手等著擊掌。柏雷加德瞪著他的手，直到羅尼把手放下來，收到自己的身側。

「還沒結束。我們把得東西裝上卡車。」

「那麼，你的乘客……要怎麼處理？」

「他什麼也不會看到。我們把東西裝上車，並且用手銬把他吊在樹枝上。如果他夠聰明的話，他就會等到我們都離開之後，用手銬充當鋸子，讓自己掉下來。」柏雷加德說。

「你覺得這樣好嗎？把他留在這裡？」羅尼問。柏雷加德一把將頭巾拉到嘴下。

「我說他什麼都不會看到。況且，他也不會去報警。」

羅尼聳聳肩。「我只是問問。影子比警察更恐怖。」他說著，把手插進口袋裡。柏雷加德留意到他右邊的口袋透出一把小型手槍的輪廓。那把槍就在那個口袋裡，彷彿一隻睡著的蠍子，致命卻又同時了無生氣。

「嗯。」

一對車頭燈在此時爬上了雜草叢生的車道。

凱文把車開到草地上，然後迴轉調頭，讓後車門面對著廂型車的車尾。皮卡在一道鏗鏘聲下停了下來。他和雷吉爬出車子，到草地正中央和羅尼以及柏雷加德會合。

「那個變速器大概還能撐二十多呎。」凱文說。

「沒關係。羅尼，把貨車裡的手電筒拿來。我們把那個司機弄出廂型車，找棵樹把他綁上去。然後，我們就可以把東西裝上皮卡。現在是十一點，」柏雷加德說。「我希望我們在半夜前就上路。」

「你知道嗎，我一直在想。如果我們自己留下幾卷白金的話，懶人怎麼會知道？我是說，我明白你的意思，可是，說實在的，你覺得那個混蛋會在乎兩捲嗎？兩捲就夠我們四個分了。我認識一個傢伙，他可以幫我們拿到很好的價格。」羅尼說。柏雷加德聞言，把手放在羅尼的肩膀上，讓拇指壓住羅尼的鎖骨。草叢裡的蟋蟀開始相互鳴叫。柏雷加德把他的拇指深深陷入羅尼的鎖骨下方，用力壓在臂神經叢上面。

「哎喲！可惡，蟲子！」羅尼尖叫起來。他往前靠，把一隻手撐在膝蓋上，同時企圖用另一隻手推開蟲子的手。

「你不要再說要留下什麼了。你也不要說懶人可能知道什麼或者不知道什麼。我只想要聽你說，你要去把東西裝上這輛該死的卡車。現在，去把那個司機弄出廂型車。」柏雷加德說完，放開了羅尼，後者跌跌撞撞地往後退去，一把撞到他弟弟的身上。柏雷加德解下臉上的頭巾，遞給羅尼。

「把這個蒙在他臉上。」羅尼狠狠地瞪著柏雷加德好一會兒，在那一瞬間，柏雷加德覺得他就要動手了。柏雷加德感到一種類似鬆了一口氣的感覺，因為，他們終於要撕破臉了，不過，羅尼眼裡的那簇火焰終究還是消退了。

「去你的，蟲子。這只是個想法而已。該死。你有手銬的鑰匙嗎？」羅尼說。柏雷加德從口袋裡拿出鑰匙，把頭巾放到羅尼的左手，再把鑰匙放到他的右手。羅尼握緊雙手，大踏步地往廂型車走去。他打開後車廂的門，爬了進去。

「聽著。我要蒙住你的眼睛。然後，我要打開扣在綁帶上的手銬。如果你想要再看到大咪咪和大屁股的話，你就按照我告訴你的去做。聽懂了嗎？」羅尼說。

「懂——懂了。」司機說。羅尼一把跨騎在趴躺在車上的司機，試著把那條頭巾綁在他的頭上。當羅尼試著要打一個簡單的結時，頭巾的兩端幾乎搆不到一起。

「可惡，你的頭真大。像一顆他媽的南瓜一樣。」羅尼低聲嘀咕著。他呻吟了一聲，把頭巾在司機的眼睛上用力拉緊，再粗糙地打了一個小結。

後車廂的金屬綁帶依然牢牢地綑綁在固定白金的棧板上，他把手銬從綁帶上解開，然後站起身，一把抓住羅斯那件牛仔扣領襯衫的衣領，幫他扶起來。他們慢慢地往後倒退，直到碰到保險桿為止。

「好了，下來。慢點。我可不會把你的大屁股從地上扶起來。」羅尼說。司機的腳在空中盤旋，企圖要弄清地面在哪裡。羅尼放開他的衣領，改而抓住他的手臂。

「踩下來。現在，換另一隻腳。」

司機把雙腳都踩在了地上。羅尼以幾乎垂直的角度抓著他。然後把頭轉向柏雷加德。

「你要在哪裡動手？」他問。

「真不會說話。」凱文說。

在羅尼來得及反應之前，他打的那個小結突然鬆開了。頭巾瞬間從司機的臉上落下，懶洋洋地飄落到了地上。司機把頭轉向右邊，直接看到了羅尼的臉。他們四目相對了半秒鐘，他才掙脫羅尼的手，拔腿穿過草地跑走了。

「糟了！」羅尼大喊。他從口袋裡拔出一把.32手槍，開始朝著那個司機開槍。司機開始以之字形的路線繼續奔跑，最後跑到了樹叢邊緣，衝進了樹林裡。

「去拿手電筒！」柏雷加德大喊。凱文立即跑向卡車，拿出兩把高強度的美格光手電筒。他把其中一把扔給柏雷加德。

「走吧。雷吉，你和我一組！」柏雷加德說著，立刻朝樹林而去。

「你聽到他的話了，白痴！」羅尼喊完，也跟著快步跑向樹林。當他們朝著松樹林而去時，凱文越過他的身旁，彷彿他只是杵在原地、動也不動一樣。雷吉一拐一拐地跟在他們後面，不過，他輕鬆的步態似乎一點也不著急。

柏雷加德打開手電筒。松樹叢和野生的杜鵑在手電筒冷冷的黃光下顯得格外陰森。他穿過樹林，閃躲過低垂的樹枝，跳過那些當他還被關在少年感化院時就已經死了的腐爛樹幹。他稍微停了下來，聆聽著周圍的動靜。他試著忽略昆蟲和動物的叫聲，只專注在一個害怕的大塊頭在死命逃跑時可能會發出的聲音。他內心的某部分在懷疑，羅尼是否刻意不把頭巾綁緊，或者故意做了什麼。因為他曾經有意要殺了那個司機，也許他是故意讓司機逃跑，好強迫柏雷加德動手？柏雷加德甩開這個想法。那是一招西洋棋的棋步，但羅尼絕對是玩跳棋的那種人。羅尼他媽的塞遜，這才應該是他的綽號，而不是什麼搖滾羅尼。那傢伙天生就靠不住，連把眼睛蒙住都會出問題。

一道陡峭的土墩在他面前升起，上面佈滿了死掉的松樹和生病的雪松。他自己的呼吸聲大到難以相信，彷彿一間舊鋼鐵廠裡的風箱一樣。他的.45重重地插在他的背後。他把槍抽出來握在右手，左手則拿著那把手電筒。

他聽到左側的身後響起一陣劈啪聲。那是羅尼、凱文和雷吉。他再度看了一眼那道土墩。那個司機，一個再多吃兩個起司漢堡就會心臟病發的傢伙，能在不到兩分鐘的時間內爬上那樣的陡坡嗎？正常來說，柏雷加德會說不可能，然而，恐懼會給人翅膀。他開始爬上那座陡坡。他催促自己往上爬，並且在不到五分鐘之內爬到了頂點。他停了一下，深深吸了一口氣，呼吸聲卻顯得十分混濁。

〈Born Under a Bad Sign〉這首歌的前奏音符突然劃破靜夜。音色聽起來是那麼地刺耳和尖銳，幾乎像是機器人發出來的一樣。顯然是某個喜歡藍調的人把它設定成了來電音樂。柏雷加德本能地立刻把頭轉向右邊。

當他發現被森林耍了一把時已經太遲了。就在他轉頭之際，那個司機已經撲向了他。他們重重地滾到地上，而柏雷加德被壓在了底下。他的右手腕撞到一根樹根或者石頭，疼痛瞬間衝向他的右手臂，他可以感覺到手中的槍滑掉了。那個司機碩大的身體把他壓在了地上，讓他的每一口呼吸都變得困難。當他盲目地想要抓取他的槍時，他感到一片溫暖的金屬正在啃噬著自己的喉嚨。他無法呼吸。他冷靜地發現那個司機正在用手銬勒殺他，於是，柏雷加德鬆開手電筒，也不再摸索掉落在地上的槍，轉而用力把自己和司機推離地面。在他的反擊下，兩人同時以側面著地，然而，那個司機卻依然沒有放手。柏雷加德的雙手抓向司機的臉，彷彿一對大狼蛛一樣。就在他的胸口開始燃燒，他的面前開始出現黑色的斑點時，他的拇指抓到了司機的眼睛。

柏雷加德把兩根拇指壓進司機的眼眶。司機發出一聲號叫，宛如一頭受傷的熊。他放開勒住柏雷加德脖子的手，企圖要保護自己的眼睛。柏雷加德立刻翻滾到一旁。他用力吸了好幾口氣，手腳並用地快速爬過森林的地面。他的手在地上的碎屑和殘渣裡摸索著。他的槍。他需要他的槍。

一道手電筒的燈光開始在前方一呎左右的幾棵樹上晃動。

柏雷加德及時翻轉過身，讓背貼在地上，擋住司機揮來的一記重擊。司機的雙手抓著手電筒，像揮棒一樣地揮向柏雷加德。柏雷加德一邊用雙手阻擋著司機的攻擊，一邊將雙腿縮到胸前，然後踢向司機。他得要站起來。別再想著他的槍了。只要站起來，他們就可以公平地競爭。

突然之間，司機的身後被一片光暈照亮，一陣連續的槍響迴盪在森林裡。鮮血和骨肉的碎片彷彿濛濛細雨般地飛濺在他和司機之間的空氣裡。司機開始往前傾倒，鮮血從他胸口的兩個傷口不斷湧出。當司機往前倒下時，柏雷加德頂住了他的身體，手電筒也從司機的手裡掉落下來。他把司機中槍的身體推到左邊，自己則滾向右邊。他的臉和脖子都沾上了鮮血。羅尼和凱文同時爬上了坡頂。兩人手裡都握著槍。凱文的另一隻手裡還抓著一把手電筒。他跨過躺在地上的司機，把一隻手伸向柏雷加德。柏雷加德抓住他的手，讓凱文一把將他從地上拉起。

「你沒事吧？」他說。

「嗯。這些血跡大部分都是他的。」

「天啊，他為什麼要跑？他以為這裡有自助餐嗎？」凱文問。柏雷加德搖了搖頭。他感到一絲笑意就要浮上他的臉。

「我欠你一次。」柏雷加德說。

「不，我們扯平了。不過，你倒是欠了羅尼一次。我想，是他射中司機的。」凱文說。柏雷加德透過凱文的肩膀望去。他看到羅尼低頭看著司機的屍體，口中正在哼著柏雷加德認不出的曲調。柏雷加德把注意力轉回凱文身上。

「我們回到廂型車那裡吧，得要開始裝貨了。我想要在太陽升起之前回到維吉尼亞。」柏雷加德說。他的計畫是由他和凱文來駕駛那輛皮卡。由於羅尼是這一切的始作俑者，因此，羅尼和雷吉得要承擔風險地開那輛偷來的箱式貨車。

就在凱文準備要做出回應之際，他左邊的臉頰卻突然爆裂。溫暖的液體噴濺在柏雷加德的胸口。在凱文倒地的同時，一股劇烈的疼痛刺穿了柏雷加德右邊的三角肌。與生俱來的直覺反應讓柏雷加德下意識地往後跳開。在他的身體撞上土墩西邊的坡地之前，他覺得自己似乎在半空中漂浮了好幾分鐘。當他頭下腳上地往後滾落時，幾顆子彈飛過土墩頂端，彈射在了乾燥的松樹樹幹上。數不清的泥土、細碎的小樹枝和乾枯的落葉，隨著他滾動的身體紛紛掉落在他的襯衫上、鑽入他的口袋和嘴巴裡。世界彷彿一個旋轉中的萬花筒，直到他最後一圈的翻滾結束。一棵老松樹寬大的樹幹朝著他的臉孔衝撞而來，之後，世界就變成了一片黑暗。

26

有好一會兒的時間，柏雷加德以為自己瞎了。世界似乎一片晦暗，而且充滿了陰影。他眨了眨眼睛，感覺到什麼濕熱的東西正在流到他的臉上。他嘗試地伸出左手去摸自己的臉。那是血。他的眼睛裡有血。他左眼上方的一個傷口凝結了，但是，他粗糙的手指卻讓傷口又破開了。

他沒有瞎。天色還很黑。柏雷加德坐起身，不過卻立刻後悔了。噁心的感覺從他的食道一路竄出了他的嘴。他往左邊傾倒，讓口中的東西吐到地上。他覺得自己彷彿困在了一個旋轉木馬上。

他深深吸了一口氣，試圖再度坐起來。這次，他沒有吐了，不過，他還是想吐。一隻貓頭鷹的鳴叫聲不知道從哪裡傳了過來。他傾聽著其他的聲音，看看是否有人走動或者對他表示同情。然而，他所聽到的只是夜晚森林裡該有的聲音。他猶豫了一下，然後伸出左手再次查探。他首先觸碰著右手臂的上方。當他的手指摸到一個裂口時，他緊緊抿住雙唇，發出了一道呻吟。那道裂口大約有兩吋長，不過並不深。子彈擦過了他。他收縮了一下右手。他的手指還能動，雖然有點勉強。接著，他摸了摸額頭。他的左眉上方有一顆雞蛋大小的腫塊，腫塊右邊就是那道正在往他眼睛裡流血的撕裂傷。他看了看手錶。錶面微弱的亮光並不足以引起任何人的注意。現在是凌晨兩點三十分。他們在十一點左右的時候，為了追逐那個司機而進了樹林。也就是說，他昏厥了三個多小時。

凱文已經死了三個小時了。他的堂弟，他最好的朋友，已經死了三個小時。

羅尼他媽的塞遜。他應該要預見到會發生這種事。他應該要有所準備的。當懶人把那筆錢倒在桌上時，他曾經見到羅尼的神情。那種野心勃勃的飢渴，說明了羅尼並不想要放棄他辛苦到手的贓款。柏雷加德看到了那樣的神情，但是卻沒有放在心上。他愚蠢地以為羅尼想要活命的渴望勝過他的貪婪。他沒有想到的是，對羅尼來說，沒有錢的生活就完全算不上是生活。現在，因為他的貪婪和柏雷加德的過於自信，凱文死了。

柏雷加德閉上雙眼。他必須站起來，他必須行動。一個心理變態的低級電影狂，此刻正把槍口瞄準了琪亞和他們的兒子。一個期待在週日晚上之前，會有一輛廂型車把一車珍貴的金屬載送給他的變態人渣。他的內應會告訴他，那輛廂型車並沒有抵達原本的目的地。於是，懶人就會坐等一通永遠都不會響起的電話。然後，他會推測是他們背叛了他，並且派出佛萊迪・克魯格[22]來追殺他。艾莉兒不會有危險，因為他們不知道她的存在。不過，琪亞和他們的兒子必須離開鎮上。柏雷加德把手伸進口袋，拿出那支拋棄式的手機。手機壞了。也許是在他滾落山坡的時候壓碎了。

「可惡。」他聲音沙啞地說。

他得要爬回坡頂上。那輛廂型車應該早就不見了。他把鑰匙留在了啟動引擎的開關上。又一

---

[22] 佛萊迪・克魯格，《半夜鬼上床》系列電影裡的恐怖人物。

個錯誤。不過，皮卡和箱式貨車應該還在那裡。羅尼也許拿走了箱式貨車的鑰匙。沒有關係。他可以靠短路點火的方式來啟動貨車。或者，他可以從凱文的口袋裡拿到鑰匙，去開那輛皮卡。

悲慟彷如強震一樣地向他襲來，讓他全身都在劇烈地發抖。他感到自己的食道在痙攣，然而，他的胃裡已經沒有什麼可以吐出來的了，因此，他只能乾嘔。他發出一陣呻吟，重重地朝自己摑了一巴掌。幾秒鐘之後，他又摑了一次。那股顫抖開始消退，他轉過身，讓四肢撐在地上。然後深吸了一口氣，讓自己從地上站起來。他周遭的世界在閃爍，彷彿他正在穿越一道水牆一樣。柏雷加德閉上眼睛，穩住自己。他再次做了一個深呼吸，開始爬上土墩。他所跨出的每一步，都宛如在糖漿中行走。他跌跌撞撞地保持著平衡，繼續往前邁進。他越是靠近坡頂，速度就越緩慢。他知道有什麼在那裡等著他。他知道，一旦他攀上北卡羅萊納這座不知名的山丘時，他將會看到什麼。然而，他必須要看到，不只是因為他需要一副車鑰匙。

他活該。活該要面對凱文臉上的那片空洞，無論他的臉還剩下多少。因此，他繼續攀爬。他抓住山坡上的小樹和潮濕的泥土，繼續往上爬。帶著一股堅毅的決心，他一路在懺悔中前進。

當他到達坡頂時，迎接他的是凱文毫無生氣的雙眼。他張著嘴，頭無力地垂向一邊。他臉頰上的傷就像一個赤裸的紅色火山口。柏雷加德可以透過那個洞，看到殘留在凱文口中的牙齒。

柏雷加德跪倒在凱文身邊。一群螞蟻正在凱文的臉上蠕動，有些還在他張開的嘴裡穿梭進出。柏雷加德抓住他的手，那種感覺就像摸到了一片已經變冷的硬蠟一樣。凱文的手指僵硬得有如石頭。柏雷加德試著要撥開他臉上的螞蟻，然而，他的手卻開始顫抖。他搖搖頭，讓自己穩定下來。被他掃走的那些螞蟻很快地又以毫不留情的效率爬回凱文的臉。柏雷加德試著要蓋上凱文那隻完好的眼睛，但是，他的眼皮卻拒絕闔上。他低下頭，直到貼在了凱文的胸口。那股新死的腐臭味濃烈到彷彿就在他的嘴裡。他強忍住噁心的感覺，不讓自己吐出來。

「等我解決了這一切，我一定會回來好好地埋葬你。我保證。你不應該來這裡的。你從來都不欠我什麼。」柏雷加德在凱文的胸口低語。幾分鐘過去了。柏雷加德的腦海裡出現了一個又一個的昔日畫面，彷彿從老舊的八毫米底片上剪接下來的一部家庭電影。他看到兒時的凱文和他在他們的腳踏車輪輻上插上紙牌，好模仿摩托車的聲音。他看到凱文故意挑釁他，看他敢不敢在不開頭燈之下駛過卡利斯路，因為他深知蟲子一定會證明給他看。他還看到了穿著燕尾服的凱文遞給他一枚戒指。那些時光，還有成百上千個這樣的時光，就像利刃一樣地切開他的靈魂，硬生生地把他的靈魂剝開。

終於，柏雷加德抬起頭。他摸摸自己的臉。那些血，凱文的血，那個司機的血，依然乾涸在他的眼角。他沒有哭。他有點痛恨自己為什麼沒有哭，不過，他會有時間流淚的。他從凱文褲子前面的口袋裡拿到了鑰匙。然後趴在地上摸索，翻攪著附近的泥土，企圖找回他的槍。就在距離他和那個司機摔倒的位置一呎之外，他發現了他的槍。他把槍塞回他的腰際，從土墩的另一面滑了下去。等到他回到平坦的草地時，他看到那輛箱式貨車和皮卡都被停在了一邊。兩輛車駕駛座那邊的前輪輪胎都被割破了。

「你以為你很聰明，是嗎，羅尼？」柏雷加德說。

當他們勘查集合地點的時候，柏雷加德曾經注意到那條小路附近有幾間房子。其實不過就是幾間貨櫃屋和單層的農舍。大部分的住家，車道上都停有車子，少數的幾家甚至還有車庫。紅丘距離這裡有六個小時的車程。根據他所能偷到的車型，以及車上剩下的汽油多寡，他應該可以在只需要加一次油的情況下回到紅丘。他身上還有兩百多一點的現金。那可以讓他在八點左右抵達紅丘，也許早一個小時，或者晚一個小時。他可以讓琪亞和孩子們在九點之前離開鎮上。伯尼可以幫他包紮傷口。然後，他就可以處理羅尼．塞遜先生和懶人．王八蛋先生了。

柏雷加德穿過草地，像幽靈一樣地穿梭在松樹之間，朝著北方而去。

當羅尼越過州界駛進維吉尼亞時，路上的車子寥寥可數。一路上，雷吉都把椅背放倒下來，好讓自己入睡。自從他們從山坡上下來之後，他就沒有開口說過一個字。

「嘿，你餓嗎？」他問雷吉。

「不餓。」雷吉說。

「你一整天都要這樣嗎？」

「哪樣？」

「像個獅身人面一樣地坐在那裡。」

「我一直在想，那天我們去蟲子家，他拿出一支槍指著你的事。他把槍管直接對準了你的肚子。他打算在他老婆和孩子面前殺了你，因為你沒有事先通知他就直接去了他家。我一直在想，現在我們殺了他弟弟，他會怎麼做。」雷吉說。

「首先，如果我早知道你會一直嘮叨這件事的話，我就什麼都不會告訴你。其次，柏雷加德已經死了。」羅尼說。

「你確定他死了嗎？你有走下那個山坡，確認他的脖子斷了嗎？喔，等一下，我知道答案是什麼。」雷吉說。

「你知道嗎？閉嘴。睡你的覺去吧。」羅尼說。

雷吉在座位上挪動了一下，把頭轉向車門。羅尼按下收音機的按鈕，不過卻什麼聲音也沒有。他目視前方，試著不去理會雷吉所說的話。

「我射中他了。我知道我射中他了。」

雷吉開始發笑。

「喔，你知道你射中他了？是嗎？我來告訴你我所知道的吧。我知道你欺騙了蟲子，而那個懶人會把我們給殺了。這點你也知道，對嗎？你害死了我們。蟲子不會放過我們的。他會來追殺我們，然後像除掉蟑螂一樣地把我們殺掉。如果他沒有殺我們的話，懶人和他的手下也會。我們他媽的完蛋了。」雷吉說著，雙臂交叉，望向窗外。

「雷吉，不會發生這種事的。相信我。」

「相信你？關相信了你。凱文相信了你。蟲子相信了你。珍妮也相信了你。結果他們的下場是什麼？」雷吉說。羅尼聞言把手放在雷吉的膝蓋上。

「他們不是我的弟弟。聽著，即便我沒有射中他，他可能也會因為從山丘上滾下去而摔斷脖子。」

「你總是說要相信你，但是，你總是不斷在事情的過程中惹出麻煩。」雷吉的聲音彷彿凍結的湖水一樣平靜。

「你想要回去當個貧困的白人垃圾嗎？蛤？這輛廂型車載了二十八捲的白金。蟲子說，每一捲都有十磅重。即便我們只拿得到原始價值的一半，那些錢也夠我們離開維吉尼亞，落腳到某個條條道路都通向海邊的地方。」羅尼說。不過，雷吉沒有回應他。

「他打算全都放棄，雷吉。全部。第二次拿到三百萬的機會就那樣被扔掉。」羅尼又說。雷吉只是把羅尼的手從他的膝蓋上挪開。

「我們永遠都是垃圾，羅尼。錢不會改變這件事的。」雷吉說。羅尼張開嘴，想要反駁雷吉的說法，不過，卻什麼話也說不出來。真相總是能用一種奇怪的方式結束一場爭執。

他們沉默地又開過了好幾哩路。羅尼張開嘴，正打算說些什麼來讓雷吉的思緒不要再陷入他們目前的處境裡，不過，那支拋棄式手機卻開始在他的口袋裡震動。羅尼差點就衝出了路邊。他們為什麼這麼快就打來了？他看了一下手錶。才剛過清晨五點而已。

「是他們，對嗎？」雷吉問。

「不，是超級大富翁[23]的製作單位打來的。」羅尼說。汗水像浮油般地冒出他的額頭。

「你最好接電話。」

「閉嘴，讓我想想，好嗎？」羅尼說。手機持續在震動。羅尼的手指不停地敲打在方向盤上。手機最終停止了震動，不過，卻立即又開始震動了起來。羅尼終於從口袋裡掏出手機，接了電話。

「嘿。」

「搖滾天王。我以為你不打算理我。你差點就傷了我的感情。廂型車呢？我的人說，影子快氣死了，因為廂型車沒有開到溫斯頓—撒冷。他問了那些保護車子的傢伙發生了什麼事，不過，他們的回答讓他不太高興。他把他們的牙齒都拔掉了，直到聽到令他滿意的回答為止。」懶人輕笑道。「現在，我得要說，你們這幫人真的讓我刮目相看，不過，你們不是應該要在得手時就打電話給我嗎？我以為我們有共識。」懶人說，羅尼在他說完之後，又等了一下才回答。

「是這樣的。那個柏雷加德？他偷了那輛廂型車。」

「我知道。是我吩咐你們這樣做的。」懶人說。

「不，你不明白。我們弄到了那輛廂型車，然後，他和他找來的那個傢伙背叛了我和我弟弟。他對我們開槍，把那輛車開走了。」羅尼說。電話裡出現了一陣沉重的靜默，讓手機似乎也

㉓超級大富翁是源自英國的電視益智遊戲節目。參賽者需要正確回答連續十五道四選一的多項選擇題，若能全部答對，將可獲得巨額獎金。回答問題的過程中，參賽者有三個錦囊可以協助回答問題。

變重了。

「你在哪裡？」懶人說。他刻意說得很緩慢。

「我？我大概還有四十五分鐘就到我家了。他留下了一輛我們用過的車。我猜那算我們走運。」羅尼說。一輛車子超車而過，彷彿他站在路上不動一樣。他看了一下車速表。他的時速是七十哩。那輛廂型車震動得像裝滿磚塊的洗衣機一樣。

「好吧。你回到你家，然後待在那裡。我們會過去。看看我們是否能弄清楚這個傢伙逃去了哪裡。」懶人說。

電話隨即掛斷了。

「你為什麼告訴他們說，我們正要回家？」雷吉問。

「因為要幫我們自己爭取時間。」

「我們終究會回家。」

「不，我們不會。我們要去神奇地找你的女朋友。我認識一個人可以變賣這些東西，我只是不能沒有事先聯絡就直接去找他。我們只需要多幾個小時的時間。」羅尼說。

「她不太愛理你。」雷吉說。

「我不在乎。只要她不把我吃掉，我們就不會有事。」羅尼對他說。

懶人把電話放在桌上。比利在店的前面送走一名顧客，然後走到後面的辦公室。

「搖滾天王說，那個柏雷加德和卡車一起不見了。」懶人說。

「你想要怎麼處理？」比利問。

懶人拿出一根菸斗，在上面填了一小塊刺鼻的蘋果味菸草。「打電話給你下面的人，叫他們監視羅尼的地方。等羅尼和他弟弟出現的時候，就把他們帶回來這裡。也把柏雷加德的家人抓來。如果他真的開那輛廂型車逃跑了，他一定會企圖警告他老婆。我們把她帶到這裡，他就會把廂型車開來給我們，如果廂型車真的在他那裡的話。」懶人說。

「如果廂型車真的在他那裡的話？」比利重複他的話。

懶人點燃他的煙斗，深深吸了一口。「他可能真的把車子開走了。不過，我認為他沒有那麼笨。他也可能正趴在一道溝渠裡，而是那個塞遜把廂型車開走了。不管怎麼樣，我們都會弄清楚的。我們也許得要在他們身上生火烤點棉花糖，不過，我們會弄清楚的。」懶人說著，吐出了一縷藍色的煙。

27

柏雷加德把正在冒煙的吉普開進休息站。

蒸汽從引擎蓋下面冒出，把整輛車都包裹在了一朵雲霧裡。他剛剛駛過州界，回到了維吉尼亞。收音機上的時鐘顯示現在是上午九點鐘。溫度計上的指針已經爆衝到紅色警戒區的極限，很快就要壽終正寢了。柏雷加德把吉普停好，熄掉引擎。他在下車之前先看了一下後視鏡。他闖入的那間狹窄的單寬貨櫃屋裡有一只醫藥櫃，裡面出乎意料地儲存了非常完善的醫療用品。包括大大小小的紗布、雙氧水、酒精棉和一些阿斯匹靈。他拿走的那件黑色長袖襯衫對他來說太大了，褲子也太長，不過眼下還是可以派上用場。那輛吉普從一開始就是一場賭博。不僅嚴重漏油，前輪的兩個輪胎也都磨平了，基本上就像是什麼蓋滿鐵鏽的廢鐵一樣。看起來彷彿是某部末日劫難電影留下來的道具。

不過，在它掛掉之前，它還是一路開到了薩克斯。柏雷加德下了車，彈開引擎蓋。更多的蒸汽瞬間冒上來，把他的頭團團圍住。防凍劑甜膩的味道也衝進他的鼻子裡。柏雷加德揮了揮手，企圖要揮開蒸汽。他看到散熱器的邊上有一縷羽毛般的蒸汽，從一個針孔大小的洞冒了出來。柏雷加德四下環顧著休息站。只見一排野餐凳擺放在幾棵大橡樹底下。還有一間容納了洗手間、零食販賣機和服務台的磚造建築。柏雷加德開始往野餐桌走過去。

前面三張都是空的。桌上什麼都沒有，桌子底下的地面也什麼都沒有。看來他很幸運，停在了一個清潔人員十分吹毛求疵的休息站。第四張桌子坐了一個正在吃早餐的亞洲家庭。柏雷加德在走過去的時候，試著在臉上露出一絲微笑。

「不好意思。」

那名父親帶著謹慎的眼神打量他。

「很抱歉打擾你們，不過，你們會不會剛好有些胡椒？」

那名父親默默地看著母親。他們交換的眼神似乎在告訴對方，胡椒不是什麼可以拿來對付他們的致命武器。兩個不到十歲的孩子，一男一女，把手伸進他們的速食袋子裡，抓出了幾包胡椒。那名母親把胡椒集中在一起，遞給柏雷加德。

「你也在吃早餐嗎？」小女孩問他。

柏雷加德笑了笑。「沒有。我的車子過熱了，因為散熱器漏了。胡椒可以把那個補起來，撐上一會兒。」他說。女孩點點頭，彷彿她每天都會討論緊急的汽車修護問題一樣。

「你的臉怎麼了？」小男孩問。他母親立刻噓了他一聲。

「發生了一點意外。」柏雷加德說著，把那些小包胡椒放進口袋裡。

「謝謝你們。」說完，他往回走向吉普。走到一半的時候，他突然轉身。「你們有手機嗎？」

當琪亞聽到門口傳來敲門聲的時候，她正在把牛奶倒進達倫的麥片碗裡。賈文還在睡覺。昨天晚上，當琪亞和達倫一起在看一部很長的動畫片時，賈文一整個晚上都在畫畫。她倒好牛奶，把碗滑給達倫。

「吃你的早餐。」說完，她站起身，準備走向門口。當她打算去應門時，她的手機開始發出啾啾的叫聲。琪亞停下腳步，轉頭看向臥室。然後又回頭看著大門。當手機的啾啾聲停止時，她又繼續走向門口。

「媽媽，你忘了給我麥片了。」達倫說。不過，她幾乎沒有聽到他在說話。她透過門中間那個鑽石形狀的小窗往外窺視。只見一名白人男子正站在前廊上，另外兩名白人男子則站在一輛新款的LTD旁邊。門廊上的那個人體型和她的冰箱一樣大。另外兩個明顯地就比較小號一些。門廊上的那個人穿了一件白色的扣領襯衫和牛仔褲。站在車旁的那兩個都穿著T恤和牛仔褲。其中一個頭上戴了一頂歌舞劇貓的褪色棒球棒。

她把門打開一道縫。

「有什麼事嗎？」

那個大塊頭用力扯著門。她穿著柏雷加德的T恤和一件運動短褲站在門口，明顯地感覺到那件短褲就扒在她的臀上。

「你嫁給了一個叫做柏雷加德的人嗎？」大塊頭問。

「你為什麼這麼問？發生了什麼事？」她問。

大塊頭草草地看了她一眼。「叫你兒子出來，你們都得和我們走。」他說。

「我不會和你走，我兒子也不會。現在，告訴我這是怎麼回事。」琪亞說。

大塊頭轉向那兩個靠在車上的傢伙，對他們招了招手。然後出其不意地抓住琪亞的手臂，開始把她拖出房子。他的速度是如此之快，在她來得及反擊之前，人就已經被拖到了第一級的台階上。她往男子的眼睛一抓，又朝著他的胯下踢了一腳。不過，這只招來了一聲咕噥。戴著棒球帽的白人男子快步經過他們身邊。當她聽到達倫開始尖叫時，她的心都碎掉了。

「媽咪！媽咪！媽咪！」當那個戴帽子的男子抓著他細瘦的手臂把他拖出屋子時，他不停地在嚎叫。就在琪亞和達倫被迫走向車子之際，第三名男子走進了屋裡。琪亞掙扎著，想用她身上能找到的任何東西抵抗，不過卻起不了作用。她的努力就像試圖在和一座山角力一樣。

大塊頭不再把她往前拖，而是把她拉近，用他的前臂繞住她的脖子。她立刻就感覺到有個冰涼的硬物抵在自己的太陽穴上。沒有人有任何的動作。琪亞把視線瞄向房子。只見第三名男子高舉雙手、倒退著走出了屋子。當他退到最下面的台階時，他停下了腳步。

賈文站在前廊，手裡握著一把槍。那是貝瑞塔九二系列的九毫米手槍。是他父親擁有的幾把槍之一。

大塊頭把琪亞抓得更緊了。

「你不要衝動，把槍放下。你不希望任何人受到傷害，對嗎？」他問。

賈文只是站在原地不動。他用空著的那隻手支撐著自己的手腕，穩穩地握住那把槍。「對，我不想要有人受傷。所以，放開我媽媽和我弟弟。」他說。他並沒有口吃，也不是在低語，而是用他瀕臨變聲期的聲音，大聲、清楚地在說話。

「聽著，孩子，你不知道怎麼使用那東西的。」大塊頭說。

賈文一直沒有把目光從大塊頭身上挪開過。他打開了保險。

「放開我媽媽和弟弟。」他說。

大塊頭還在試圖決定要怎麼處理眼前的場面，不過，戴帽的那名男子已經舉起了他的槍，屏住呼吸地在喃喃自語。

「去他媽的。」

賈文立刻把槍指向他的方向，扣下了扳機。手槍在他的手裡震動了一下，彷彿自有生命一般。戴帽的男子一把蹲伏了下來。子彈擦過他的頭，擊碎了LTD的車頭燈。賈文繼續扣著扳機，把槍口從戴帽的男子轉向站在他面前的那名男子。那名男子的胸口瞬間綻放出一朵鮮紅的花朵，然後就像一個被剪斷線的牽線木偶般地倒了下去。他甚至連他自己的槍都還沒碰到。

大塊頭把他的槍從琪亞的鬢邊挪開，轉而指向賈文。就在他對準賈文之際，一顆子彈擊中了他的脖子。他反射性地扣下扳機，但卻什麼也沒有命中。戴帽的男子趴到地上，往後爬向LTD的駕駛座門邊。他舉起他的槍，從引擎蓋上方開火。

大塊頭踉蹌地走回LTD。他的槍從手中掉到了草地上。在他倒進車裡時，他的雙腳還吊掛在車門外面。戴帽的男子跳進駕駛座，發動車子，隨即拉著大塊頭的襯衫，把他往車裡拉。在他倒車的時候，子彈擊碎了擋風玻璃。當他們倒車駛離院子，奔往巷口時，大塊頭的腳一路拖過了地面。

賈文繼續扣著扳機，即便再也沒有子彈發射出來。

「賈文！」琪亞尖叫著。

「賈文，打電話給九一一！」

賈文依然在扣著扳機。

「賈文，打電話給九一一！」她尖叫道。她的眼睛幾乎從頭上鼓了出來。她緊緊地抱住達倫，臉和胸口都蓋滿了血跡。直到此時，賈文才終於明白發生了什麼事。他跑進屋內，衝向他母親的房間。她的手機就在床頭櫃上。他把手槍丟在地板上，抓起手機，撥打了九一一。他母親的尖叫聲迴盪在整間屋子裡。

「九一一，有什麼急事？」一個機械化的聲音問道。

「有人槍殺了我弟弟。」賈文說完，也開始尖叫。

琪亞坐在等候室的電視機底下，電視裡正在重複播放著醫院的宣傳廣告影片。日光燈的燈光反射在地面白色的磁磚上，帶給她一陣頭痛。她的眼睛在刺痛。從家裡到急診室的路上，她一路都在哭泣。他們不讓她陪達倫坐在車後。一路上，她都只能在救護車的駕駛室裡，透過一扇小窗看著他。司機試圖要讓她繫上安全帶，但她卻毫不理會。她必須一直看著他。如果她一直看著他的話，他就不可能會死掉。當他們飛馳在路上時，她這麼告訴她自己。只要她可以看到他，他就不會死。

琪亞把頭埋在手裡。她的胸口有一窩的結，不停地在拉緊。珍搓揉著她的背，而她只是透過指縫瞪著地板。他才八歲。八歲的孩子不應該死掉。他們應該要活蹦亂跳地開一些愚蠢的玩笑，拒絕洗掉他們的哥哥幫他們畫在身上的假刺青。

「琪亞。」

她抬起頭。柏雷加德奔過等候室。他正在叫喚她的名字。他沒有尖叫，而是使盡全身的力量、用他低沉的男中音在叫她。當他來到角落時，他在距離她五呎的地方停下了腳步。他看起來很嚇人。他的左臉有一片嚴重的瘀青，身上穿的是一件大了兩號的林納．史金納㉔長袖黑色襯衫，還有一件過大的褲子掛在他的骨架上。

「琪亞。他們怎麼說？」他問。

她注視著他。「你不打算問發生了什麼事嗎？」琪亞問。

柏雷加德垂下目光。「我回過家了。我看到了子彈孔。我到隔壁去，琳達告訴了我。車子壞了。如果不是車子拋錨的話，我應該會在家的。」他說。她幾乎沒有聽到他在說什麼。

「有人到我們家來。有人在找你。」琪亞說著，從座位上站起身。

「我知道。我試著要打電話給你，但是你沒有接。」柏雷加德說。

「不要打給我。你不需要那麼做。如果你沒有和那個白人去幹什麼大案子的話，你就不需要打電話。」琪亞咬牙切齒地說道。

「琪亞，我們到外面去談。」柏雷加德對她說。

「談什麼，柏雷加德？談你是怎麼惹上一些黑幫，結果他們跑到我們家來的事嗎？你要談談我是怎麼告訴你，叫你賣掉那輛該死的車嗎？但是，你不肯，你肯嗎？因為你不想丟掉你親愛的爸爸的車子。我兒子現在正在手術台上為他的生命奮鬥，因為你在乎一個已經死掉了的小偷，更勝於你在乎你自己的孩子。我的另一個兒子現在正在警察局，因為他必須要對兩個人開槍，才能不讓他們把他媽媽和他弟弟抓走。你聽到了嗎，王八蛋？我的兒子今天殺了人。但是，我猜，你認為那沒什麼關係。那是蒙塔奇家的傳統，不是嗎？」

柏雷加德知道她企圖要傷他。唯一一個比把你養大的女人更了解你弱點的人，就是和你睡在同一張床上的女人。不過，他接受了她的指控。他接受了，彷彿他從來沒有接受過一樣，因為她說得沒錯。他把這個噩夢帶給了他的家人。但是，那並不表示他不愛他們。

「他們也是我的兒子，琪亞。」柏雷加德說。

琪亞走上前，給了他一個耳光。她的小手讓他瘀青的臉泛起一片緋紅。一堆星光開始在他眼

㉔林納・史金納，七〇年代崛起於美國的搖滾樂團，後走紅全世界，並於2006年進入「搖滾名人堂」。

前閃爍。在那個瞬間，他突然感到某種冰冷陌生的感覺在胸口綻放。他舉起右手，握住拳頭，不過，立即又放了下來。他活該挨這一巴掌。不只這一巴掌，還有更多更多。

「他們不是你兒子。今天，他們是我的兒子，而我必須保護他們。保護他們不要被像你這樣的人傷害。」琪亞說。她把身體貼住他。她的四肢彷彿鋼絲一樣。她的呼吸散發著菸味和胃酸的味道。

「琪亞，我不是『這樣的人』，我是他們的父親。」

「滾。」她說。

「車子壞了。我本來應該在家的，但是車子壞了。」

「滾——！」她尖叫著，拳頭開始落在他的胸口。當他試著要抱住她時，她畏縮地彷彿他染了瘟疫一樣。

「滾出去！」

「不，琪亞，求求你。」他說著向她靠近，但她卻再度發出了尖叫。那是從喉嚨發出來的、赤裸的嚎叫，雖然不是可以識別的語言，卻讓人很明顯地就明白了她的意思。

珍起身把她拉到自己胸前。琪亞癱軟在了她妹妹的懷裡，任憑珍把她帶回座位上。

「柏雷加德，你走吧。我們有消息的時候，我再打電話給你。」珍說。

他以近乎完美的三百六十度轉過身。那些瞠目結舌的職員、護士、警衛和其他的病患，全都呆若木雞地看著他們。

「車子壞了。我原本會在家的，但是車子壞了。我把車修好，然後直接就回家了。我修了車。」他喃喃自語著。當他走向玻璃推拉門時，他又說了一遍。當他走向停車場裡那輛鑰匙孔插著一把螺絲起子的生鏽吉普時，他又說了一遍。柏雷加德上了車，重重關上車門。他開始尖叫，手掌用力拍擊在方向盤上。他身上的每一吋肌肉都在呼應著他的橫膈膜。當他拱起背哀號的時候，他的胸口開始發痛。走過停車場的人們在經過吉普時，都低下了頭，將視線挪開，快步通過。從那輛破舊的車裡傳出來的聲音不需要任何的解釋或翻譯。

那是真實而且毫無疑問的絕望之聲。

28

伯尼用一隻手打開家門，另一隻手的臂彎裡則抱著一盒六瓶裝的啤酒。早已落到地平線以下的太陽讓天空染上了一片洋紅。當他踏進門檻時，他的肚腸差點跳到了嘴裡。

柏雷加德正坐在他的皮搖椅上。

「老天，你嚇死我了。你在這裡幹嘛？」伯尼問。

柏雷加德抬起頭。「我搞砸了，伯尼。」他說。

伯尼把門關上，仔細地看著他。

「你的臉發生了什麼鬼事？」

「你是對的。關於羅尼，關於一切。」柏雷加德說。

伯尼在一張和搖椅呈直角的沙發上坐了下來。「說吧。」他說。

柏雷加德小心翼翼地用手撫過自己的額頭。他把一切都告訴了伯尼。珠寶店、廂型車、凱文，以及到目前為止所發生的每一件事，包括達倫的事。伯尼安靜地聆聽著，從頭到尾都沒有打岔，也沒有問任何問題。當柏雷加德說完時，伯尼站起身，走到廚房，拿了一個密封的玻璃瓶又走回來。他轉開瓶蓋，喝了一口，然後把瓶子放在兩人之間的咖啡桌上。

「我很遺憾，蟲子。你希望我們怎麼做？」伯尼問。

柏雷加德轉過頭，把沒有受傷的臉頰靠在搖椅邊上。椅子的表面很沁涼。伯尼的中央空調顯然超時在工作。

「你知道嗎，我曾經認為自己是兩個人。有時候，我是蟲子，有時則是柏雷加德。柏雷加德有妻子和兒子。他經營了一家店，他會去參觀兒子學校的舞台劇。蟲子……呃，蟲子，他搶劫銀行，並且武裝車輛。他在髮夾彎上以時速一百哩飆車。蟲子懲罰了那些殺了他堂弟的人，把他們扔進了車輛壓碎機裡。我試著要把他們分開，柏雷加德和蟲子。但是，我老爸是對的。你沒有辦法集兩種不同的野獸於一身。最終，其中一種野獸掙脫了束縛，造成了混亂，失去了控制。」他說。

他抓起那個玻璃瓶，喝了一大口。當他把瓶子放回去的時候，裡面的液體只剩下了一半。淚水從他的眼角滲了出來。

「他們槍殺了我兒子，伯尼。他們對我兒子開槍，因為蟲子搞砸了，而柏雷加德並沒有在那裡處理一切。」

「我們會處理一切的，蟲子。你只要告訴我，你希望我們怎麼做就好。」伯尼說。

柏雷加德往前坐。「我會處理的。我可能會需要一些幫助。」

「儘管開口。」伯尼說。

「我把車子停在了卡維路的那棟老房子旁邊。我需要把車子開到廢車場，把它擺脫掉。然後，我需要借一輛車。因為我沒有辦法開著我的卡車去做任何事。」

「好，沒問題。可是，我們要怎麼處理羅尼和懶人的狀況？」伯尼問，他的聲音裡充滿了惡意。

柏雷加德笑了笑。不過，那絲笑意只是停留在他的嘴角，並沒有擴散到他的臉頰。「我們什麼也不會做。我會去找羅尼，把那輛廂型車拿回來。他只有兩個地方可去。他不可能隨便找個人銷贓。從他處理那批鑽石的方式看起來，我知道他有管道，不過，要完成那種交易需要幾天的時間。我不認為他會笨到待在他家裡。所以，那就剩下神奇地了。等我一拿回廂型車，我就會打電話給懶人先生。」

伯尼咕噥了一聲。

「你不能隻身對抗這幫人。神奇地的那些傻子算不了什麼，但是，這個叫懶人的傢伙可就是個麻煩了。」

「我已經害死凱文了。」

「我不會讓你被殺的。安東尼就像我的兄弟，而你對我來說就像兒子一樣。我不能讓你像個該死的西部牛仔一樣，單槍匹馬去那種地方。你的家庭需要你。我需要你，你這個固執的傢伙。」伯尼說。

柏雷加德往前傾靠，注視著伯尼的雙眼。

「我已經完蛋了，伯尼。我知道你認為我的家庭需要什麼，可是，我要告訴你我需要什麼。我需要你幫我的兒子，就像你幫我一樣。隨時都在那裡支持他們。我想，現在我明白我老爸為什麼離開了。柏雷加德和蟲子是同一個人。而那個人並不適合家庭。」

伯尼抓下頭上的帽子，往自己的膝蓋一拍。「不要再說那種廢話了。你是他們的父親。你是琪亞的丈夫。他們需要你。如果你離開的話，你就犯下了和安東尼一樣的錯誤。」伯尼口沫橫飛地對他說。

柏雷加德站起身。伯尼也跟著起身，雖然他得要多花一點時間才站得起來。他把沾了不少污漬的帽子戴回頭上。

「你不想幫我的話，那我就走了。」他說。

伯尼把雙臂交叉在胸口。「我會為你做任何事的，這點你也知道。但是，我看到了安東尼的離開對你媽媽造成了什麼影響，對你造成了什麼影響。我知道，他認為他做了對的決定，就像你現在做的一樣。然而，你們兩個都錯了。蟲子，看看你身邊的人。你是我現在最親近的家人了。不要這麼做。」伯尼說。

「我們體內的這個東西。在我身體裡的這個東西。那個在我老爸體內的東西。它就像癌症一樣。它會跟著我直到我死，伯尼。琪亞和我媽媽不一樣。他們也不會像我一樣，成長為一個糟糕的人。賈文不會被送到感化院去。自衛的名義會讓他不用服刑。而達倫如果能撐過……」柏雷加德困難地吞了吞口水。「等達倫撐過來的時候，他會和他的哥哥姊姊一起長大，然後，他們會離開紅丘。他們會去念大學，會談戀愛。會有他們自己的孩子。不過，這一切只有在我逮住羅尼和懶人的情況下才會發生。現在，如果你可以幫我的話，我會很感激的。如果你幫不了，那就不要阻擋我。我也會同樣地感激你。」柏雷加德說。

伯尼透過嘴巴重重地呼吸。他的目光越過柏雷加德，停留在搖椅後面的那面牆壁上。牆上掛了幾張鑲嵌在廉價相框裡的舊照片。伯尼和他的妻子。廢車場營業的第一天。他和安東尼站在伯尼那輛六七年的福特水星Comet旁邊。他重新看向柏雷加德。

「我們去把那輛車開走吧。然後，我們再來把一切都說清楚。」伯尼說。

「嘿，媽媽。」柏雷加德說。

他母親的眼皮顫抖了一下。當它們緩緩地張開時，柏雷加德可以看到她正在努力集中思緒。

「你看起來真糟糕。」她終於開口。

柏雷加德輕笑一聲。「我知道。」

「幾點了？」

「剛過九點。」

「他們讓你在會客時間結束後進來？」

「我沒給他們太多的選擇。」

艾拉側著眼看了他好一會兒。

「怎麼了？他們告訴你我只剩下一星期可活了？」

「不是。嘿，媽媽，你記得我們有一次在貨櫃屋後面採黑莓的事嗎？我們應該採了有一加侖吧。後來，老爸也來了，他帶了那個G.I. Joe[25]的仿冒品玩偶給我。我記得那個玩偶的名字叫做機動人還是什麼的？他順路帶了那個過來，還幫我們採了一些黑莓。我們進屋之後，你就做了卡布樂黑莓派。你還記得嗎？」

「他們一定是對你說我活不過一個小時了。」艾拉說。柏雷加德往後仰頭，笑了出來。艾拉渾身起了一陣寒顫。

「天啊，你的笑聲聽起來就和你老爸一樣。」艾拉的話讓柏雷加德止住了笑。

「不是的。我只是在想，我們並不是只有不好的回憶。你知道的，你和我以及老爸。那是很美好的一天。我們並不常像那樣。」

「像哪樣？」

「一家人。」柏雷加德說。

艾拉直視著前方。

「你要逃走了，對嗎？」她說。

「你為什麼這麼說？」

㉕ G. I. Joe原為美國玩具廠商於1964年所生產的12吋軍事可動人偶。並在1984至1993年間，由漫威漫畫編繪成155集的漫畫，進而成為動畫故事的設定基礎。又於2009-2021年期間發行了一系列的電影。故事內容描述美國政府為了保衛社稷而組成了一支特種部隊G. I. Joe，來和恐怖組織「眼鏡蛇」對抗。

「做媽的都了解自己的孩子。」

「我沒有要逃跑。我只是得要處理一些事情。」

「哈。他就是那樣說的。然後，有一天，某件事就把他給處理了。」

柏雷加德從椅子上站起來。他走到他母親的床邊，彎到圍欄上方，輕輕吻了她的額頭。

「有時候，你就像沾了砒霜的響尾蛇一樣惡毒，但是，你是我媽媽，我愛你。」他在她的耳畔說道。「我不期待你也這麼對我說。」語畢，他溫柔地撫過她的眉頭，然後朝著房門走去。艾拉望著他走出房間，轉向走廊。她舔了舔自己乾燥的嘴唇。

「再見，蟲子。」她低聲地說。

28

雷吉吸了第二口。他已經很久沒有吸食古柯鹼了。他比較喜歡海洛因帶來的那種像蜂蜜滴落般懶洋洋的快感。不過，乞丐哪有選擇的權利。安有古柯鹼，所以，他就吸食古柯鹼吧。這東西才進入他的血液裡，他立刻就記起自己為什麼不喜歡它了。他每一吋皮膚的觸感都提升了百分之一千倍，就連他的髮絲似乎都可以接收到感覺。安從他手裡拿走那只小玻璃瓶，倒了一小縷在自己的手背上。她嗅了一下，隨即用力地揉了揉鼻子。

「我的媽呀！這東西也太厲害了。」她說。

「嗚喔。」雷吉回應道。他的心臟彷彿在跳愛爾蘭踢踏舞似地踩踏在他的胸口。

「來吧。我們來做點什麼。古柯鹼讓我好飢渴。」

「什麼，你餓了嗎？」雷吉問。

「不是，我是性飢渴。我們可以稍後再吃東西。」她柔情地說。

雷吉讓她把自己拉到她身上。當他讓她扯下他的褲子時，他聽到前面傳來一陣騷動。那沒什麼稀奇。神奇地原本就是一個難得有短暫平靜的喧鬧之地。

柏雷加德每一次來到神奇地，都不禁對這個名字感到讚嘆。他不相信任何瞎混在這裡、彷彿行屍走肉般的癮君子明白這個名字的諷刺性。對他們來說，這裡真的是一個神奇之地。柏雷加德覺得這地方應該叫做「失去希望之地」或者「陰蝨病和梅毒之地」比較適合。在經過風景如畫的一段路之後，神奇地就位於凱洛琳郡綿延起伏的山丘深谷裡，宛如某種世外桃源一樣。四座相互銜接的雙寬貨櫃屋，在一座優美如畫的湖畔組成了一個有兩支腳的立體T字。神奇地所處的田園環境和它所提供的娛樂性完全違和。在神奇地，你可以浸淫於各種敗壞道德的惡習裡。其中最受歡迎的就是人們的那些舊愛，包括性、毒，當然還有私酒。他根本不需要考慮去雷吉和羅尼的住處找他們。羅尼雖然是一個滿口謊言、出賣別人的混蛋，不過，他絕對不笨。他也許以為他已經擺脫了蟲子，不過，他知道他還得要應付懶人。他絕對不可能回到他們的貨櫃屋。他會想要去一個他覺得安全的地方。一個在他等著把那些白金卸下車的時候，可以放鬆的地方。一個他可以慶祝自己騙過了蟲子和懶人的地方。

神奇地絕對就是這樣的一個地方。

各式車輛和破舊的卡車停在靠近山腳右邊的地方。雷吉的車子就停在一輛後車窗掛著一幅美利堅邦聯旗的卡車旁邊。一陣低級酒吧的音樂從貨櫃屋的一扇窗戶爆出。過去，像這樣的地方可能會被叫做黑市酒吧。現在，說它是毒品注射站可能還比較貼切。柏雷加德把他的.45塞進腰際，踩踏過苔蘚和雜草，走向T字最前端那扇不知道是誰安裝上去的粗糙前門。

一個瘦子坐在靠近門口的一張凳子上，啜飲著一只酒瓶裡的飲料。他仔細地盯著柏雷加德好一會兒。

「你好嗎，大個兒？」他問。

「你好啊，史基特。」柏雷加德說。

史基特從他的瓶子裡喝了一口。「好久不見。如果你是來找吉米的話，那你的運氣不好。他被抓了，罪名是意圖販毒，得在冷水監獄裡關兩年。」史基特說。

「不，我不是來找吉米的。」他說。

一個滿臉疙瘩、頭戴邦聯旗棒球帽的矮壯男子緩步朝著門口走來。他的手裡拿著一只裝滿液體的紅色塑膠杯。柏雷加德審視著眼前的畫面。第一個貨櫃屋被用來當作酒吧和休息室。一名留著閃亮黑髮的美女莎曼莎正站在一座吧檯後面，不過，那座吧檯充其量只是一片舊膠合板和幾個牛奶箱的組合。靠近吧檯的地方擺了五、六張懶骨頭。幾個人大字形地躺在上面，彷彿人偶一樣。其他人則圍著兩張不同的戶外桌而坐。一個穿著卡其短褲和涼鞋的長髮女嬉皮正在吧檯旁和莎曼莎聊天。一個赤裸的女孩正在舞台上跳舞，說是舞台，其實只是一張高中餐廳裡的舊桌子罷了，不過，沒有什麼人在看她跳舞。一個霓虹燈的酷樂招牌懸吊在她身後的牆上，讓她的皮膚蒙上了一層邪惡的紅光。室內其他的燈光則調到了剛剛好的暗度，這樣一來，就算你把透明的冰毒掉到地上，你也還是可以找得到。一股刺鼻的味道瀰漫在空氣裡，那是一種混合了大麻、威士忌和體臭的味道。

「現在是莎曼莎在經營？」

「可以這麼說。我是說，她是他姊姊。」

「經營得如何？」

史基特聳聳肩。「還好吧。大部分的人反應就像吉米還在這裡一樣。」

「喔。聽著，史基特，羅尼和雷吉在哪裡？我看到雷吉的車在外面。」

史基特濕潤的眼睛往左右各瞄了一下。他猶豫了一下才回答。「羅尼不久前離開了。雷吉在後面。」他說。

「謝啦。」

「你想幹嘛？」那個戴著邦聯旗帽子的男子在一旁說道。

「沒幹嘛。」柏雷加德說著，從男子身邊走過。邦聯旗帽子男一把抓住他的手臂。柏雷加德先看了一下自己手臂上的那隻手，然後看向那隻手的主人。

「我們就不能有個地方是你不會來干涉的嗎？白宮都已經歸你們管了。」邦聯旗帽子男說道。

「如果你不把手拿開的話，我會把它塞進你的嘴裡。」柏雷加德說。

「波比，快放開。」史基特說著，從凳子上跳下來，把波比的手從柏雷加德的手臂上抓開。波比咕噥著什麼，不過，柏雷加德完全不加理睬。他穿過第一個貨櫃屋，直接走到T字的交叉口。

左邊還是右邊？柏雷加德最後決定那不重要。他一定在後面的某一間房間裡。吉米．史普爾以每次限時一小時的方式出租T字頂部的那些房間，以防你想要私下和你的靈魂伴侶在晚上的時候嗨一下。在神奇地，任何文明的虛偽都被丟棄了。首尾相連在一起的四間貨櫃屋是一個瀰漫著煙霧的地獄，到處都是菸草的餘燼和用過的針頭。當他走過時，每個人都忙著在自己的手臂上束緊注射用的綁帶，沒有人抬頭和他打招呼。那些臥室的排列從一個貨櫃屋換到另一個貨櫃屋時也跟著改變。有時候，臥室會在你的右邊，有時候又變成了左邊。沒有一間臥室有門。取而代之的是掛在一根浴室伸縮桿上的珠簾或者床單。當柏雷加德往裡窺視時，他所見到的畫面並沒有讓他感到驚訝。有好幾次，裡面的人甚至還邀請他加入他們的狂歡。

雷吉在最後一個貨櫃屋的最後一間房間裡。他蒼白的屁股彷彿活塞般地正在上下扭動著，而他身下正是那個幾週前去過他貨櫃屋的大塊頭女子。他的褲子隨著他的動作在腳踝上上下下伸縮著。那名女子睜開眼睛，從雷吉的肩膀上方看到了柏雷加德。

「寶貝……」她尖叫出聲。

「快……快了。」雷吉喘息著說。

「寶貝，有人在那裡！」她又尖叫了一聲。雷吉做到一半的動作凝結了。柏雷加德踏進房間，揪住雷吉的頭髮。他把雷吉從那個女孩身上拉起來，把他的臉朝著牆壁撞去。當他把雷吉的頭拉回來時，鮮血瞬間從雷吉的脖子和下巴簌簌而下。他再一次把他的臉往牆上撞。牆壁看起來就像傑克森．波洛克[26]的一幅血淋淋的抽象畫。

「嘿，雷吉，把你的褲子拉起來。我們得談談。」柏雷加德說。

[26] 傑克森．波洛克，1912年1月28日-1956年8月11日，美國抽象表現主義繪畫大師，也是近代美國公認最有影響力的畫家之一。

雷吉拉起他的褲子，不過，柏雷加德依然抓住了他的一撮頭髮。等他的屁股終於被覆蓋起來之後，柏雷加德把他拉出了房間。那個女子也掙扎著從床上爬起來。她驚人的豐乳宛若雪崩一樣地垂到了她的肚子上方。

「放開他！」她尖叫著。柏雷加德無視於她的抗議，逕自把雷吉拖過走廊。雷吉企圖要扒住牆壁，不過卻只是枉然。安終於從床上起來，套上了一件T恤。她以最快的速度，跌跌撞撞地跟在柏雷加德和雷吉的後面。當柏雷加德來到前面的休息室區域時，史基特從他的酒吧凳上跳了下來。

「喂，蟲子，怎麼回事？」他問。波比從他的懶骨頭上跳起來，擋住了柏雷加德和雷吉的去路。柏雷加德估計，自從他看到一張棕色的臉走進大門以後，他就一直想要打一場架。當波比衝向他們的時候，柏雷加德從腰際掏出了那把.45。他把槍倒轉，讓自己握住槍管，然後用槍的尾端重重地甩在波比的嘴和下巴上。波比的邦聯旗帽子在他的頭突然後仰的時候飛了出去。在波比撞到一張戶外桌的同時，柏雷加德把雷吉推到一邊。桌子在波比的重量下瞬間垮了，桌上的飲料也跟著四下飛濺。柏雷加德握著.45迅速地轉身，掃視著室內。

「抓住他！」安大叫道。

「我要把他帶離這裡。有人有意見的話，現在就說。」柏雷加德問。沒有人吭聲。於是，柏雷加德帶著赤裸著上身、還在哭泣的雷吉，往後退出了大門。

「你們就只是坐在那裡？你們算哪門子朋友！」安嚎叫著。

莎曼莎從一只大塑膠瓶裡倒了一點私酒到一個玻璃罐裡，然後把玻璃罐遞給了那個女嬉皮。

「你怎麼能和.45作對。」她操著沙啞的嗓音說道。

幾個男子原本坐在那張垮掉的桌子旁邊，現在紛紛都挪到了吧檯。被打斷的對話聲又回到了它們正常的音量。舞台上的那個女孩走了下來，換成另一個更瘦的女孩上台。史基特和其他幾個人幫忙波比從地上站起來，並且給了他幾張紙巾，讓他擦拭出血的嘴。幾分鐘之後，現場就像什麼也沒發生過一樣。事實上，確實什麼也沒有發生。

柏雷加德駛離三〇一號公路，循著那條將他帶離凱洛琳郡、回返紅丘的狹窄小路而行。當他開在那條偽裝成雙線道高速公路的單線道公路時，他讓車子緊緊沿著那道白線行駛。雷吉躺在乘客座上，讓自己的臉貼在車窗的玻璃上。他和柏雷加德誰也沒有開口。他們沒有什麼需要說的。

柏雷加德轉到一條覆蓋著石礫的道路。他們經過一座行動通信基地台，圍繞在基地台四周的新鐵絲網柵欄，在卡車的車頭燈照耀下閃閃發亮。柏雷加德駛離碎石路，轉向一條路面上的柏油都已經龜裂的窄道。那條窄道通往了一塊空地，空地上殘餘的舊工廠建築物彷彿一座人造的巨石陣。

「下車。不要逃跑。我會從你背後開槍。」柏雷加德說。

雷吉爬出卡車。當他的腳踩到地上時，他立刻開始奔跑，跑向圍繞著空地的樹林。柏雷加德對空鳴槍。雷吉立刻撲倒在地，尖銳的野草滑過他的胸口。他感覺到有一隻手抓住了他的頭髮，一把將他抓了起來。他讓自己被拖回卡車。柏雷加德把他壓在乘客座的車門上。他們就那樣四目相對了好一會兒。

柏雷加德往他的肚子揍了一拳。雷吉彎身，隨即倒向自己的膝蓋，發出了嘔吐的聲音。柏雷加德以為雷吉就要吐出來了，不過，他並沒有真的吐。他又發出好幾聲嘔吐的聲音，然後才抬起頭。柏雷加德彎下腰，如此一來，他們的眼睛就在同一條水平線上了。

「我只會問你一次。羅尼在哪裡？」

「我不知道。我不知道會發上那樣的事。我絕對不會同意那麼做的。」雷吉喘著氣說。

柏雷加德把他的.45塞到靠近背後的腰間。他用自己的左手抓住雷吉的左手。再用右手打開卡車乘客座的車門。等到雷吉明白他正在做什麼的時候，已經太遲了。

柏雷加德抓住雷吉的手腕，用力將他的手抵住門框。然後重重地朝著雷吉的手把車門關上。

雷吉的嘴裡剎那間充滿了灼熱的膽汁，不過，這次他並沒有嘔吐。膽汁沿著他的齒縫一路流到了他的小腿。他尖叫著踢腿。一部分的嘔吐物被他吞進了肚子裡，不過很快就又吐了出來。

「他在哪裡，雷吉？」柏雷加德問。一陣微風吹過，讓空地上的野草晃動了起來。波動起伏的綠草彷彿瀉湖裡的波浪一樣。

「我……不……知道。」雷吉說。

柏雷加德拉開車門，再一次朝著雷吉的左手重重關上。雷吉往後仰頭，發出了一陣長嚎。他的眼睛瞪得彷如銀幣一樣大。

「不要……逼我說。他是我哥哥。不要逼我說。如果我告訴你的話，你就會殺了他。」雷吉哭道。滾滾的淚水沿著他的臉頰流下，滑過了他下巴上的血跡。

「如果你不說的話，我就殺了你。他們去了我家，雷吉。他們對我兒子開槍。這一切都是因為羅尼沒有按照計畫行事。我不想再傷害你了，雷吉。但是我會的。而且，在你告訴我他在哪裡之前，我不會停下來的。如果你暈倒了，我會把你弄醒。一旦這隻手麻痹了，我們會換另一隻手，然後再換到你的腳，然後是你的小弟弟。我會把你一口一口地餵給這輛卡車。」柏雷加德說。

「我真的很抱歉。我不知道他會那麼做。」

「我知道你不知道，雷吉。羅尼在哪裡？」

雷吉的喉結宛如魚餌般地上下浮沉。

柏雷加德重新把車門打開。

「等一下！」雷吉哀求道。

「我沒時間等，雷吉。」

「求求你。他是我哥哥。」

「而達倫是我兒子。」

兩個人什麼都沒有再說。時間一秒一秒地過去，遠處突然傳來了一陣狗叫聲。

雷吉垂下頭。「他去克倫郡了。在山丘的另一面。他住在一個叫做安珀．巴特的女孩那裡。我想，她住在都蘭路附近。我不知道他怎麼處理那輛廂型車。」

柏雷加德站起身。

「好吧。好吧。」他的語氣彷彿機器人一樣。

雷吉抬頭看著他。他的眼裡佈滿了血絲和淚水。

「我好怕，蟲子。」

柏雷加德掏出那把.45。

「沒什麼好怕的，雷吉。只要閉上眼睛就好。」

柏雷加德在日出前回到了廢車場的院子。一捆人形狀的藍色防水布就放在他的拖吊卡車後面。辦公室是鎖著的，不過，他知道伯尼把備用鑰匙放在了主要建築物旁邊的一輛舊龐帝克裡面。他拿到鑰匙之後，進到辦公室裡，從伯尼辦公桌左邊的架子上拿了另一把鑰匙。他回到室外，把卡車後面那捆防水布拖下來。在一聲重重的呻吟下，柏雷加德用力地把防水布扛到肩膀上。他大步繞到辦公室後面，走向一輛破舊的雪佛蘭科沃茲，再用單手握著那把從架子上拿來的鑰匙打開車門，然後將那捆藍色的防水布丟進車裡，緊緊地再把車門關上。等到這一切都處理完之後，他回到辦公室裡，將辦公室的門在身後鎖上。當他走向沙發時，他把他的電話從伯尼的桌上拿了起來。他有一通簡訊。是珍發來的，不是琪亞。

達倫從手術室出來了。他們取出了子彈。他還沒有脫離險境。

柏雷加德重重地跌坐在沙發上，用手機壓住額頭。達倫的手術終於結束了。聽到髒話總是咯咯笑的達倫。他們從他的寶貝兒子身上取出了一顆子彈。他把頭埋進手裡，悲傷和內疚彷彿禿鷹一樣地盤旋在他的心裡。他擦了擦眼睛，把那些情緒拋開。

那些禿鷹可以等到這一切結束之後，再來吞食他的心。

30

羅尼彎下身，在安珀的爐子上點燃他的香菸。他深深吸了一口，讓煙充滿他的肺。肺癌的滋味真好。他走到窗邊，把百葉窗的葉片拉下。什麼也沒有。只是一片漆黑。他讓肺裡的煙從鼻孔裡飄散出來。安珀剛剛去醫院上班了。他曾經要她幫他拿一些含鴉片的波克塞止痛劑回來，但她對這個要求感到很猶豫。

「羅尼，我已經不再嗑毒了。我現在是註冊護士。我不能搞砸了。」

「該死，那幫我弄一些強效的阿斯匹靈。我總得要有些什麼。」他說。只要能拿到，他什麼都好。他的神經赤裸得和褥瘡一樣。他打了一天的電話給雷吉，卻怎麼都聯繫不上他。他的手機甚至沒有轉到語音信箱。只是響了幾聲就斷了。他又抽了一口香菸，讓煙從他的鼻孔和嘴裡吐出來。懶人的電話打爆了那支拋棄式手機，讓手機的通話時數終於用盡了。

羅尼把菸灰彈在水槽裡。安珀把她的貨櫃屋停在了一條長車道的盡頭，就像雷吉那樣。那條車道的一邊圍繞著一片玉米田，另一邊則是為數不多的一排核桃樹。很難有人可以偷偷摸摸地接近他，更遑論有人會知道他在這裡。除非他們找到雷吉。不過，懶人並不知道任何有關神奇地的事。至少，羅尼認為他不知道。羅尼再度吸了一口菸。他也許需要開車去神奇地一趟，帶著雷吉一起去西岸。維吉尼亞不能給他們什麼。再也不能了。他甚至無法——

一陣高速運轉的引擎聲從屋外的黑暗中傳來。羅尼再度走到窗邊。他沒有看到任何的車頭燈。他跑向他的袋子，抓出他的槍，隨即把香菸在油氈地板上捻熄，再把屋裡的燈全都關掉。他呼吸急促地透過百葉窗往外窺視。引擎聲越來越近。一次又一次的加速，讓他幾乎可以感覺到地板在震動。羅尼咬了咬牙。他來得及跑到他的野馬旁邊嗎？那輛野馬距離貨櫃屋的前門至少有十步。就在他舔著嘴唇時，引擎聲停止了，取而代之的是刺耳的金屬嘎嘎聲。羅尼把百葉窗打開一條細縫。

「喔，媽的！」他喊了一聲，跑向後門。

一輛沒有開頭燈的拖吊車正疾速地衝向貨櫃屋。當羅尼跑過廚房時，拖吊車直接撞上了貨櫃屋。屋子前端的牆壁立刻往內塌陷，玻璃、金屬和木頭彷彿陣雨般地在室內四處噴飛。引擎的咆哮聲迴盪在貨櫃屋裡。這個衝撞的力道將羅尼拋向了冰箱。冰箱門撞到他的右腰，感覺就像右腎臟被揍了一拳一樣。他從冰箱上反彈下來，拔腿就往後門奔去。

羅尼踢開後門，兩階併作一階地衝下快要散開的樓梯。就在他快要踩到地面時，有人抓住了門，把門砸到他身上。他失去了平衡，摔倒在地。手裡的槍也鬆脫掉落下來，消失在漆黑的貨櫃屋底下。羅尼翻身仰躺在地上，雙腳把那扇門往後踢向抓住它的人。

那扇門用力地撞回柏雷加德的臉上。他感到有東西從鼻子裡流出來。從鼻孔裡湧出的鮮血和鼻涕沿著他的臉滴下。他的一顆門牙也滑落到了喉嚨裡。他蹣跚地往後退，直到背脊抵到貨櫃屋尾端的牆壁為止。他撐起身，繞過那扇還在晃動中的門，同時掏出了他的.45。他瞥見羅尼的身影跑進貨櫃屋旁邊的玉米田。柏雷加德奔回貨櫃屋的前面。當他回到拖吊卡車旁邊時，他把被他用來抵住方向盤和油門的鐵撬挪開，跳上卡車，往後倒車。他一面倒車，一面打開車頭燈和運轉燈。然而，只有一束來自乘客座那邊的光線在黑夜中亮起。一顆頭燈應該是在撞擊貨櫃屋的時候撞壞了。不過，一盞燈就夠了。他把車打到一檔，將油門踩到底。

羅尼在乾燥的玉米田裡留下了一道即便瞎子也可以跟蹤的足跡。當卡車撞倒一排一排的玉米時，頭燈在玉米上投下了栩栩如生的影子。羅尼筆直地往前跑，他所經之處都留下了作物斷裂的莖。柏雷加德換到二檔，縮短了他們之間的距離。羅尼一定是發現了沿著直線跑絕對勝不了卡車，因此，他開始斜著跑向右邊。柏雷加德估計他應該是想要跑到主路上。也許想要穿越高速公路，跑進樹林裡。也或許他只是盲目地在奔跑，不知道自己應該往哪裡去。恐懼會讓一個聰明的人變笨。

柏雷加德並沒有把方向盤轉向右邊，相反地，他把煞車踩到底，同時把方向盤轉向了左邊。卡車的車尾掃過成排的玉米，彷彿一顆石頭掠過水面一樣。羅尼只看到排山倒海的泥土和玉米向他飛來，隨即就被卡車車尾撞上，像個壘球般地飛了出去。

柏雷加德感覺到卡車碰到了羅尼的身體，那就像撞上了一頭體型龐大的公山羊一樣。他把卡車換到空檔，關掉引擎，然後抓起槍，爬下卡車。他站在卡車旁邊，聽到一陣呻吟從西邊傳來。連續幾週沒有降雨，讓玉米都乾燥到快要變成灰了。柏雷加德穿行過已經變脆的玉米梗。

羅尼仰躺在地上，雙腿扭曲成了一個奇怪的角度。即便在黑暗之中，柏雷加德也可以看到他的褲子已經濕了。液體正以驚人的速度從羅尼・塞遜的體內滲漏出來。他企圖要快速地往後退，然而，他的手臂卻不聽使喚。柏雷加德讓槍懸垂在自己身側，用空著的那隻手的手背擦了擦自己的鼻子。他的鮮血看起來彷彿皮膚上的油一樣。

「啊，天啊，蟲子，我搞砸了。我知道。我很抱歉。我想，我把腿弄斷了。」羅尼說。他花白的山羊鬍被嘴裡湧出的鮮血染成了酒紅色。

「不，你沒有。是我弄斷了你的腿。而且，你也沒有感到抱歉。你只是因為被我抓到了才覺得抱歉。」柏雷加德說。

羅尼深深地吸了幾口氣。「我有，蟲子。我對那個案子、凱文和一切都感到抱歉。」

柏雷加德踩住羅尼的小腿，讓自己全身的重量都壓在他碎裂的骨頭上。羅尼發出一道奇怪的聲音，聽起來既像尖叫、又像半窒息地在呻吟。

「你沒有資格叫他的名字。你對我兒子也感到抱歉嗎？他們到我家去了，羅尼。我的小兒子現在正躺在醫院的病床上和死神搏鬥。你對那也感到抱歉嗎？」柏雷加德說。羅尼翻了個白眼，隨即又將目光集中在柏雷加德身上。柏雷加德在羅尼旁邊蹲了下來。「你就是不能按照那個該死的計畫走，對嗎？」

「我不能變回貧窮潦倒的白人垃圾，蟲子。我可以是垃圾。我只是無法忍受再過著貧困的日子。」羅尼說。

柏雷加德緩緩地搖搖頭。

「廂型車在哪裡，羅尼？」

一個念頭瞬間劃過羅尼腦子裡那坨疼痛的濃霧。

「你找到了雷吉，蛤？你殺了他嗎，蟲子？他不知道我當時要做什麼。你殺了我弟弟嗎。蟲子？」羅尼問。

柏雷加德什麼也沒有說。羅尼所能聽到的只有自己重重的喘息聲。羅尼眨了三、四下眼睛，淚水開始從他的眼角溢出，滑向他的魚尾紋。

「廂型車，羅尼。」

「嘿，蟲子？去你的。」

柏雷加德直接朝著羅尼的左膝開了一槍。羅尼痛苦地張大了嘴。柏雷加德從他身旁站起來。

「那一槍是為凱文開的。」

語畢，柏雷加德對著羅尼另一邊的膝蓋骨再射了一槍。羅尼立刻吐了，卻又被自己的嘔吐物哽住，然後又吐了一次。柏雷加德用腳把羅尼的頭推向左邊，好讓他的呼吸道保持通暢。他不想讓羅尼暈厥過去。

「這一槍是為達倫開的。」柏雷加德說。「我再問你一次。廂型車在哪裡，羅尼？」

羅尼把脖子伸向柏雷加德，迎向他的目光。「我為什麼要告訴你，蟲子？你不是要殺我嗎？」他喘息地說。

「我可以在殺你之前慢慢折磨你。」柏雷加德說。

羅尼閉上眼睛。柏雷加德可以看到他的眼皮底下正在快速地顫動，彷彿他已經進入了快速動眼期的睡眠一樣。時間就這樣過了幾分鐘，柏雷加德等待著他開口。

「我沒有時間等下去，羅尼。」柏雷加德說著，踩在羅尼的右膝上，讓自己的腳跟深深壓進羅尼膝蓋骨上方的那個子彈傷口裡。羅尼尖叫著坐直了上半身，儼然就像棺材裡的吸血鬼一樣。他往柏雷加德的大腿抓去，卻被柏雷加德的膝蓋踢中了臉。羅尼雙臂敞開地往後摔倒在泥土上。他的指尖刷過幾根倒下的玉米梗。當他睜開眼睛時，柏雷加德可以看出他已經完全失去了鬥志。

「在我爺爺的老地方。蟹林路。現在歸銀行所有，可是沒有人想要住在那個荒無人煙的地方。」羅尼不停地在喘息。「老天，這個世界瘋了，不是嗎，蟲子？」他嘶啞地說。鮮血不斷地從他的嘴裡湧出。

柏雷加德把頭轉開，吐出一口鮮血和唾液。然後把腳踩在羅尼的胸口，瞄準了他的頭。

「這個世界很好，羅尼。瘋的是我們。」他說。

柏雷加德在午夜左右回到了廢車場。當他把車開到辦公室前面時，伯尼的卡車還在那裡。伯尼在他爬出拖吊車時走了出來。他雙手扠腰地站在辦公室的門前面，看著柏雷加德把一捆綠色防水布的包裹從卡車上拉下來。防水布掉落在地上時，發出了一聲重響。

「你查出廂型車在哪兒了？」伯尼問。

「對。」柏雷加德回答。

伯尼嘆了一聲，拉了一下他的帽子。

「我們可以把他和他弟弟放在那輛科沃茲裡。一個小時之後，他們就會變成一個大紙鎮了。」伯尼說著，瞇眼打量著柏雷加德的臉。他指著毀損的頭燈和卡在前格柵上的玉米梗。

「看起來他並沒有很快就投降。」

柏雷加德從駕駛座的窗戶裡瞥見自己的身影。

「我很高興他沒有。」他說。

31

「總共是八十七元五毛，女士。」懶人說著，把兩個紅色萬寶路的紙箱推過櫃檯。那個老女人在櫃檯上把袋子和她的氧氣罐塞了進去，然後從她那件黃色的尼龍褲口袋裡掏出一張百元大鈔，遞給懶人。就在他數著找給她的零錢時，他聽到他的辦公室裡響起了一陣尖銳的口哨聲。他把零錢交給傑克森太太，隨即走進了他的辦公室。

那個拋棄式手機正在他的桌上震動，發出一陣陣的口哨聲。

「哈囉？」

「你要那些白金嗎？我拿到了。你過來拿。就你和那個疤面男，加上一個可以來開廂型車的人。現在是兩點剛過。我估計你們可以在五點前到這裡。過了五點，我就會把這些該死的東西全都開進湖裡。」

「是失蹤的柏雷加德先生嗎？我以為這支手機是羅尼的。」

「他再也不需要這支手機了。我會把地址簡訊你。」柏雷加德說。

懶人輕笑了一聲。「柏雷，我想，你沒搞清楚規矩。你不能命令我。你不能告訴我去哪裡或者做什麼。我才是下令的人。如果我叫你把那輛廂型車開來給我，你就得把它開來給我。如果我告訴你去吃夾屎的三明治，你就得去吃，順便求我給你一杯尿，好把三明治吞下去。那才是我們的規矩。」說完，他聽到柏雷加德在電話線那端呼吸的聲音。

「我想你沒弄懂。你比我更需要這東西。還有，相信我，懶人，你不會希望我過去的。你派人到我家。威脅我妻子。他們還對我的小兒子開槍。我們約在某個中立的地方見面，然後我們就扯平了。如果我過去的話，我可能會殺了我所見到的每個人。你要那個地址還是不要？」柏雷加德說。

懶人緊緊地握住了手機。「好。把地址發過來。等我見到你的時候，我們再小聊一下。」他說。

「五點。」柏雷加德說完，掛斷了電話。

懶人緊緊握住了手機，手機螢幕上不知何時出現了一道細窄的裂痕。

柏雷加德闔上掀蓋電話，把它放在伯尼的桌上。

「他會去嗎？」伯尼問。

「他沒有選擇。影子讓他很不好過。他丟了那間珠寶店。他需要這個。」柏雷加德說。

「你覺得這會成功嗎？」伯尼問。柏雷加德用自己的大手揉了揉大腿。他的腿還因為滾下山坡而痠痛。這股痛楚讓他皺緊了眉頭，卻也讓他的感覺變得敏銳。

「我必須讓它成功。」柏雷加德說。

他從椅子上站起身。伯尼也跟著站起來。他從他的辦公桌後面擠出來，站到柏雷加德面前。

一秒鐘過去了，然後是另一秒，再一秒。時間就這樣延續下去，直到那股沉重的張力將它打破。伯尼伸開雙臂，摟住眼前這個大塊頭，緊緊地抱住他。柏雷加德也同樣緊緊地抱住了他。

「沒事的。一切都會沒事的。」伯尼說。

「不管發生什麼事，你都要確保琪亞、艾莉兒和我兒子會拿到我留給他們的東西。」柏雷加德在伯尼的臉頰邊緣上低聲地說。

「你不要擔心。去處理你的事吧，孩子。」伯尼說。

他放開柏雷加德，往後退開，揉了揉自己的眼睛。

柏雷加德點點頭，然後走向門口。他打開門，暫停了一下子。下午的陽光在他周圍刻劃出一道長長的影子。

「我愛我老爸。但是，對我來說，你是一個比他好的父親，那是他永遠也做不到的。」說完，他跨出已經打開的門，將門在身後關上。

離開伯尼的辦公室之後，柏雷加德去了醫院。他直接就朝著加護病房而去。一名高瘦憔悴的護士正站在護理站，她那頭栗色的頭髮在腦後緊緊地綁成了一個髮髻。

「不好意思，達倫・蒙塔奇在哪個房間？」他問。

那名護士從她的記事板上抬起頭來。那雙淺綠色的眼睛十分冷淡。「只有直系親屬才可以探望他，先生。」

「我是……我是他父親。」

「喔，這樣啊。他在二四五號房。他的會客時間只有十五分鐘。」她說完又把頭埋進她的記事板裡。

柏雷加德走進病房，他覺得腳下的地板彷彿火山熔岩一樣。醫院那股辛辣的消毒劑味道在加護病房裡更濃烈了，彷彿這整個區域都浸泡在了消毒水裡。

達倫仰躺在病床中間。微微抬高的床頭讓頭頂上方的日光燈照亮了他的臉，帶給他一種超脫現實的神色。柏雷加德知道他的個頭很小。他們最後一次帶他去給醫生檢查的時候，醫生曾經說他的體型比實際年齡要小。而此刻，身上連接著各種管子和機器、躺在病床的正中央，他看起來就更袖珍了，就像他的動作玩偶一樣。柏雷加德走到床邊，拾起兒子小到難以置信的手。他的手觸摸起來是那麼地冰涼。那些圍繞在他身邊的機器不停地發出各種嗶嗶聲和嘶嘶聲，彷彿魯布·戈德堡[27]筆下的什麼裝置一樣。

「我從來都不希望這種事發生在你身上，或者你哥哥、你姊姊的身上。但這是我造成的。也許有人扣下了扳機，但這卻是我造成的。我難辭其咎。我希望有朝一日，你能知道我有多麼抱歉。不管今天接下來的情況會如何，我想，我都永遠不會再見到你了，小臭蟲。所以，我要告訴

[27] 魯布·戈德堡，1883年7月4日-1970年12月7日，是二十世紀初的美國漫畫家。他在漫畫裡設計了一系列極其複雜的機械組合，以完成非常簡單的工作。而他的漫畫也因此受到了廣大讀者的青睞。

你我愛你。一個真的愛子女的父親是不會做任何事去傷害他們的。他不會讓他們置於險境，不會故意那麼做。他既不是一個非法之徒，也不是什麼黑幫分子。我花了好長的時間才明白了這一點。」柏雷加德說。

他俯身到床邊的圍欄上，親吻了達倫的額頭。

「我再也不會傷害你們了。」他說。

艾莉兒的手機響時，她正在試戴太陽眼鏡。她看了一下，不認識上面顯示的來電號碼，因此，她直接掛斷了。幾秒鐘之後，手機又響了。還是那個號碼。這回，她呻吟了一聲，接起電話。

「哈囉？」

「嘿。」柏雷加德說。

「嘿。你換新手機了？」她問。

「對。你在幹嘛？」

「我和里普正在商場裡。怎麼了？」

「喔，沒什麼重要的事。你不是在花那筆錢吧？」柏雷加德問。

「不是。我和里普只是在亂逛而已。我們兩個今天都休息。」

「喔。好吧，我只是想要告訴你一件事。」

「你要告訴我什麼事？」

柏雷加德把一隻飛到他臉上的蒼蠅揮走。那輛廂型車已經沒有冷氣了，因此，他只得把兩扇車窗都打開。

「我愛你。」

柏雷加德在電話裡聽到不明來源的嘈雜人聲。那是一般美國大型購物中心裡都會有的聲音，一種沒有意義的聲音，還有幾百個腳步的雜音。電話裡有著各種各樣的聲音，就是沒有他女兒的聲音。

「我……我也愛你，老爸。」她終於回應。

「我得掛電話了，寶貝。」柏雷加德說。

「好。」艾莉兒說。

電話隨即斷了。

柏雷加德把電話放進口袋，再把雙管獵槍抱在臂彎裡，走出了廂型車。鬆軟的積雲漫佈在天空裡，擋住了傍晚的陽光。他走到廂型車前面，傾靠在引擎蓋上，看著一輛長型的黑車沿著蟹林路蜿蜒而來。

32

一輛福斯商旅車在柏雷加德前方十五呎之處停了下來。它在夕陽下空轉著引擎，宛如一頭肉食性的野獸正在對它的獵物咆哮。乘客座車門打開了，比利從裡面爬了出來。兩扇後車門也跟著打開。懶人和一個柏雷加德不認得的男子下了車，分別站在車子的兩邊。懶人穿了一件淡褐色的高爾夫球衫和一件白色的褲子。那頭狂亂的頭髮就像有什麼樹林裡的生物在上面築了巢一樣。他朝著柏雷加德咧嘴而笑。當他開始往前走的時候，柏雷加德把獵槍指向他。

「這樣的距離就可以了。」他說。

「我們來了，蟲子。這是在攤牌嗎？就像——」

柏雷加德打斷他。「不。不是。我只是在把你的東西給你，而你也不要再來煩我和我的家人。」

懶人讓自己的舌頭滑過嘴唇。

「羅尼和雷吉呢，柏雷加德？」懶人問。

「你不用擔心他們。」柏雷加德說。

「你瞧，如果你是那樣對待你的同伴的話，那我要如何信任你？我怎麼會知道你沒有把所有的白金換成了鋁箔？」懶人問。

「你過來看看就知道了。動作慢一點。」柏雷加德說。

「去看看，疤面。看看我們是不是能高高興興回家。」懶人說。柏雷加德一邊往後倒退，一邊讓獵槍對準著比利。比利和他保持著一定的安全距離，直到他們走到廂型車的後門。柏雷加德用獵槍指了指車門。比利握住門把，回頭看了一眼柏雷加德，不過，他無法從那張油亮的棕色臉孔上看出什麼端倪。比利在打開車門的同時往後跳開。

「你不能怪我跳開。」他說。見柏雷加德沒有回應，他立刻伸長了脖子，在那扇搖晃的車門旁邊窺探著。廂型車的後車廂裡確實擺了一張棧板，板子上堆疊了五、六層的金屬線圈。比利把車門關上，走回商旅車。柏雷加德跟在他後面，聽著乾枯的草地在他們的腳下所發出的清脆聲響。汗水從他的臉上不停地往下滴落，但是，他完全不敢擦拭他的眼睛。

「你怎麼說，疤面？」懶人問。

「都在車裡。」他說。

「鑰匙就在廂型車裡。」柏雷加德說著，開始往後退開。

「等等。我不能光憑你的一面之詞，就隨便讓我的人上車。」

「你在說什麼？」柏雷加德問。

「我在說，你何不幫我們發動車子？確定這不會像賭國風雲[28]裡的開場一樣？」懶人說。

[28] 賭國風雲（Casino），1995年的美國犯罪電影，由馬丁・史柯西斯執導，勞勃・狄尼洛、喬・佩西、莎朗・史東主演。

柏雷加德無動於衷。

「還是說，你真的在車裡準備了什麼小驚喜要給我們，柏雷加德？」懶人問。幾隻烏鴉呱呱叫著從他們頭頂上空飛過。天上的雲層已經散開了，太陽此刻正火力全開地照耀在他們的身上。

「好。」說著，他把一隻手伸進駕駛座的車窗，發動了引擎。車子發出了一陣彷如咳嗽的噴濺聲，不過，最終還是發動了。引擎空轉的聲音就像一具磨石機一樣刺耳。

「可惡，這車有辦法上路嗎？」比利問。

「當然可以。」柏雷加德說。

「好吧。薩爾，你上那輛車，跟在我們後面開回去。」懶人說。

柏雷加德往後退到左後方。那個他不認得的人穿了一件白色的無袖汗衫和一件至少小了一號的藍色牛仔褲。他爬上廂型車。「這車有冷氣嗎？」他用高音哨笛般的聲音問道。

「沒有。」柏雷加德回答他。

懶人雙手扠在腰上，打量著他。

「你知道這並沒有結束，對嗎？我們很快會再見面的。」懶人說著，對柏雷加德眨眨眼。

「你想要來找我，那就儘管來吧。這……」他朝著廂型車點了點頭。「是為了讓你不要把我的家人牽扯進來。我們所發生的事情都是你我之間的事。不用擔心，我不會跑走的。不過，我想，影子先生和他的人接下來就夠你忙好一陣子了。」柏雷加德說。

「也許吧。不過你不用擔心，我們不會忘記你的。」懶人說著回到車子裡。比利用他的拇指和食指朝著柏雷加德做出開槍的動作，隨即爬回了乘客座。商旅車的司機發動車子，把車倒進一叢忍冬裡，然後迴轉駛向車道。薩爾跟在他們後面。他們以蝸牛般的速度，緩緩地開過灌木叢和凹凸不平的道路。

懶人在車裡拿出了他的手機。

「等他離開的時候，跟著他。然後抓住他，把他和他家人都帶到店裡去。我們得在週末的三天內把這事做個了結。不要和這個傢伙糾纏。直接帶了槍就上，不要讓他佔到上風。」懶人說著掛斷了電話，把手機放回他的口袋裡。

「你要我們去支援他們嗎？」比利問。

「不用。我們得把這輛廂型車開回去。我還有一些帳單要付，而且我要你跟著我。」懶人說。

「你確定他們處理得了嗎？」比利問。

「他們最好處理得了。」說完，他靠向椅背，注視著路旁成排的雪松。比利打開收音機。他不停地轉動著選台器，直到收音機裡傳出一首鄉村歌曲為止。那不是那種華而不實的鄉村音樂，而是金屬吉他和微醺般的慵懶旋律所演奏出的道地鄉村歌曲。

柏雷加德看著他們開到了小路上。落日將那幾輛車籠罩在一股柔和的洋紅色光暈裡。他拿出一支手機，找出懶人給羅尼的那支拋棄式手機的號碼。他是一個實際的人，從來不愛玩什麼諷刺的遊戲。也就是說，他認為把那支拋棄式手機用來當作炸彈的引爆器只是剛好而已。

過去，他從來沒有製作過炸彈，不過，其實並沒有那麼困難。就某個角度來說，那就像車子的啟動系統一樣。他打了電話給瘋子，後者給了他一場電話教學。在快速地去了一趟五金店、並且做了幾個實驗之後，炸彈就準備好了。那兩輛車開到了車道的盡頭，暫停了下來。

柏雷加德按下了發送鍵。

雖然，爆炸看起來並不像一朵蘑菇雲，不過威力依然強大。一分鐘之前，廂型車還在那裡，下一分鐘，它就變成了不斷擴大的一團火球。儘管廂型車距離他所站的位置足足有八十呎之遙，那個震盪的力道還是讓柏雷加德彷彿被一把大錘擊中一樣。他的耳鳴嚴重到他以為自己的耳膜都破裂了。他先看到了廂型車爆炸，然後才在不到一秒的時間內，聽到了爆炸聲。當他跌倒在地時，他的手撞到了獵槍，所幸槍枝並沒有走火。這個世界就像一個扭曲的皮納塔[29]，讓他覺得想要嘔吐。他閉上眼睛，試著找到平衡。當平衡的感覺從他的背傳送到雙手、再到膝蓋時，他聽到了一陣痛苦的叫聲壓過了大火的咆哮聲。

他們沒死。他們的狀況可能很慘，但是他們並沒有死。

大量的口水累積在他的口中，但他並沒有吐出來。他深深吸了一口氣，將自己從地上撐起來。他把手遮在眼睛上方，試圖看清烈火中的情況。商旅車的後車窗已經不見了。車頂蓋正在上下彈動，彷彿圓柱上的脫衣舞孃一般。保險桿也不見了。然而，那輛車居然還在動，這簡直是美國工程學上的一個見證。車子暫停了一下，只見駕駛座的車門被打開，一具軀體被推到了地上。車門再度關上，幾秒鐘之後，柏雷加德就看到車子的後輪揚起一陣塵土和乾燥的落葉，沿著蟹林路而去。

「可惡。」他喃喃自語地說。對於第一次製造炸彈就能完全殲滅那輛廂型車，這樣的結果確實讓人驚豔。然而，廂型車只是他的一半目標。他原本想要連同那輛商旅車一起炸毀。不過，無論他原來的意圖是什麼，現在都不重要了。他不能讓他們逃脫。

他抓起獵槍，走向穀倉。穀倉座落在一片石南花和黃花中間，彷彿是從恆溫層掉落下來的一樣。穀倉門上的油漆已經褪色很久了，現在只能隱約看到殘留在上面的深紅色油漆。柏雷加德用力把門拉開。

達斯特坐在老舊穀倉的陰影裡，宛如洞穴深處的一頭冰原狼。柏雷加德把獵槍扔在乘客座上，爬上車，發動了引擎。達斯特咆哮著活了起來，在穀倉裡捲起堆積了數十年的塵埃。當達斯特衝出穀倉時，它的雙引擎發出了美妙的協奏曲。他閃躲過廂型車的殘骸，輾過草地上的軀體，在時速四十哩之下開上了柏油路。

「趕快離開這裡！」懶人大叫道。商旅車的後座散滿了玻璃和血跡，車頂就像一只超大玩偶的嘴，不停地在上下開闔。儘管車子在路上不斷地從一邊偏離到另一邊，但它的速度卻一直沒有

㉙皮納塔，一種極具拉丁風味的節慶玩具。通常用色彩鮮豔的紙張和膠水紮成玩偶，並在中空的紙偶中塞滿糖果或玩具，在節慶或生日宴會上懸吊起來，讓人用棍棒打破。

減緩過。

「他追不上我們的！」比利大聲地回覆他。

懶人從殘破的後車窗往後看了一眼。

只見達斯特彷彿兩千磅重的鋼鐵加上雷鳴的混合體，正在朝他們衝過來。

——

柏雷加德向商旅車逼近，宛如鎖定了一隻海豹的鯊魚。他把車打到四檔。達斯特的前保險桿擦上了商旅車保險桿的位置，只不過，那個位置現在已經空空如也了。商旅車搖擺著避開了他的撞擊。在即將開上一道髮夾彎時，商旅車踩了煞車，僅剩的一只車尾燈瞬間亮起，彷彿惡魔的眼睛一樣。柏雷加德用力踩緊煞車和離合器，跟在商旅車後面漂移過髮夾彎。當車子漂移的時候，他本能地讓自己的身體偏向了左邊。

達斯特的後車窗突然碎裂。粉碎的玻璃彷如雨滴般地掉落在他的背上和肩膀。他握緊了方向盤，然而，達斯特卻企圖要掙脫他的掌控。車子的左尾也跟著擺尾，彷彿在跳莎莎舞一樣。柏雷加德換到低檔，重新控制住車子，然後再度踩下油門。他很快地瞥了後視鏡一眼，只見一輛粉藍色的馬自達正跟在他的後方，一名帶槍的男子從乘客座上探出了頭。三輛追逐中的車子就這樣駛上了六〇三號公路。那是一條綿延八哩、貫穿紅丘，將紅丘一分為二的直線道路。藍色車子裡的那個男人再度對柏雷加德開火，乘客座的後視鏡馬上就不見了。

柏雷加德猛然踩下離合器和煞車，把車子打到倒車檔。然後立刻放開離合器，再度以左腳踩下煞車，右腳同時將油門踩到底，並且將方向盤往右轉。如此華麗的腳上功夫讓達斯特旋轉了一百八十度。現在，他正在以五十哩的時速，面對著馬自達往後倒車。馬自達的駕駛立刻踩了煞車，準備迎向即將來臨的衝撞。乘客座的人冷不防地往前衝撞，隨即又向後倒去。

柏雷加德用右手抓起獵槍，把槍換到左手，再將槍管架在車側的後視鏡和車門框之間。他把槍口往左調整了一下，兩根槍管隨即瞄準了藍車開火。強烈的後座力讓槍從他的手中彈了起來，掉出車窗，撞擊在了地面上。

他原本瞄準了駕駛，但是子彈射得太低，結果在藍車的前格柵上射出了一個洞。蒸汽開始從引擎蓋底下滾滾而出。不到幾分鐘，引擎蓋突然往上彈起，彷彿一只自動彈蓋的玩具盒一樣。柏雷加德又重複了一次稍早的計策，讓達斯特做了另一個一百八十度的旋轉。就在他的旋轉即將完成之際，一輛垃圾車從反向的車道飛馳而過，差點把他的車頭切掉。在垃圾車往右邊偏離的同時，藍色馬自達剛好漂移進了那個車道。

在道路快速往後退去之下，柏雷加德幾乎聽不到車輛撞擊的聲音。他換到了五檔。達斯特的輪胎也緊抓著柏油路面。他把車開上超車道，和商旅車並駕齊驅。他瞄了一眼疤面那張毀容的臉，然而，一輛小型廂型車卻讓他不得不減速換回到北上的車道。疤面的本能反應一定是因為那場爆炸而變得遲鈍了。他把槍從商旅車的車窗伸出來，朝著達斯特開火，不過卻完全沒有命中達斯特，反而把那輛迷你廂型車的車窗射了個粉碎。廂型車立刻衝出路邊，撞到了水溝裡。路邊濃密的原始樹林到此也轉變成了開闊的原野。柏雷加德換回五檔。當他和商旅車的後圍側板保持平行時，他以九十哩的時速將達斯特撞向商旅車。

比利從後視鏡裡看到他逼近。眼見達斯特重重撞上來時，那種感覺就像日落一樣地無可避免。

那個王八蛋確實懂得怎麼開車，他心想。

柏雷加德看著商旅車搖晃著橫切過高速公路。疤面企圖要控制住車，但他並不是一名舵手。他的矯枉過正讓商旅車偏離了路面，撞到水溝，在空中翻了一個大跟斗，然後撞上了圍繞著一座牧場的圍欄。車子翻滾了幾次，嚇得幾隻牛四下奔竄，尋找掩護。最後，車子終於頭下腳上地停止翻滾，只剩下輪子還在半空中旋轉。機油和汽油從引擎蓋裡傾瀉而出，流了滿地。等到達斯特在滑行中完全停下來之後，柏雷加德才往後倒車，開到牧場旁邊的那條便道上，然後讓達斯特穿過遭到毀損的圍籬。

他在距離商旅車幾呎之外停了下來。他並沒有熄掉引擎，只是打到空檔，拉上手煞車，再從雜物箱裡取出他的.45，隨即下車。引擎冷卻劑倒人胃口的味道混雜著盛夏中的牛群氣味，瀰漫在空氣裡。柏雷加德把他的.45瞄準了上下顛倒的駕駛座車門。只見一隻黝黑的手臂掛在車窗上，那隻手還貼在了一坨牛糞上面。柏雷加德踢了踢那隻手臂。手臂的主人立刻就從駕駛座滑出，四肢鬆軟地癱在了車頂篷上。疤面已經掛掉了。

柏雷加德走向後座。

驀然之間，一連串的子彈從後門射出。柏雷加德的前臂和大腿下半部感到一陣強烈的灼熱，彷彿被人用一把超級硬、又超級小的錘子重擊了一下。那把燒紅的錘子直接燒到了他的骨頭裡。他跌跌撞撞地側摔在地上，頭和脖子都沾上了牛屎。他的槍呢？一定是掉了。車後門開始被推開來。柏雷加德立刻從地上彈起，步履蹣跚地走回達斯特。

懶人從後座裡滾了出來，左臂扭曲得像麵包袋上的封帶一樣。他爬著站起身，靠在商旅車上。然後舉起一把.380的沙漠之鷹，掃瞄著眼前的牧場。

「你在哪裡？你躲在那輛車後面嗎？我想，我射中你了。我聽到你尖叫。給我一分鐘，我馬上就來了結你。我告訴過你，老天並沒有奪走我的性命，你怎麼會以為你殺得了我呢？」懶人大聲地喊著。他眨了眨眼。他的頭四周閃爍著點點星光，彷彿綻放中的煙火一樣。他手裡的那把.380是那麼地沉重。如果他不靠在車上，他覺得自己可能就要摔倒了。他的腎上腺素開始逐漸消失。疼痛正在啃噬著他的知覺，迅速地衝上他的手臂和背脊。沒關係。他可以處理得了疼痛，就像他對付柏雷加德一樣。

他聽到那輛紅色車子發出了引擎快轉的聲音，就像上帝在西奈山對摩西的吶喊。他覺得自己受傷的耳朵正在出血。他看到蟲子跳上駕駛座。懶人舉起他的槍，開始扣下扳機。

柏雷加德把頭往下一沉，直到下巴貼在了方向盤上。一顆子彈射穿了他的擋風玻璃，從他的頭上飛過。

柏雷加德用力地把油門踩到底。

達斯特直接撞上了懶人，把他卡在了它的前格柵和商旅車的車尾之間。當達斯特撞上來的時候，商旅車彷如旋轉木馬般地轉了一圈。懶人立刻就消失在了前輪的輪胎底下。柏雷加德可以感覺到車子彈了一下，然後又一下。他鬆開油門，踩下離合器，打到倒車檔，讓車子往後退。車子再次彈了一下，然後又一下。柏雷加德踩住煞車，讓達斯特停下來。

柏雷加德往後倒在頭枕上。他右腿上原本那股麻痺的感覺，現在已經擴散到了他的整個右半邊。他的左前臂少了一塊二十五分硬幣大小的肉。鮮血源源不斷地流下他的手臂，蔓延在了他的手指上。他右腿牛仔褲上的那個洞，也正在流著鮮紅的眼淚。他做了一個深呼吸。世界似乎正在收縮，卻也同時在擴張。他閉上眼睛，讓他的手撫摸過排檔桿上光滑的木紋，撫摸過駕駛座的皮椅，撫摸過排檔桿頂端的那顆八號球。

「你準備好了嗎，蟲子？」

柏雷加德轉頭看向右邊。他的父親正坐在乘客座上。他身上穿的衣服，和柏雷加德最後一次看到他的那天一模一樣。白色條紋的圓領背心上面，套著一件短袖的黑色扣領襯衫，胸前的口袋裡還塞了一包香菸。他正在對著柏雷加德咧嘴而笑。

「來吧，孩子。你準備好要起飛了嗎？」他父親問。

「你不是真的。」

他父親的臉色發白。「孩子，你在說什麼？不要亂想，我們走吧。」

柏雷加德轉過頭，目視前方。他聽到警笛聲從北邊傳了過來。

「你不是真的。你已經死了。也許已經死了好一陣子了。不過，我對你的愛從來都沒有停止過。」他嘶啞地說。他再度閉上眼睛，啟動達斯特。當車子發動時，他張開眼睛，看向右手邊。乘客座上空無一人。踩下油門讓他感到一陣劇痛，然而，他忍下了。柏雷加德開過牧場。當他駛過的時候，幾隻牛愣愣地對他行著注目禮。達斯特在牧場盡頭左轉到一條泥土小徑。小徑上的紅土很快就被碎石所取代。柏雷加德開到路底，然後左轉到另一條狹窄的柏油便道上。不出多久，空氣中的警笛聲就已經微弱到像是在對一群牲畜演奏哀歌的喇叭聲了。

33

琪亞抱著一隻泰迪熊走進達倫的病房，泰迪熊的手臂上還綁了一顆早日康復的氣球。當她在病床邊那張椅子上坐下來時，監控著他生命跡象的機器發出了穩定的嗶嗶聲和嘶嘶聲。她把泰迪熊放在他瘦小的身軀旁，然後把他的小手握在自己的手裡。

「他會撐過來的。」柏雷加德說。

琪亞沒有轉過頭去看他，她甚至沒有和他打招呼。柏雷加德就站在病房遠處的角落裡。達倫病床上方的日光燈，讓他的面色看起來十分慘白。他從陰影中走出來，拉了一張椅子到病床的另一邊。心電圖上顯示的穩定脈搏給他帶來了些許安慰。那代表著他兒子的心臟還在跳動。時間一秒一秒、一分一分地過去，但他們誰也沒有出聲。

「你是對的。我應該要賣掉那輛車。」柏雷加德終於開口。琪亞痛苦地嚥下口水，擦了擦眼角。

「你永遠都不會賣掉那輛車的。」她說。

「你是對的。我叫伯尼把它壓碎。」他的話讓琪亞把目光轉向他。

「什麼意思？『壓碎它』？」

「我叫他把那輛車處理掉。」柏雷加德說。達倫的眼睛雖然是閉上的，不過，他的眼皮卻在抽動。那些快速的顫動牽扯著柏雷加德的心臟，讓他相信可能會看到兒子睜開眼睛。

「我不相信。」琪亞說。

「你不需要相信。不過，這件事已經決定了。也許現在正在發生。」柏雷加德說。

「你為什麼要那樣處理那輛達斯特？你那麼愛那輛車。」琪亞說。柏雷加德十指交叉地注視著單調的油氈地板。

「那些到我們家的人，他們以後不會再來了。」柏雷加德說。

「你怎麼知道。」

「我就是知道。」

琪亞注視著他，發出了介於啜泣和輕笑之間的聲音。

「所以，你擺平了。」她說。柏雷加德從椅子上站起來。他走到床邊，望著醫院的停車場。夕陽在霧濛濛的天空裡，彷彿一座橘色的燈塔。

「一個人不可能成為兩種不同的野獸。」柏雷加德說。

「那是什麼意思，蟲子？」琪亞問。柏雷加德垂下了頭。

「當我老爸離開的時候，我覺得好像有人把我的心放進了一把老虎鉗，然後不停地夾緊，直到他們的手累了為止。那毀了我。至於我媽媽，她也幫不上我，因為她覺得他離開她比他離開我們還嚴重。我不能說我怪她。我老爸是那種會留給別人傷痛的人。對她而言，她可以很容易地就用傷害來填平那些傷痛。」柏雷加德說。他轉過頭，面對琪亞。她看到他的眼睛鑲了一圈紅邊。

「我無法那樣做。我就是無法讓自己恨他。因此，我讓他成為了我的英雄。我假裝他不是黑幫分子，不是一個酗酒的人，不是一個不好的丈夫或不好的父親。我從感化院出來以後，修好了那輛達斯特。我開著它到處轉，並且告訴自己，就算他是那樣的人也沒關係，因為他愛我。然而，那確實有關係。有很大的關係。如果你老爸是那種會開車撞倒別人，或者朝著別人的臉開槍的人，那就非常有關係。而世界上沒有足夠的愛可以改變這樣的事實。」柏雷加德說。

「蟲子，你不是你老爸。」琪亞說著，淚水依然在她的眼角飛舞。

「你是對的。我比他更糟。對於他是誰，他在做什麼，我老爸從來都沒有說謊過。對此，他是負責的。是我把他捧在高台上，把他視為完美的英雄。他從來都沒有自己爬上去過。而我呢？我一直在說謊。我對你說謊。我對我自己說謊。我以為，有些時候，我可以當個亡命之徒，而其他的時候，我可以當個好爸爸和好丈夫。那是個謊言。真相是，我一直都是個亡命之徒。當個好人只是我所玩的遊戲。」柏雷加德說。

「那我要怎麼做，蟲子？你希望我讓你好過一點嗎？要我對你說不用在乎發生了什麼事，你一直都是個好父親，好丈夫？我做不到。」琪亞說著，捏了捏達倫的手。柏雷加德走到達倫床邊，輕輕地觸摸著他的另一隻手。

「不。不會再有謊言了。我所要做的是看看我周遭的人，並且看清我到底是什麼樣的一個人。艾莉兒正在和一個想要模仿黑幫的人交往。賈文得在他自己家的前門台階上殺一個人。達倫正躺在這裡，為他的生命奮鬥。而你必須看著這一切發生。凱文……」柏雷加德的聲音撕裂了。

「凱文怎麼了?」琪亞問。柏雷加德沒有回答。

「我不能繼續再這樣對待你們了。」他說。他走到琪亞的椅子旁邊,把手放在椅背上。他看著她背上的肌肉在襯衫底下顫動。即便他沒有碰到她,他也可以感覺得到她渾身緊繃。

「伯尼會幫你看管那十捲白金。他會把它們變賣掉,平分給你和艾莉兒。他也會接手修車廠。等我安頓下來之後,我會再寄一些錢給你。」柏雷加德說。

他走向門口。當他的手落在門把上時,他聽到琪亞的聲音響起。

「所以,你要逃跑了,是這樣嗎?」

柏雷加德停下腳步。他手中的門把感覺就像一袋磚塊那麼沉重。他舔舔嘴唇,沒有回頭地回覆她。

「是你叫我走的。」

「我知道我說了什麼。你不用告訴我我自己說過什麼。」

「那你希望我怎麼做?告訴我你想要怎麼樣,琪亞。」

「這不是只關乎我或你,蟲子。」琪亞說。

柏雷加德把頭靠在門上。房門光滑的木頭冰涼地貼在他的皮膚上。他把門把轉動了四分之一吋,房門瞬間打開了一條縫隙。

「我知道你告訴你自己,說你這麼做是最好的,但是,是這樣嗎?或者,你只是選了一個最容易的方法來脫身?」琪亞問。

「你認為這對我來說很容易嗎？你認為離開你和孩子們對我來說很容易嗎？」柏雷加德問。

「聽著，我沒辦法對你和我做出任何承諾。但是，如果你不再幹那些黑幫的屁事，我就不會阻止你接近孩子。不過，你只要走出那扇門，我就什麼都不需要做了。因為，他們自己會恨你。這點，我可以向你保證。」琪亞說。

「我可以接受他們恨我，如果我知道他們很安全的話。如果他們待在我身邊，那他們就沒有安全可言。」柏雷加德說。

「你真的相信這樣嗎？那就做你老爸做不到的事吧。留下來。做出改變。」琪亞說。柏雷加德還是把門打開了。走廊上擠滿了醫生和推著各種設備的護士。幾個吊著點滴的病人走過醫院工作人員的身邊，彷彿絕望的殭屍一樣。

「我愛你，琪亞。」柏雷加德說著，踏進了走廊。

「蟲子！」琪亞叫道。他轉過身，深怕是達倫發生了什麼事。只見琪亞站在床畔，雙手交叉在胸口。

「如果你得走的話……你一定要現在就走嗎？我是說，現在、此刻。珍稍後會帶賈文過來。他們放他走了。我想，他們不會起訴他。他一直問起你。」琪亞的話讓柏雷加德又回到病房裡。琪亞深深地凝視著他，憤怒和絕望讓她的眼睛閃閃發亮。他不知道該說什麼。他等待著他父親的聲音響起，提供給他一些智慧的建議，然而，那個幽靈再也沒有對他開口。他只能靠他自己了。

「你確定嗎？」柏雷加德問。

「不。可是，我不想要再獨自一個人待在這裡了。」琪亞說。

柏雷加德回到他原先坐過的那張椅子旁邊。他坐了下來，把達倫那隻小手握在自己手裡。琪亞也跟著坐下，在床的另一邊做著同樣的事。

白日的餘暉將他們的影子投射在了遠處的牆壁上。他們的剪影在牆上重疊，彷彿情人般地糾纏在一起。沉默填滿了他們之間的空間。琪亞放下床邊的圍欄，躺在達倫病床的尾端。柏雷加德看著她的後腦。看著她脖子上那道柔和的曲線。

過了好一會兒，她嘆了一口氣。

「你永遠都不會真的有所改變，對嗎，蟲子？」她的語氣既單調又無精打采。有些人可能會說是不抱希望。

柏雷加德閉上眼睛。一張一張的臉孔在黑暗中向他襲來。

阿紅．納維利和他的兄弟們。

羅尼和雷吉。

懶人。

疤面。

艾瑞克。

凱文。

還有其他十數張面容都浮現在了他記憶的河流裡，他們的嘴巴鬆垮，眼睛呆滯。他們最後的話語浪費在了沒有作用的求饒上。他們最後的氣息化成了喉嚨裡瀕死的聲響。還有其他的臉孔伴隨著輪胎的刺耳聲和子彈的呼嘯聲，也加入了他們。

因為他，那些妻子變成了寡婦。那些母親等待著永遠不會回家的兒子。那些孩子再也見不到他們的父親。所有的這些臉孔，所有的這些生命，現在都只剩下黃土、骨灰和鐵鏽。

終於，他低聲地說，「我不知道我是否能做到。」

鳴謝

有人說，寫作是一場寂寞的奮鬥。這只說對了一部分。在這條道路上，我很幸運地被一群很棒的朋友、家人和作家同事們所圍繞，他們一直支持著我、哄著我，並且在需要的時候鞭策我。

首先也是最重要的，我想要感謝我的經紀人，喬許・蓋茲勒，以及HG文學出版社所有的同事。喬許是第一個對《黑色荒原》有信心的人，他也一直是這本書最堅定不移的捍衛者。我永遠都很慶幸我在聖彼得堡的飯店走廊上停下來和你交談。

我也要感謝我的編輯克莉絲汀・卡瑞許，以及Flatiron Books的每一個人。在這部神曲裡，你們都是我個人的維吉爾。你們一直都支持著我，一直都深具洞見，也一直、一直試著要讓我成為一個更好的作家。

還有，當《黑色荒原》從我腦子裡的一個雜亂無章的想法衍變為一本真正的書時，在這個過程裡給了我寶貴意見的所有人，我也要感謝你們：艾瑞克・普魯特、妮基・杜爾森、凱莉・賈瑞特、羅伯・皮爾斯，感謝你們這些才華洋溢的作家，慷慨地提供了你們的時間和智慧。

最後，我要謝謝基姆。

她知道為什麼我要感謝她。她向來都知道。

Storytella 176

黑色荒原

Blacktop Wasteland

黑色荒原/S. A.寇斯比作；李麗　譯. -- 初版. -- 臺北市：春天出版國際文化有限公司, 2023.11
面；　公分. -- (Storytella ; 176)
譯自：Blacktop Wasteland.
ISBN 978-957-741-754-1(平裝)

874.57　　112014925

ISBN 978-957-741-754-1
Printed in Taiwan

作　者　S. A.寇斯比
譯　者　李麗珉
總編輯　莊宜勳
主　編　鍾靈

出版者　春天出版國際文化有限公司
地　址　台北市大安區忠孝東路四段303號4樓之1
電　話　02-7733-4070
傳　眞　02-7733-4069
E－mail　bookspring@bookspring.com.tw
網　址　http://www.bookspring.com.tw
部落格　http://blog.pixnet.net/bookspring
郵政帳號　19705538
戶　名　春天出版國際文化有限公司
法律顧問　蕭顯忠律師事務所
出版日期　二〇二三年十一月初版

定　價　420元

總經銷　楨德圖書事業有限公司
地　址　新北市新店區中興路二段196號8樓
電　話　02-8919-3186
傳　眞　02-8914-5524
香港總代理　一代匯集
地　址　九龍旺角塘尾道64號 龍駒企業大廈10 B&D室
電　話　852-2783-8102
傳　眞　852-2396-0050